허담 新무협 판타지 소설
FANTASTIC ORIENTAL HEROES

무천향
武天鄕

무천향 9

허담 新무협 판타지 소설

초판 1쇄 찍은 날 § 2009년 7월 16일
초판 1쇄 펴낸 날 § 2009년 7월 22일

지은이 § 허담
펴낸이 § 서경석

편집장 § 문혜영
편집책임 § 정서진
편집 § 문정흠 · 주소영

펴낸곳 § 도서출판 청어람
등록번호 § 제1081-1-89호
등록일자 § 1999. 5. 31
어람번호 § 제2-1783호

주소 § 경기도 부천시 원미구 심곡2동 163-2 서경B/D 3F (우) 420-822
전화 § 032-656-4452팩스 § 032-656-4453
http://www.chungeoram.com
E-mail § eoram99@chollian.net

ⓒ 허담, 2008

ISBN 978-89-251-1872-7 04810
ISBN 978-89-251-1582-5 (세트)

은하의 계곡

무천향

武天鄕

허담 新무협 판타지 소설

FANTASTIC ORIENTAL HEROES

도서출판 청어람

第一章
충돌

하늘 아래 가장 강한 자가 될지도 모르는 사람이 피를 뒤집어쓰고 있었다. 무림에서 가장 정순한 공력을 지녔을지도 모르는 그의 걸음걸이가 휘청거렸다. 그러면서도 그는 산의 남쪽을 향해 치달아 달려 내려오고 있었다.

"을 대협!"

파소의 입에서 나직한 신음성이 흘러나왔다.

"사단이 벌어진 게야. 서두르자!"

피투성이가 된 채 숲을 달려 내려오고 있는 을현의 모습은 이미 파소뿐 아니라 천추군 모두의 눈에 들어온 상태였다. 단보가 냉정한 눈빛을 흘려내며 파소의 대답을 기다리지 않고 앞으로 달려나갔다.

"도대체 무슨 일이죠?"

석청이 파랗게 질린 얼굴로 외치듯 물었다. 그 소리에 파소가 퍼뜩 정신을 차렸다. 그리곤 낮게 가라앉은 목소리로 말했다.

"지금부터 알아봐야죠."

말이 끝나는 순간 파소의 신형은 이미 단보가 움직인 방향으로 질주하고 있었다. 그리고 잠시 후 단보를 추월해 을현이 달려 내려오는 산비탈을 향해 화살처럼 날아갔다.

을현은 가물가물해지는 시력을 회복하려 애를 쓰며 공력을 끌어올렸다. 그러나 화수분 같던 그의 공력도 흘린 피와 얕지 않은 부상으로 어느새 바닥을 드러내고 있었다.

탁발무를 베려는 순간 닥쳐든 소유거의 공격은 치명적이었다. 그의 왼쪽 겨드랑이 밑을 베고 지나간 소유거의 검기는 을현의 갈비뼈 몇 대를 부러뜨렸을 뿐 아니라 탁발무를 상대하느라 모든 진기를 토해내던 단전을 뒤흔들어 적지 않은 내상을 입혔던 것이다.

그런 몸으로 소유거를 상대할 수는 없었다. 일격을 당하는 순간 몸 상태를 깨닫고 도주한 을현의 판단은 적절했다. 그러나 도주를 시작한 지 채 이각이 지나지 않아 을현은 자신의 목덜미를 잡을 듯 추격해 오는 소유거와 탁발무의 기운을 느낄 수 있었다.

부상이 없어도 둘 모두를 홀로 상대할 수 없는 고수들. 비록 탁발무가 자신과 비슷한 부상을 입었다 하더라도 두 사람의 공격은 을현이 홀로 감당할 수 있는 것이 아니었다.

다행이랄 수 있는 것은 두 사람의 추격이 그리 매섭지는 않다는 것이었다. 아마도 그들은 느슨한 추격으로도 을현을 잡을 수 있다고 자신하는 듯했다. 탁발무의 가볍지 않은 부상 또한 추격이 늦춰지는 이유 중 하나일 터였다.

"후욱!"

을현의 입에서 깊은 숨이 토해졌다. 가슴속을 가득 메우고 있던 탁한 기운이 허공으로 흘러나오자 몽롱하던 정신이 차갑게 식혀졌다. 그리고 차갑게 식혀진 의식 속으로 매서운 파공음이 들려왔다, 한마디 경고성과 함께.

"그만 섰거라. 어차피 죽을 목숨, 더 이상 고생시키는 것도 한평생 널 짊어지고 살아온 네 몸뚱아리에 대한 예의가 아닐 터!"

돌아보지 않아도 목소리의 주인이 누군지 알 수 있었다. 대성사 소유거, 듣는 것만으로도 상대를 긴장 속에 빠뜨리는 목소리를 지닌 사람은 그리 흔치 않다.

팟!

을현이 힘겨운 몸을 허공에 날려 왼쪽 나무 앞으로 이동했다.

쩌적!

순간 그의 몸을 가렸던 아름드리나무의 기둥이 단번에 잘려나갔다.

쿠쿵!

애꿎게 수명을 다한 아름드리나무의 희생으로 적의 길을 막아 잠시 목숨을 연장한 을현이 수직으로 서 있는 절벽으로 타고 내려왔다. 심각한 부상을 입었다지만 아직은 절벽을 타고 내릴 정도의 공력은 남아 있는 을현이었다.

"질기군. 역시 수십 년 침묵 속에서 정해공을 수련한 자의 인내심이야."

절벽 위에서 걸음을 멈춘 소유거가 굴러 떨어지듯 절벽을 내려가는 을현을 내려다보며 감탄사를 흘려냈다.

"어서 추격하시죠. 자칫 놈을 놓칠지도 모르겠습니다."

어느새 소유거 옆에 다가선 탁발무가 조급한 눈빛으로 말했다.

"괜찮겠느냐?"

소유거는 오히려 탁발무가 걱정인 모양이었다.

"걱정 마십시오. 놈의 목줄을 끊어놓을 힘은 아직 남아 있습니다."

내상을 입어 파리해진 얼굴이었지만 독기를 드러내며 탁발무가 말했다. 보통의 스승이라면 그런 제자에게 휴식을 권하겠지만 소유거는 역시 남다른 면이 있었다.

"그래야지. 사내가 그 정도 독심은 있어야 큰일을 성취할 수 있는 법이다. 가자, 네게 놈의 목을 벨 기회를 만들어주마."

소유거가 흡족한 미소를 흘리고는 망설이지 않고 훌쩍 몸을 날려 절벽을 타고 내려가기 시작했다. 뒤이어 한차례 깊게 심호흡을 한 탁발무 역시 망설이지 않고 소유거의 뒤를 따랐다.

　"젠장, 끝인가?"
　을현의 입에서 나직하게 절망의 목소리가 흘러나왔다. 두려움이 깃든 목소리는 아니었다. 단지 길을 가다 작은 웅덩이에 빠졌을 때 느끼는 당혹감 정도. 그런 을현의 뒤쪽으로 소유거와 탁발무가 덮치듯 달려들었다.
　깊은 숲인데다 길은 두 개의 거대한 바위와 이십여 장에 이르는 침엽수림으로 가로막혀 있었다.
　"결론은 하나군. 마지막 발버둥이라도 쳐보는 것!"
　을현이 한줄기 미소를 짓고는 맹렬하게 몸을 회전시키며 검을 횡으로 그었다.
　우웅!
　순간 을현의 검에서 강력한 파공음이 일어나더니 한순간에 만들어진 검기가 십여 장을 뻗어나가며 날아오는 소유거와 탁발무를 동시에 베어갔다.
　"대단하구나. 아직도 이런 힘이 남아 있다니."
　쩌정!
　소유거가 을현이 만들어낸 검기를 튕겨내며 감탄사를 흘려냈다.
　"우욱!"
　그러나 소유거의 감탄과는 반대로 소유거의 공력에 밀린 을현이 신음성을 토해내며 대여섯 걸음 뒤로 물러나다가 거대한 바위에 의지해 겨우 몸을 세웠다. 그리고 그 앞으로 소유거와 탁발무가 내려섰다.

"후후, 놈, 겨우 여기까지냐?"

탁발무의 입에서 비릿한 비웃음이 흘러나왔다. 사냥감을 눈앞에 둔 늑대의 눈빛이 그의 동공에서 빛나고 있었다. 탁발무의 말에 소유거를 바라보고 있던 을현이 탁발무에게로 시선을 돌리더니 한줄기 실소를 흘려냈다.

"훗, 이제 보니 호랑이가 아니라 버릇없이 자란 고양이었구나."

을현의 말에 탁발무의 눈빛이 더욱 차가워졌다.

"무슨 헛소리냐?"

"네놈의 하는 짓이 가소로워서 하는 말이다. 내가 이 지경에 몰린 것은 결코 네놈이 잘나서가 아니다. 넌 오히려 내 검에 죽을 운명이었던 놈이다. 그런 놈이 운 좋게 살아나서는 마치 자신의 능력으로 날 제압한 것처럼 지껄이고 있으니 이 얼마나 한심한 노릇이냐? 너 따위완 할 말이 없으니 뒤로 물러나 있거라. 어차피 인자한 네 사부가 내 목을 따 네게 줄 것이니 그때 돌아가서 검산의 배덕자들에게 네가 날 베었다고 자랑이나 하려무나."

죽음을 앞에 두자 을현의 입에서도 평소에 듣기 힘든 독설이 흘러나왔다.

"이놈이?"

탁발무의 얼굴이 노기에 휩싸였다. 그가 곧이라도 도를 휘둘러 을현을 벨 듯한 기세로 욕설을 흘려냈다.

"자신있다면 와보거라. 아직 네놈 정도를 상대해 줄 힘은 남아 있으니까. 그런데 과연 네게 그럴 용기가 있을까?"

을현은 계속해서 탁발무를 도발했다. 저승길에 탁발무 정도면 훌륭한 동행자라는 생각을 하는 을현이었다. 탁발무가 을현의 도발에 흔들려 한 걸음 앞으로 나섰다. 순간 소유거의 차가운 목소리가 들려왔다.

"자중하라. 큰일을 할 사람이 저따위 심계에 흔들려서야 되겠느냐?"

준엄한 소유거의 꾸중에 막 을현을 향해 몸을 날리려던 탁발무가 움찔하며 신형을 멈춰 세웠다. 다른 사람은 몰라도 소유거의 말만큼은 아이처럼 순종하는 탁발무였다.

"역시 귀엽게 자란 고양이로군."

다시 을현의 입에서 한줄기 비웃음이 흘러나왔다. 순간 소유거가 일갈했다.

"놈! 입을 닥쳐라. 죽을 때가 되어서도 심계를 쓰다니, 무천향에서 무도를 수련한 자라 하기 어렵구나."

소유거의 싸늘한 호통에 을현의 얼굴이 차갑게 굳어졌다. 그리고 잠시 후 그의 입에서 무겁게 내려앉은 음성이 흘러나왔다.

"무천향을 입에 담다니… 대성사, 그대는 과연 그대에게 그럴 자격이 있다고 보시오?"

을현의 추궁에 소유거의 볼이 씰룩였다. 하지만 을현의 추궁에는 답을 하지 못하는 소유거였다.

"내가 알기로 대성사께서는 비록 독심(毒心)이기는 하지만 사리분별이 분명한 사람인 줄 알고 있소이다. 하지만 오늘 보니 그도 아닌 듯, 감히 그 더러운 입으로 무천향을 입에 올리다니… 그대는 참으로 염치가 없구려."

준엄한 을현의 추궁이 소유거를 찔러갔다. 소유거는 가만히 서서 을현이 내뱉는 말의 검기들을 묵묵히 받아내고 있었다. 그리고 을현의 말이 끝나자 조금 힘이 빠진 목소리로 입을 열었다.

"네 말이 맞다. 난 결코 무천향을 입에 담을 자격이 없는 사람이지. 하지만… 아니, 무슨 말이 필요하랴, 서로 바라보는 곳이 다른 사람들인 것을. 어쨌든 오늘 여기서 네가 죽는 것은 변함없다."

"어차피 한 번 죽는 것이 인지상정인데 조금 일찍 죽는다고 무슨 한이 있겠소. 어디 한번 내 목을 가져가 보시구려."

을현이 힘겹게 검을 들어 소유거를 가리키며 말했다.

"좋은 기백이다. 과연 을씨의 정해공은 무섭구나. 그 지경에도 근기를 유지시키니……."

"후후, 내가 만약 정해공을 대성했다면 죽는 것은 내가 아니라 그대였을 것이오."

"그랬겠지. 하지만 네가 정해공을 완성했다면 검산이 무천향을 뛰쳐나오는 일은 없었을 것이다. 무선이 탄생했으니 어찌 세속에 대한 야망을 꿈꿀 것인가?"

소유거의 말에 을현이 확인하듯 물었다.

"정말 그랬을 것 같소? 확신할 수 있소이까?"

추궁하는 을현의 목소리에 소유거가 선뜻 답을 하지 못했다.

"아마도 그렇지 않았을 것이오. 그대의 야망은 무선이 탄생했든 아니든 여전히 향에 분란을 일으켰을 것이오. 물론 지금처럼 검산 전체를 향에서 들어내지는 못했겠지만… 그리고 사실 지금 향에 무선이 없다고도 할 수 없고……."

"그게 무슨 말이냐? 무천향의 그 누가 무선의 경지에 올랐단 말이냐?"

"소천이 있지 않소?"

"소천? 그 애송이 말이냐?"

"애송이라… 그대는 무벽에 남긴 소천의 검흔을 보지 못했소?"

"물론 나 또한 그 애송이가 남긴 검흔을 보았다. 하지만 그것만으로 무선을 언급하는 것은 너무 성급한 일이다. 그는 아직 무선의 경지가 아니야. 결코 그 나이에는 무선이 될 수 없다."

"후후후, 그렇소? 하면 한 십 년쯤 지나면 어떨 것 같소?"

"그렇다면……."

소유거가 쉽게 답을 하지 못했다. 그로서도 십 년 후라면 파소의 무공이 무선에 도달할 수도 있다고 생각했던 것이다.

"보시오. 당신은 그 십 년을 기다리지 않았소. 아니, 오히려 그 십 년의 세월이 가는 것이 두려웠겠지. 소천이 무선이 되면 검산의 고수들 역시 다시 무도의 수련자로 돌아갈 테니까. 후후, 그러니 무선이 탄생하지 않아 향을 배신했다는 말은 하지 마시구려. 향을 배신한 것은 당신 가슴속에 들끓고 있는 그 야망 때문이지, 그 무엇 때문도 아니오.”

을현의 준엄한 추궁에 소유거가 잠시 침묵을 지켰다. 그러나 다음 순간 그의 얼굴에 다시금 독선의 기운이 찾아들었다. 그리곤 어깨를 조금 넓히며 말했다.

“좋아, 변명치 않겠다. 상황이 어찌 되었든 내 마음속에 생겨난 야망을 어찌 잠재울 수 있었겠는가? 그러니 그 야망의 불길을 타고 여기까지 왔겠지. 그리고 또한 계속 앞으로 갈 것이다, 너의 죽음을 뒤로하고!”

“핫하하, 이제야 대성사답소. 자, 그럼 내 목숨을 가져가시오.”

“오냐, 거절치 않겠다.”

대성사 소유거의 등 뒤에서 뿌연 후광이 일어나는 듯한 느낌이 들었다. 노기인지 아니면 을현을 공격하기 위한 진기의 발현인지 알 수 없었다. 동시에 소유거의 검이 을현을 향했다. 그러자 그의 등 뒤에서 넘실거리던 후광이 그의 머리를 넘어와 검을 휘감았다.

휘류류륭!

검을 휘감은 후광이 거친 바람 소리를 만들어내며 소용돌이치기 시작했다.

"정종 최고의 기재이니 그에 걸맞은 죽음을 선사해 주마!"

소유거의 입에서 차가운 음성이 흘러나왔다. 을현은 아무런 말 없이 검을 들어 올린 채 소유거의 검에서 시작된 진기의 소용돌이를 지켜보고 있었다. 어찌 보면 반항을 포기한 듯한 모습. 그러나 을현의 눈 속에선 최후의 격돌에 대한 충분한 전의가 느껴졌다.

"후욱!"

소유거의 입에서 깊은 숨이 흘러나왔다. 그러자 마치 소유거의 입에서 나온 숨결에 날리듯 그의 검을 휘감고 있던 진기의 소용돌이가 을현을 향해 날아갔다. 지금껏 강호에서 볼 수 없었던 전혀 새로운 형태의 검기, 마치 불이 타듯 붉은색의 검기가 을현을 향해 닥쳐들었다.

"무공을 감추고 있었구나!"

을현의 입에서 탄식이 흘러나왔다. 소유거가 펼치는 무공은 지금껏 알려진 그의 무위를 훨씬 능가하는 것이었다. 이런 무공은 절대지경의 인물에게서나 볼 수 있는 무공일뿐더러 무의 고향이라는 무천향에서도 지금껏 드러나지 않은 새로운 형태의 무공이었다.

"언제나 삼 푼의 힘을 감춰야 하는 곳이 강호다. 무천향도 강호이니 어찌 모든 것을 드러냈겠는가?"

소유거의 붉은 검기가 을현을 쓸어갔다. 을현이 마지막 진기를 끌어올려 푸른 검기를 형성하며 소유거의 검기를 막았지만 남아 있는 그의 공력으로 소유거의 공세를 막기에는 역부

족이었다.

파삭!

가벼운 파열음과 함께 을현이 만든 검기가 소유거의 붉은 검기에 여지없이 파괴되었다. 을현의 검기를 잘라 버린 소유거의 검기는 계속해서 을현의 목을 베어왔다. 을현은 붉게 충혈된 소유거의 눈에 시선을 고정한 채 담담히 자신의 죽음을 기다렸다.

그런데 그렇게 을현의 죽음이 결정되려는 바로 그 순간, 갑자기 을현의 머리 위쪽의 커다란 바위에 사람의 그림자가 드리워졌다.

"파(破)!"

차가운 한마디 기합성, 그와 함께 얼음처럼 차가운 빛 한 줄기가 을현의 목 바로 앞까지 다가온 소유거의 검기를 향해 폭사됐다.

쩌저정!

천지를 가를 듯한 굉음. 순간 을현의 신형이 번개처럼 이동해 소유거의 검기를 피해냈다.

꽈광!

강렬한 파공음과 함께 방향이 틀려진 소유거의 검기가 을현의 뒤쪽에 서 있는 바위와 충돌했다. 그 충격에 바위가 움찔하며 들썩였다. 그런데 바로 그 순간,

"돌아간다."

불현듯 소유거의 목소리가 혼란 속에서 터져 나왔다. 그리

고 다음 순간 순식간에 소유거의 신형이 한줄기 그림자로 화해 장내에서 벗어나기 시작했다. 갑작스런 소유거의 움직임에 순간 당황했던 탁발무가 뒤늦게 상황을 깨닫고 황급히 소유거의 뒤를 따르기 시작했다. 그러자 을현이 등을 기대고 있는 바위 위에서 차가운 노성이 터져 나왔다.

“둘 다 갈 순 없다!”

슈우욱!

노성과 함께 강전이 만들어내는 파공음과 비슷한 소음이 터져 나오더니, 투명한 검기가 탁발무의 등 뒤로 닥쳐들었다.

퍽!

“악!”

둔탁한 소음과 비명. 탁발무의 신형이 땅 위에 나뒹굴었다. 한바탕 땅바닥을 구른 그의 신형이 잠시 움직이는가 싶더니, 이내 움직임을 멈췄다. 숨이 끊어진 것이다.

을현이 고개를 들어 올렸다. 그러자 높다란 바위 위에서 한 명의 신형이 구름을 타고 내려오듯 느리게 떨어져 내렸다.

“괜찮으십니까?”

“소천이셨군. 어서 오시게. 아직 내가 죽을 때가 아닌가 보군.”

을현의 입가에 한줄기 미소가 지어졌다.

“어찌 된 겁니까?”

“함정을 파고 기다리고 있더구려. 음!”

을현이 신음성을 흘려냈다.

"어떻게……?"

푸른 늑대의 계곡에서 파소 일행과 을현의 천추군이 만나기로 한 것은 양쪽 천추군만 아는 약속이었다.

"요천문에 매를 잘 다루는 사람이 있었던 모양이오."

"매라고 하셨습니까?"

파소의 반문에 을현이 힘겹게 고개를 끄덕였다. 그사이 단보 등 다른 천추군들도 하나둘 파소의 곁에 내려섰다.

"도대체 어떤 자이기에 매를 부려 천추군의 움직임을 알아챌 수 있단 말입니까?"

"조왕이라고 하더구려."

"조왕!"

곁에서 듣고 있던 단보가 놀란 얼굴로 나직하게 외쳤다.

"아는 사람입니까?"

파소가 묻자 이번엔 막 도착한 석청이 입을 열었다.

"그에 대해선 저도 알고 있어요. 요천문에선 다섯 손가락 안에 꼽히는 고수지요. 특히 금수를 사람처럼 다루는 것으로 유명해요. 곤사왕과 함께 요천문의 이왕으로 꼽히는 자에요."

"그라면 초원을 가로질러 이동하는 천추군을 발견할 수도 있었을 거야. 한때는 무천향에 초청을 할까 고민했던 사람이니까."

단보가 말했다.

"그 정도입니까?"

"뭐, 무공은 조금 미치지 못할지도 모른다. 하지만 금수를 부리는 재주가 너무 신묘했지. 물론 요천문이라는 집단이 사이한 구석이 있을 뿐 아니라 그 역시 무공보단 강호의 권력에 더 관심이 많은 인물이라 판단해 초청을 하지 않았지만……"

그런데 그때, 을현이 힘겹게 입을 열었다.

"어르신, 그리고 소천, 아직 태모산 곳곳에서 천추군들이 그들에게 쫓기고 있습니다. 얼마나 살아남았는지는 모르지만……"

을현의 말에 파소와 단보가 그제야 상황이 급박한 것을 알고는 고개를 끄덕였다.

"정말 노닥거리고 있을 때가 아니다."

단보가 파소를 돌아봤다.

"그렇군요. 그럼 모두 태모산을 샅샅이 뒤져 주십시오. 혼자 움직이는 것은 위험하니 두 분씩 짝을 지어 이동해 주십시오."

파소의 말에 천추군들이 일제히 고개를 숙여 보이고는 바람처럼 태모산의 깊은 숲으로 달려나갔다.

"우리도 가보자꾸나. 비록 소유거가 물러갔다고는 하나 그들 중 또 다른 강자가 있을 수도 있으니."

단보의 말에 파소가 석청과 을향을 바라보며 말했다.

"고모님께서 이 사람과 함께 을 대협을 살펴주십시오."

"걱정 말고 다녀오너라. 다행히 내게 몇 개의 환약이 있으니 을 대협의 상세를 치유하는 데 도움이 될 게다. 더군다나 네 안사람은 의방에서 의술을 익혔으니 큰 도움이 될 거야."
"조심해요."
을향과 석청의 대답을 들은 파소가 단보와 함께 천추군 고수들의 뒤를 이어 태모산으로 뛰어들었다.
파소 등이 사라지자 한바탕 소란이 일었던 숲의 공터에 깊은 고요가 찾아들었다. 을향과 석청은 서둘러 을현의 상세를 치유하기 시작했고, 고담은 언제나처럼 석청의 곁을 지키고 있었다.

천추군의 반격은 허무하게 종결됐다. 소유거가 탁발무의 죽음을 뒤로하고 도주한 이후 태모산 곳곳에서 을현의 동료 천추군을 사냥하고 있던 검산의 무인들이 일제히 퇴각했기 때문이다.
"나름대로 연락할 수 있는 방법이 있었나 봅니다."
범우가 이를 갈며 말했다. 그의 앞쪽에 주검이 된 십여 구의 시신이 가지런히 놓여 있었다. 검산의 추격에 목숨을 잃은 천추군이었다.
"소유거 같은 자가 그런 방비를 해놓지 않았을 리 없겠지."
단보가 한숨을 쉬며 말했다.
"이건 손실이 너무 크군요."
을향이 죽어 있는 천추군 하나하나를 바라보며 말했다.
"그러게 말이에요. 열 명이라면 천추군 전체의 일 할에 해당하는 숫자인데……."
석청이 긴장한 표정으로 말했다.

"경고를 하고 싶다 하더군요. 자신들도 더 이상 공격만 당하지 않겠다고."

어렵게 부상을 치료한 을현이 비틀거리는 걸음으로 걸어나오며 말했다. 그리곤 천천히 무릎을 꿇고 땅에 누워 있는 죽은 자들의 시신을 한 사람씩 어루만졌다. 자신과 수개월 동안 초원을 누볐던 동료요, 형제들이었다. 언뜻 을현의 눈가에 몇 방울 이슬이 맺혔다.

"모두 제 잘못이지요. 수장을 잘못 만나서……."

을현이 마지막으로 을경의 시신을 앞에 두고 뚝뚝 눈물을 떨궜다.

"자책하지 말게. 이게 어찌 자네 잘못인가? 애초에 천추군을 구성해 강호에 나올 때 이런 일을 각오한 것 아닌가? 앞으로 더 많은 형제들이 죽음을 맞을 걸세."

단보가 질책하듯 말했다. 슬픔을 끝내는 데에는 위로보다 질책이 더 효과적일 때도 있었다.

"그만 보내주도록 하지요. 우린 가야 할 길이 있습니다."

파소 역시 조금은 냉정하게 느껴지는 말을 꺼냈다. 그러나 을현은 그런 파소와 단보를 원망하지 않고 고개를 끄덕였다. 두 사람 역시 말과 달리 그 속에 깊은 슬픔이 가득하다는 걸 모르지 않기 때문이었다.

"형제들을 묻어주라!"

단보가 천추군 고수들을 보며 명을 내리자 무천향의 고수들이 굳은 얼굴로 열 구의 시신을 땅에 묻고 작은 봉분을 만들었다. 봉분이 만들어지자 파소와 단보 등은 봉분에 간단한 예를 취한 후 서둘러 떠날 준비를 하기 시작했다.

"저들이 조왕의 도움을 받고 있다면 한결 더 조심해야 할 걸세. 하늘을 자주 살피고 매가 보이거든 몸을 가리도록 해야 할 거네."

떠나기 전 단보가 천추군의 고수들에게 특별히 당부를 했다.

"철림까지는 숲으로 이어져 있으니 너무 걱정하지 않아도 될 겁니다. 그만 가죠."

파소의 말에 단보가 고개를 끄덕였다. 그러자 봉분 주위에 모여 있던 천추군들이 하나둘 장내를 벗어나기 시작했다. 그렇게 모든 천추군이 장내를 벗어나자 파소가 고개를 돌려 열 개의 봉분을 바라보며 중얼거렸다.

"향으로 돌아갈 때 다시 오지요. 함께 향으로 가시게 될 겁니다."

*　　*　　*

북쪽으로 갈수록 숲은 광대해지고 길은 험해졌다. 북쪽에서 불어오는 바람 또한 살을 엘 듯 날카로웠다. 걱정했던 조왕의 매는 더 이상 하늘을 날지 않았다. 아마 조왕의 매를 경계하고 있을 거란 걸 예상하고 더 이상 매를 날리지 않은 모양이었다.

　그렇게 파소와 천추군 일행이 북쪽 철림을 향해 칠팔 일 정
도를 이동하자 일행 앞에 거대한 호수가 펼쳐졌다.
　"바이칼이군."
　단보가 북쪽으로 끝이 보이지 않게 펼쳐진 호수를 바라보며
중얼거렸다.
　"이건 숫제 호수가 아니라 바다군요."
　파소의 말에 단보가 고개를 끄덕였다.
　"보통 남쪽에선 북해라고 하지. 사실 염기만 없지, 호수라고
하기엔 지나치게 큰 물이지."
　"이제 철림까진 칠팔 일만 더 가면 되겠지요?"
　"그럴 게다. 서두르면 더 빨리 갈 수도 있겠지."
　"그런데 왜 철림에서 만나자고 했을까요? 지나치게 북쪽인
듯싶은데……."
　파소의 말대로 천추군이 하나로 모이는 장소치고 철림은 너
무 북쪽이었다. 각지에 흩어진 천추군이 이동하고 머물기에
기후도 좋지 않았다. 이미 북쪽은 겨울이 시작되어 수시로 눈
발이 날리고 있었다.
　"무슨 이유가 있겠지."
　"그렇겠죠? 하긴 종성 어른께서 이유없이 그곳으로 천추군
을 불렀을 리 없겠지요."
　십이종성 을천목은 을밀부의 현기를 이은 사람이었다. 을밀
부는 무공도 무공이지만 그 뛰어난 두뇌로 천하를 오시했던
가문이다. 을천목은 그런 을씨 가문의 사람들 중에서도 가장

지혜로운 인물로 알려진 사람이었다. 그런 그가 아무 이유 없이 그 혹한의 땅으로 천추군을 불러 모았을 리 없었다.

"가자. 길이 험하니 서둘러야 할 게다."

단보의 말에 북해를 앞에 두고 잠시 휴식을 취했던 천추군이 다시 이동을 시작했다.

갈수록 바람은 강맹해지고 추위는 매서워졌다. 호수의 동쪽을 따라 이동했기 때문에 호수에서 불어오는 바람으로 인해 기후는 더더욱 좋지 않았다. 그러나 그런 호수의 강풍도 삼 일이 지나자 사라져 버렸다. 일행이 호수를 떠나 동쪽의 무성한 숲으로 들어섰기 때문이다.

"대단하군요."

파소의 곁에서 걸음을 옮기고 있던 석청이 눈앞에 펼쳐진 자작나무 숲 군락을 보며 탄성을 자아냈다. 흰 뼈대에 붉은 가지를 지닌 자작나무의 군락은 보는 사람으로 하여금 자연에 대한 경외심을 느끼게 만드는 기경이었다.

자작나무 숲 너머로는 소나무와 낙엽송이 어우러진 광대한 침엽수림이 펼쳐져 있었다. 그 안쪽 어딘가에 일행의 목적지인 철림에 존재할 것이다.

"나중에 다시 한 번 와봐요."

파소도 광대한 자작나무 숲에 감동했는지 나중을 기약했다.

"그래요. 그때는 지금과 다른 기분으로 즐길 수 있을 거예요."

석청이 고개를 끄덕였다.

일행은 수십 리에 걸쳐 펼쳐진 자작나무 숲을 통과해 드디어 소나무와 낙엽송이 만들어내는 침엽수의 군락에 도달했다. 끝을 알 수 없는 침엽수림은 이미 하얗게 눈에 덮여 있었다.

"정말 무섭게 춥군요."

범우가 옷깃을 세우며 질린 듯 고개를 저었다.

아무리 천추군의 고수들이 고강한 내공으로 추위와 더위를 물리칠 수 있다 하더라도 북방의 한파는 사람의 마음까지 얼게 만드는 힘을 가지고 있었다. 마음이 추우니 몸도 덩달아 추워질 수밖에 없는 상황, 언제부터인가 자연이 만들어내는 장관에 대한 감탄보다는 길의 험함에 마음이 황량해진 일행은 점점 발걸음을 빨리하고 있었다.

"여기서 살라면 절대 못 살겠어요."

석청이 광활한 자연과 혹한의 날씨에 질린 듯 나직하게 말했다.

"이곳에서도 살아가는 사람들이 있지요."

"도대체 어떻게 이런 곳에서 살아가는 거죠?"

"사람은 강하지요. 어떤 환경이라도 적응하니까요."

"하긴 그래요. 그러니 이런 곳에서도 강호의 일대 명문이 탄생한 것이겠죠."

"대설문을 말하는 건가요?"

"그래요. 대설문은 비록 북삼룡에 속해 있기는 하지만 강호엔 무척 신비한 문파로 알려진 곳이에요. 마치 동삼문의 금문이나 구산선문처럼요."

"대설문의 고수를 본 적 있어요?"

강호 경험으로 보자면 석청이 파소보다 많았다.

"예전 제가 어릴 때 모용세가에 들른 대설문 고수를 본 적이 있어요."

"어땠어요?"

"글쎄요. 워낙 오래전이라 자세히 기억이 나지 않아요. 단지 말 그대로 모든 것이 눈처럼 하얀 사람들이었단 인상만 떠올라요."

"모든 것이 하얀 사람들이라… 한번 보고 싶군요."

"그들이 검산과 손을 잡았다면 결국 만나지 않겠어요? 비록 강호 활동이 극히 미미한 사람들이긴 하지만……."

"그렇군요. 검산과 한 배를 탔다면 결국 만나겠지요. 별로 좋지 않은 모습으로요."

파소가 우울한 표정을 지었다. 본래 대설문은 강호에서 경원시하는 북삼룡에 속해 있기는 했지만 묵철가나 요천문과는 달리 마도나 패도로 분류되기엔 억울한 면이 있는 문파였다. 애당초 그들은 그런 분류를 할 만큼 강호 활동이 활발한 문파도 아닐뿐더러 그들에 의해 일어난 혈사 또한 알려진 것이 없었다.

그런 대설문이 강호의 경계를 받는 문파가 된 것은 온전히 그들이 묵철가와 요천문과 같은 북무림에 속해 있기 때문이었다. 그러니 그들로서는 강호의 평가가 억울할 만도 했다.

그러나 대설문은 강호의 그런 평가에 대해 어떤 변명이나 반응도 보이지 않았다. 그들은 강호의 평판에는 관심없다는 듯 고고하게 북방의 설원을 지키고 있을 뿐이었다.

그러나 그런 대설문일지라도 일단 검산과 손을 잡았다면 결국 그들은 강호가 미리 내려놓은 평판에 어울리는 문파가 되어 갈 수밖에 없었다, 강호를 향해 야심을 드러낸 패도의 문파가!

숲은 갈수록 험해지고 두 발은 눈을 밟기 시작했다. 일행이 스치고 지나가는 솔잎은 어느 순간부터 바늘처럼 날카롭게 빛나고 있었다.

"드디어 철림이군."

단보가 바늘처럼 단단한 소나무 잎을 한 잎 떼어내며 말했다. 그의 손에 들어간 솔잎은 이내 단보의 체온에 녹아 평범한 솔잎으로 변했다.

"그렇군요. 정말 철림이라는 이름이 어울리는 숲이에요."

을향이 단보를 흉내 내듯 몇 개의 솔잎을 땄고 그 솔잎들은 단보가 딴 솔잎과 마찬가지로 이내 힘을 잃고 흐느적거렸다.

"그런데 철림 어디라고 했죠?"

문득 석청이 단보와 파소를 번갈아 보며 물었다.

"장소는 정하지 않았어요. 아마 곧 사람이 올 거예요."

파소의 말은 정확했다. 채 십여 장을 더 나아가기도 전에 멀리서 눈길을 헤치고 달려오는 일단의 무리가 일행의 눈에 들어왔던 것이다. 그리고 그들이 조금 더 가까이 다가왔을 때 석청이 반가운 목소리로 소리쳤다.

"남독마군이세요!"

과연 석청의 말처럼 파소 등을 향해 달려오는 무리 중 가장 선두에는 남독마군 기신이 그 특유의 패도적인 모습으로 빠르게 달려오고 있었다.

"맞군요. 정말 노형님이군요."

파소 역시 반가운 표정으로 걸음을 서둘러 옮기기 시작했다. 양쪽 모두 뛰어난 고수들일 뿐 아니라 반가운 사람들이라 양편의 거리는 급격하게 좁혀졌다.

"소천이신가?"

양측의 거리가 서로의 얼굴을 자세히 볼 만큼 가까워지자 기신의 목소리가 들려왔다. 과거엔 파소를 아우라 불렀지만 파소가 무천향의 소천이 된 이후로는 꼬박꼬박 소천이란 호칭으로 부르는 기신이었다.

"어서 오십시오, 노형님!"

파소의 응대에 삼십여 장 거리에 있던 기신이 바람처럼 달려 파소 앞에 도착했다. 그는 파소 앞에 멈춰 서자마자 파소의 어깨를 얼싸안으며 소리쳤다.

"소천, 어서 오시게. 보고 싶어 죽는 줄 알았네!"

만약 강호의 무림인들 중 남독마군을 아는 사람이 지금의 그를 보았다면 절대 남독마군이라 믿지 않았을 것이다. 애초에 강호의 일대 마인으로 알려진 남독마군에게 이런 정이 있을 거라곤 상상하지 못할 것이기 때문이었다.

  그러나 무천향에 들어 파소, 석청 등과 정을 나누면서 남독마군은 평생 갖지 못했던 가족이라는 감정을 두 사람에게서 느끼고 있었다. 그래서 이렇게 그답지 않은 행동을 보이고 있는 것이었다.
  "그러게 왜 북쪽으로 오셨어요."
  곁에서 석청이 힐책하듯 말했다.
  "그러게 말이오, 제수씨. 헤어진 지 닷새도 되지 않아 후회가 되었다오."
  "이 사람, 나는 보이지도 않는가?"
  단보가 불쑥 앞으로 나서며 남독마군을 타박했다.
  "아이고, 노형님. 제가 그만 인사가 늦었습니다. 그래, 별일 없으셨지요?"
  "휴, 나야 별일 없네만……."
  "음, 소식은 저도 들었습니다. 사람들이 여럿 상했다고요."
  "강호에 나오면 겪을 일이라고 생각하고 있었지만, 영 기분이 좋지 않군."
  "그 때문에 다른 사람들도 모두 우울해하고 있습니다."
  "그래, 어디들 계신가?"
  "반 시진 정도 가면 됩니다. 가시지요."
  남독마군 기신이 앞서서 길을 열기 시작했다. 파소와 일행은 목적지에 도착했다는 안도감에 여유를 되찾은 표정으로 천천히 걸음을 옮기기 시작했다.

"이런 곳도 있었나?"

단보가 남독마군 기신의 안내로 철림의 깊숙한 계곡 안쪽으로 들어가며 고개를 갸웃했다. 파소를 포함한 다른 사람들도 주변의 풍경을 보며 의아한 표정을 드러냈다.

철림은 말 그대로 북풍한설에 나뭇잎들이 쇠바늘처럼 날카롭게 얼어버린 숲이라 하여 붙여진 이름이었다. 그런데 지금 파소 일행이 들어서는 숲은 온화한 기온이 느껴질 뿐 아니라 나무들도 늦봄의 한껏 물이 오른 것처럼 파릇하기 이를 데 없었다.

"이게 다 을천목 종성님의 조화 아니겠습니까."

"그게 무슨 말인가?"

남독마군의 말에 단보가 의아한 얼굴로 물었다.

"정말 정종, 정종 하더니 정종 을씨 가문의 능력은 대단하더군요."

"무슨 말이냐니까?"

"이 숲 말입니다. 처음엔 다른 곳처럼 얼어 있었지요. 아니 오히려 다른 곳보다 더욱 차가운 곳이었습니다. 그런데 을 종성께서 삼사 일 손을 보시자 이렇게 따뜻한 기후로 변해 버렸습니다."

"진을 펼치셨단 말인가?"

"그런가 보더군요. 하지만 누가 믿겠습니까, 진으로 기후를 변화시킬 수 있다고 말입니다. 은근히 여쭤보니 을밀가에 전해지는 기진 중 하나라고 하더군요."

"을밀가의 능력이야 무궁무진하지. 하지만 이런 진법이 전해지는 줄은 미처 몰랐군."

단보도 신기한 듯 숲을 돌아보며 중얼거렸다.

"그래서 생각해 봤는데, 어쩌면 처음 무천향이 열릴 때도 을밀가의 진이 영향을 단단히 미친 것이 아닌가 그런 생각이 들더군요."

"그건 또 무슨 말인가?"

"사실 이상하지 않습니까, 사막 한가운데 무천향과 같은 기후를 지닌 곳이 있다는 것이 말입니다. 아무리 무천향 주위가 바위산으로 둘러싸여 있다고 해도 그런 기후란……."

"자네 말은 애초에 십이조사께서 무천향을 여실 때 진법으로 무천향의 기후를 변화시켰단 말인가?"

"그럴 수도 있지 않을까요?"

남독마군의 반문에 단보가 고개를 저었다.

"아마 그건 아닐 걸세. 물론 무천향 주위에 기진이 설치되어 있어 수시로 모래 바람을 일으켜 외인의 침입을 막고 있기는 하지만 무천향 안의 기후를 변화시키는 진이 펼쳐져 있는 것은 아닐 걸세."

"확신할 수 있으십니까?"

"음, 다른 건 몰라도 성해는 진으로 만들 수 없는 게 아닌가? 본시 무천향의 기후는 성해의 물 때문이란 것이 정설일세."

단보의 말에 남독마군이 잠시 생각에 잠겼다가 고개를 끄덕였다.

"듣고 보니 그도 그렇군요. 아무리 절진이라도 없는 물을 만들 수는 없는 것이니까요. 음, 성해라… 역시 성해가 무천향을 사시사철 온화한 기후로 만드는 것이겠군요."

단보와 남독마군이 이런저런 이야기를 나누는 사이 일행은 어느새 숲의 중심부에 도달했다. 그러자 수십 명의 천추군들이 파소와 그 일행을 맞이했다.

"소천, 어서 오시오. 고생하시었소이다."

을천목이 앞으로 나서서 파소를 맞이했다.

"고생은요. 오히려 북쪽으로 오신 분들이 고생하셨지요."

"그렇지 않소이다. 우리야 뭐 한 일이 있소이까? 소천은 일원만류진을 회수하셨고, 잠시나마 생혼단의 연성을 막았으니 큰 성과를 내신 것 아니겠소."

"일원만류진은 그렇지만, 생혼단은 지금도 어디선가 만들어지고 있을지도 모릅니다."

"음, 그럴지도 모르겠구려. 독한 자들이니 말이오."

"그런데 왜 철림으로 오라 하신 건지요?"

파소가 모두가 궁금해하는 것을 물었다. 그러자 을천목이 웃으며 입을 열었다.

"강호에 나오더니 소천께선 성격이 조금 급해지셨나 보오이다. 자세한 건 들어가서 이야기합시다."

을천목이 농을 하며 파소 등을 숲 속에 만들어진 몇 개의 막사 중 중앙에 지어진 제법 큰 막사로 안내했다. 파소와 단보 등 일행의 수뇌부는 을천목의 안내에 따라 중앙 막사로 이동

하고 나머지 천추군 고수들은 곳곳으로 흩어져 반가운 사람들
과 인사를 나누기 시작했다.

　을천목의 안내로 일행이 들어선 막사는 제법 넓어서 이십여
명이 너끈히 들어갈 만한 넓이였다. 막사 안에 들어서자 을천
목은 사람들에게 각자 자리를 권한 후 자신도 막사 중앙에 자
리를 잡고 앉은 후 천천히 입을 열었다.
　"내가 굳이 이 먼 곳으로 천추군을 모이게 한 것은 나름대로
이유가 있기 때문이오."
　을천목이 입을 열자 사람들의 시선이 일제히 을천목에게로
향했다. 십이종성 을천목이 아무 이유 없이 이 철림으로 천추
군을 모이게 했을 리 없었다.
　"무슨 이유로 천추군을 철림에 모이게 하신 겁니까?"
　단보가 묻자 을천목이 신중한 표정으로 대답했다.
　"음, 이유는 셋일세."
　을천목의 대답에 파소의 눈에 이채가 서렸다.
　'하나도 아니고 셋씩이나 이유가 있단 말인가? 이 철림이란
곳이 생각보다 사연이 많은 곳인가 보군.'
　파소가 내심 을천목이 말한 세 가지 이유에 대해 호기심을
드러내며 을천목에게 시선을 주었다.

第二章

혈화(血花)

　"철림으로 천추군을 모은 이유 중 첫 번째는 당연히 검산의 흔적이 이 혹한의 북방으로 이어졌기 때문이오. 물론 그들이 여러 갈래로 갈라져 일시에 북삼룡을 제압했지만 그 주력은 이 북방으로 이동한 것으로 판단되오이다."

　을천목이 천추군을 매서운 북풍한설이 몰아치는 철림으로 소집한 첫 번째 이유를 말했다.

　"고승 대협의 의견입니까?"

　파소가 물었다. 현 천추군에서 검산의 행적을 쫓는 것은 추격의 대가, 고승의 몫이었다.

　"그렇소이다, 소천. 고승, 그 사람의 말로는 검산의 무리들 중 오 할이 이 북방으로 향했다고 하더구려."

“이상한 일이군요. 이런 오지까지 주력을 몰고 올라오다니, 알 수 없는 일입니다.”

단보가 고개를 갸웃거렸다.

“아마도 천추군의 추격이 가장 어려운 곳을 택해 정착지를 구축하려는 것이 아니겠나?”

을지행이 단보의 말에 답했다. 그런데 을지행의 말에 을천목이 고개를 저으며 입을 열었다.

“물론 대성사께서 말한 이유도 한 이유일 것이네. 하지만 그들이 이 북방으로 온 것은 그보다 더 중요한 이유가 있기 때문이네.”

“다른 이유가 있다는 말입니까?”

을천목과 을지행은 각기 무천향의 십이종성과 대성사이지만 사사로이는 형제간인 사람들이었다. 그래서 을천목은 오히려 단보를 대하는 것보다 을지행을 더 편하게 대하고 있었다.

“그렇다네, 아우님. 그리고 그것이 천추군을 철림으로 부른 또 다른 이유일세.”

“어떤 이유입니까?”

을지행이 호기심을 드러내며 물었다. 그러자 을천목이 정색을 한 얼굴로 말했다.

“그건 바로 대설문의 비처에 존재하는 혈화라는 물건 때문일세.”

“혈화라니요?”

을지행이 금시초문이라는 얼굴로 물었다. 강호 경험이 많은 단보 역시 대설문 혈화에 대한 소문은 듣지 못했는지 의문이 담긴 얼굴로 을천목을 바라봤다.

사람들의 시선이 자신에게로 모이자 을천목이 서둘러 입을 열었다.

"대설문 혈화에 대한 전설은 사실 강호에 널리 알려지지 않았네. 그러나 아주 오래전부터 은밀히 무림에 전해지는 전설 중 하나지. 기실 나도 혈화에 대해 알게 된 것은 강호기문록을 통해서일세."

"형님께서 어린 시절 잠시 빠져 있던 그 서책 말입니까?"

"후후, 맞네. 어린 마음에 강호의 기이한 전설들을 모아놓은 그 서책은 단번에 내 마음을 사로잡았지. 그 책을 끼고 있다가 선친께 혼이 난 적이 한두 번이 아니었지."

을천목의 말에 을지행이 빙그레 미소를 지었다.

"저도 기억이 나는군요. 다른 형제들이 모두 무서(武書)를 뒤적이고 있을 때 형님께선 언제나 가문의 서고 귀퉁이에서 찾은 그런 기서들을 즐겨 읽으셨지요. 물론 그땐 이해할 수 없었지만 결국 그런 형님의 노력이 형님을 현 무천향제일의 현자로 만든 것이었지요."

"허허허, 무천향제일의 현자라니, 남이 들으면 웃겠네. 어쨌든 그 강호기문록에 이르기를, 북방 대설문에 대대로 내려오는 기보가 있다 했네. 가문의 수뇌들만이 아는 빙동에 피처럼 붉은 꽃으로 피어난다고 적혀 있었지. 그 혈화 한 송이가 피기 위해선 일백 년의 시간이 필요하고, 일단 그 일백 년의 세월을

기다려 피어난 혈화는 천하에서 가장 뛰어난 영약이라고 적혀
있었네. 그 어떤 것도 혈화의 영험함을 따라올 것이 없다고도
했지. 그 하나면 수백의 고수를 키워낼 수 있다고 했으
니……."

"그게 실제로 존재하는 물건이란 말입니까?"

남독마군이 의혹 어린 표정으로 물었다.

"음, 본래 전설이란 전설로 그치는 경우가 많지만 이 혈화는
실제로 존재하는 물건으로 알고 있다네."

"그런 물건이 있다니, 정말 신기한 일이군요."

"강호의 기물이야 모래알처럼 많지 않은가."

을천목이 빙그레 미소를 지으며 말했다. 그런데 그때 가만
히 을천목의 말을 듣고 있던 파소가 조용히 입을 열었다.

"비록 혈화의 전설이 사실일지라도 기보 하나를 얻고자 검
산이 주력을 몰아 이곳에 왔다는 건 이해하기 힘들군요."

파소의 말에 을천목이 고개를 끄덕였다.

"물론 소천의 말대로 그리 생각할 수도 있네. 나도 처음엔
이해가 되지 않았으니까. 하지만 소천이 보내온 소식을 듣고
그 저간의 사정을 이해할 수 있게 되었네."

"제가 전한 소식이라면……?"

"생혼단 말이네."

"생혼단이라시면……?"

"그들이 조산에서 물러났다고 했지?"

"그렇습니다."

"생혼단은 검산에 있어 무선의 경지에 이를 고수를 만들어 줄 수 있는 물건이네. 그런데 비록 방해자가 있다손 치더라도 그들이 너무 쉽게 물러났다고 생각지 않으시는가?"

을천목의 말에 파소가 고개를 끄덕였다. 생각해 보면 밀천궁 요승들의 퇴각은 너무 쉽게 이루어진 일이었다.

"그 이유가 혈화 때문이란 말입니까?"

"그럴 것이라고 판단하고 있네."

"혈화가 생혼단을 대신할 물건이란 말인가요?"

파소가 되묻자 을천목이 고개를 저었다.

"생혼단을 대신할 물건이 아니라 사람들의 정혈이 없이도 생혼단을 완성시킬 수 있는 물건이라고 하는 것이 옳겠지. 그 것도 적어도 두세 개 정도는……."

을천목의 말에 장내 고수들의 표정이 일제히 심각하게 변했다. 검산과 밀천궁에서 생혼단을 만들고 있다는 것이 알려진 후 천추군의 고수들에겐 생혼단이 어떤 물건인지에 대해 모두 알려진 상태였다. 그런데 그 생혼단을 여러 개 만들 수 있는 물건이 존재한다니 어찌 놀라지 않을 수 있을 것인가? 그렇다면 검산의 주력이 이 북방으로 올라올 이유는 충분했다.

"혈화가 정말 그렇게 대단한 물건입니까?"

단보가 확인하듯 물었다.

"나도 그 물건을 직접 본 적이 없으니 확신할 수는 없네. 하지만 강호기문록에 적혀 있기를, 혈화는 만인의 정혈에 버금가는 효과가 있다고 했네. 그러니 생혼단을 만들기에 그 혈화만 한 물건이 어디 있겠는가?"

생혼단은 사람의 정혈을 뽑아내 만드는 마단이었다. 혈화가 만인의 정혈에 버금가는 영약이라면 생혼단을 만드는 데 그만한 물건이 있을 수 없었다.

"그렇다면 그들의 손에 혈화가 들어가는 걸 반드시 막아야겠군요. 하지만……."

을지행이 어두워진 얼굴로 말꼬리를 흐렸다. 그러자 을천목이 고개를 끄덕이며 을지행의 말을 받았다.

"나도 아우님이 뭘 말하려는지 알고 있네. 이미 대설문이 그들의 손에 들어갔는데 어찌 혈화가 검산의 손에 들어가는 것을 막을 수 있느냐는 것이겠지?"

"그렇습니다. 형님, 이미 혈화는 그들의 물건이 된 것이나 마찬가지 아닙니까?"

을지행의 말에 지금껏 침묵을 지키고 있던 종성, 소법이 천천히 입을 열었다.

"우리도 처음엔 대성사와 같은 생각을 하고 있었소이다. 해서 어쩌면 저들과 때 이른 전면전을 펼쳐야 하는 게 아닌가 하는 생각을 하고 있었지요. 그런데 저들과의 전면전을 위해 대설문 주변을 조사하던 중 한 가지 중요한 사실을 알게 되었소이다."

소법이 잠시 말을 멈추자 을천목이 연이어 소법의 말을 받았다.

"그 사실이 바로 천추군을 이곳에 모이게 한 세 번째 이유라네."

"도대체 무슨 일이기에……?"

을지행이 의아한 얼굴로 소법과 을천목의 얼굴을 번갈아 바라봤다. 그러자 을천목이 정색한 얼굴로 입을 열었다.

"본래 대설문에서도 혈화가 만들어지는 곳은 오직 한 사람만이 알고 있다고 하더군."

"오직 한 사람이라니요?"

을지행이 놀란 표정으로 물었다.

"더욱 놀라운 것은 그 한 사람이 대설문주가 아니라는 사실일세. 대설문주조차 혈화가 만들어지는 비처를 알지 못한다는 것이네."

"예?"

을지행이 언뜻 을천목의 말을 이해하지 못하고 반문했다. 그도 그럴 것이, 대설문주가 대설문 최고의 기보라는 혈화가 만들어지는 곳을 모른다는 것은 이치에 맞지 않는 말이었다.

"대설문주도 혈화가 만들어지는 곳을 모른다고 했네."

"어떻게 그럴 수가……?"

"음, 세속에 나와 들어보니 대설문에 대한 평가는 모호한 면이 있더군. 패도문 묵철가나 마문이라 불리는 요천문과 함께 북삼룡에 속하는 관계로 사파로 분류되기는 하지만 기실 그들이 사파로 불릴 만한 혈사나 괴사를 일으킨 적은 없더군. 아니, 아예 강호행 자체가 극히 적은 문파더구만."

"그렇지요. 대설문의 고수들을 보는 것은 신선을 보는 것처럼 어렵다는 말이 있을 정도니까요.”

단보가 대답했다.

“그런데 알고 보니 대설문은 강호의 어느 문파보다 규율이 엄정한 문파더군만. 아마도 강호의 수천 문파 중 대설문만큼 엄격한 규율을 지닌 문파는 찾기 어려울 듯하더군.”

“그 정도입니까?”

을지행이 놀란 얼굴로 물었다.

“마치 무천향을 보는 줄 알았네. 강호행에 대한 제한도 무척 엄격해서 특별한 일이 아니면 문도의 강호행을 허락지 않는다고 하더군. 어쨌든 그런 엄정한 문파의 규율은 천하제일의 기보라는 혈화에 이르러선 더욱 엄격해져 문파의 수장들이라 할지라도 함부로 혈화에 접근할 수 없게 되어 있더란 말일세.”

“그럼 혈화는 도대체 누가 지키는 것입니까?”

“대설문에는 대대로 설신녀라는 존재가 있더군. 그 설신녀가 혈화를 지키는 사람이라네.”

“설신녀라… 무당과 같은 건가요?”

을지행이 물었다.

“그와 비슷하네만… 뭐, 주술을 부리거나 하는 존재는 아닐세. 단지 비처에서 자라는 혈화를 지키는 일을 맡고 있는 존재일 뿐이지. 설신녀의 임무는 대대로 혈화가 자라는 것을 지키고 있다가 일백 년마다 혈화가 온전한 모습으로 피어나면 그 혈화를 채취해 대설문주에게 전해주는 것이라 하더군.”

“음, 왜 문주가 혈화를 직접 지키지 않고 설신녀를 내세워 혈화를 지키는 걸까요?"

"그건 아마도 온전한 혈화를 탄생시키기 위한 고육책이 아닌가 싶네. 사람의 심성이란 요사스러워서 자신의 대에 혈화를 얻지 못하는 문주라면 누구라도 미처 완전히 피어나지 않은 혈화에 욕심을 낼 수도 있지 않겠는가? 대설문의 조사는 아마도 그런 이유에서 혈화를 문주에게 맡기지 않고 청정한 심기를 지닌 설신녀를 통해 지켜오게 한 것이라고 짐작되네. 물론 이도 짐작에 불과한 것이지만……."

을천목의 설명에 장내의 고수들이 고개를 끄덕였다. 설신녀를 두는 제도는 미처 피어나지 않은 혈화를 욕심내는 것을 막기 위한 수단으로는 무척 유용한 것이었다.

"해서 비록 검산이 대설문을 장악했다지만 아직 그들의 손에 혈화가 들어간 것은 아니란 말일세. 그들이 혈화를 손에 넣으려면 반드시 설신녀을 제압해야 하네. 뭐, 설신녀를 제압한다고 하더라도 그녀가 끝까지 입을 열지 않으면 혈화를 얻을 수 없겠지만……."

"그녀는 어디에 있습니까?"

남독마군이 당장에라도 달려갈 것처럼 물었다.

"이 사람아, 대설문의 문주도 모르는 그녀의 위치를 내가 어찌 알겠는가?"

"아, 그, 그렇군요."

남독마군이 자신의 실태를 깨닫고 머리를 긁적였다. 그러자 팽팽한 긴장이 흐르던 장내에 잠시 웃음이 흘렀다. 한차례 웃음이 지나가자 다시 을천목이 입을 열었다.

"대설문의 혈화가 언제 완성되는지는 알 수 없네. 하지만 설신녀는 삼 년에 한 번 대설문에 들어 문주에게 혈화의 상태를 설명한다고 하네. 그리고 이번 달이 바로 설신녀가 문주를 찾아오는 달이라고 하더군."

을천목의 말에 장내 고수들의 눈빛이 번뜩였다.

"검산의 작자들에겐 좋은 기회군요."

단보가 나직한 목소리로 말했다.

"그들에게도 좋은 기회겠지만 우리에게도 좋은 기횔세."

을천목이 단보의 말을 받았다.

"그 말씀은 그 설신녀인가 하는 사람을 우리 쪽으로 데려오겠다는 말씀이십니까?"

"그것 말고 혈화가 검산의 손에 들어가는 것을 막을 방법이 있는가?"

"그녀가 순순히 우리를 따라오겠습니까?"

"사정을 설명하면 아마도 오지 않을 수 없을 걸세. 아니, 적어도 대설문에 들지 않고 비처로 돌아가겠지. 우린 그녀가 대설문에 드는 것을 막아야 하네. 일단 그녀가 대설문에 들어가면 그녀의 목숨과 혈화, 둘 중 하나를 내놓아야 할 걸세."

"하지만 혈화가 언제 필지도 모르는 상황 아닙니까?"

"혈화가 정말 꽃이라고 생각하지는 않겠지? 아마도 혈화는 어떤 영물이나 영수를 말하는 것일 걸세. 그 약효가 온전해지기 위해서 백 년의 시간이 필요한 것일 테고. 그렇게 본다면 생혼단을 만들기 위해서 검산에게 필요한 혈화가 온전한 것일 필요는 없을 걸세. 약효가 온전치 않다고 해도 어느 정도 약효만 있다면 생혼단을 만드는 데 요긴하게 쓰일 테니 말일세."

"그렇군요. 검산의 사람들이 혈화가 피기를 기다릴 사람들은 아니지요. 그런데 그녀가 어느 곳에서 올지 알아야 그녀가 대설문에 들어가는 것을 막을 수 있을 텐데요."

단보의 말에 을천목이 미소를 지었다.

"우리에겐 강호 최고의 추격자가 있지 않은가. 이보게, 고승!"

을천목의 부름에 천막 안 한쪽에 물러나 있던 고승이 앞으로 나섰다.

"옛, 종성 어른!"

"그동안 조사한 바를 말해보게."

"알겠습니다, 종성 어른!"

고개를 숙여 보인 고승이 한 걸음 더 앞으로 나오더니 을천목 앞에 놓인 허름한 나무 탁자에 한 장의 가죽 지도를 펼쳤다. 만든 지 얼마 되지 않아 보이는 지도에는 어지러운 선과 지형들이 그려져 있었다.

"전 철림에 들자마자 종성 어른의 명에 따라 대설문 주변의 지형을 조사했습니다. 이 지도는 이곳 철림과 대설문 주변의 지형을 그린 것입니다. 그간 살핀 결과에 의하면, 사방에서 대설문으로 들어갈 수 있는 길이나 사람들이 드나든 흔적으로 파악한 통로는 대략 일곱 개 정도 됩니다. 그러니 그 일곱 개

의 길목을 지키고 있으면 어느 쪽으로 설신녀가 오든 그녀를
만날 수 있을 겁니다. 물론 대설문의 고수들이 그녀를 마중하
기 위해 나온다면 더 쉽겠지만 말입니다."

고승의 말에 사람들의 시선이 고승이 펼쳐 놓은 지도로 향
했다. 어지럽게 그려진 지도의 중심에는 대설문으로 보이는
장원이 그려져 있었고, 그 장원으로 이어지는 대로(大路) 세 곳
과 소로(小路) 네 곳이 굵은 선과 가느다란 선으로 표시되어 있
었다.

"그녀가 어느 방향에서 올 것 같은가?"

단보가 고승을 보며 묻자 고승이 잠시 생각에 잠겼다가 북
쪽의 두 길과 동쪽으로 이어진 하나의 길을 가리켰다.

"확신할 수는 없지만, 이 세 길이 가장 유력하다고 봐야 할
겁니다. 다른 네 곳의 길은 남쪽과 이곳 철림으로 부터 이어지
는 길인데, 혈화라는 것이 오지의 영기가 서린 곳에서 자라는
영물이라면 역시 북쪽과 동쪽의 험지에서 자랄 가능성이 많지
않겠습니까?"

"흠, 그렇겠구만……."

단보가 고개를 끄덕이며 다시 지도 위의 지형을 면밀히 살
피기 시작했다. 그리고 잠시 후 고개를 들더니 을천목을 바라
봤다.

"그런데 그녀가 정확히 언제 나타날지는 알 수 없는 일 아닙
니까?"

"알아본 바에 의하면, 적어도 이달 보름 안에는 대설문에 나

타날 것이라고 하더군. 본래 설신녀가 대설문을 방문하시는 시간은 정확하게 정해져 있다고 하네. 삼 년이 되는 날로부터 보름 사이에 도착한다고 하더군.”

“보름이라… 그럼 앞으로 보름간은 이 일곱 개의 길을 지켜야겠군요, 그중에서도 북쪽과 동쪽의 길을.”

“그래야 할 걸세. 그렇다고 천추군 모두를 동원할 수도 없네. 저들이 눈치채지 못하게 그녀를 먼저 만나야 하니.”

“차라리 이 기회에 대설문에 들어가 검산의 작자들을 제거하는 것은 어떻겠소이까? 어차피 이곳에 있는 자들이 본진이라면…….”

소법이 조금 과격한 해법을 내놓았다. 그러자 을천목이 천천히 고개를 저었다.

“물론 그도 한 방법이오. 하지만 가급적 대설문 안에서 그들을 상대하는 것은 피해야 할 듯하오. 대설문이란 곳이 워낙 외부에 알려지지 않은 곳이라 그 내부 사정을 잘 모를뿐더러, 대설문 안에서 싸움을 벌이면 대설문의 문도들도 상대해야 하니 애꿎은 피를 흘릴 수도 있을 것이오. 더군다나 대설문 내부 사정이 정확치 않으니 지금 즉시 대설문 안으로 들어가 그들을 상대하는 것은 지형적으로 극히 불리한 싸움이외다. 물론 승리를 할 수는 있겠으나 역시 우리 쪽의 피해도 만만치 않을 것이오. 그러니 그 방법은 혈화가 그들의 손에 들어가는 것을 막지 못했을 경우에나 생각해 볼 문제지요. 그러니 지금은 일단 혈화가 그들 손에 들어가는 것을 막고, 그들을 상대할 방법은 그 후 차차 생각해 봐야 할 것 같소이다."

을천목의 침착한 설명에 소법이 고개를 끄덕여 그의 결정에 동의했다. 그러자 을천목이 사람들을 돌아보며 다시 입을 열었다.

"오랜 이동에 피곤한 줄 알지만 일이 급하니 다시 출행을 해야 할 것 같소이다."

"일을 뒤로 미룰 수 없는 상황이니 피곤함을 핑계대고 앉아 있을 수는 없지요."

단보가 고개를 끄덕였다.

"자, 그럼 사람들을 나누도록 하십시다."

을천목의 말에 장내의 사람들이 을천목 주위로 모여들었다.

*　　*　　*

진을 벗어나자 다시금 철림의 위력이 되살아났다. 칼바람이 옷깃을 벨 듯 스쳐 지나가고 혹한이 살을 얼려왔다. 그러나 천년 침엽수림은 그 혹한 속에서도 굴강한 모습으로 서 있었고, 파소와 남독마군, 그리고 단보는 아름드리나무를 방패 삼아 혹한의 추위를 뚫고 전진했다.

철림의 은신처를 떠난 지 사 일째 되던 날, 드디어 숲이 끝나고 설원이 나타났다. 설원이라고는 하지만 서쪽의 초원과는 달리 심한 굴곡이 있는 지형이었고, 곳곳에 섬처럼 울창한 수림의 군락이 존재했다. 그러나 어쨌든 시야는 훤히 트여서 가슴 한쪽이 시원해짐을 느끼는 파소였다.

"저곳인가요?"

파소의 질문에 단보가 품속에서 양피지를 꺼내 들었다. 고승이 며칠 동안 주변을 돌며 만든 지도를 작게 축소한 것이었다.

"음, 맞구나. 대설문이다."

단보가 고개를 끄덕였다.

삼방이 거대한 설산에 둘러싸여 있고 트여 있는 곳이라곤 오직 남쪽뿐인 계곡, 그 남쪽으로도 거대한 군락의 침엽수림이 자리 잡고 있어 사방에서 불어오는 혹한의 바람을 막을 수 있는 곳에 한 채의 장원이 고고하게 서 있었다.

마치 눈으로 지붕을 만든 듯 건물 위에는 두껍게 쌓인 눈이 덮여 있고 건물과 건물 사이에 사람이 다닐 수 있는 길이 흙을 드러낸 채 이어져 있었다.

건물의 숫자는 대략 삼십여 채. 크고 작은 건물들이 비좁게 서 있어 외부에서 불어오는 바람을 막았고, 주변에는 마치 성벽처럼 장원을 둘러싼 산으로 이어지는 거대한 수림이 형성되어 있었다. 그 수림들 역시 흰 눈을 덮어쓰고 있어 조금 더 거리가 있다면 장원의 존재를 모른 채 그냥 지나칠 듯싶었다.

장원을 둘러싼 세 개의 산은 결코 낮지 않아서 그 봉우리에는 고목이 하늘의 기운에 눌려 기이한 형태로 자라 있었고, 그 나마도 반쯤은 만년설에 파묻혀 있었다.

"완전히 눈 속에 파묻혀 있구만!"

남독마군이 감탄이 섞인 목소리로 중얼거렸다.

"말로만 들었는데, 정말 대설문이란 이름이 어울리는 문파야."

단보도 대설문의 풍광이 예사롭지 않게 느껴지는 모양이었다.

"어서 가지요. 동쪽 길을 맡기로 했으니 길이 멉니다."

파소의 재촉에 단보가 고개를 끄덕였다.

"음, 그러자꾸나. 보자, 세 산 중 가장 크군."

세 사람이 지켜야 할 길은 동쪽 산의 뒤편에 있었다.

"흔적을 남기지 말아야 하니 조심해야 합니다."

파소의 말에 단보와 남독마군이 고개를 끄덕인 후 신형을 날리기 시작했다. 세 사람이 이동한 눈 위에는 새 발자국 정도의 자국만 남았다가 그나마도 곧 불어온 설풍에 이내 눈으로 덮이고 말았다.

대설문의 북쪽을 돌아 두 개의 산을 지난 파소 일행은 세 번째 산에서 걸음을 멈췄다. 저 멀리 눈의 계곡이 파소의 눈에 들어왔다. 눈 계곡의 끝은 보이지 않았다. 뿌연 백설의 연무가 계곡의 끝에 펼쳐져 있어 길이가 얼마일지, 그 너머엔 무엇이 있는지 짐작하기 어려웠다.

"저 계곡에서 이어지는 길이 가장 가능성이 높단 말이지?"

단보가 황량하면서도 조금은 괴기스런 계곡을 바라보며 말했다.

“근방에서도 계곡 너머로 여행한 자가 없다고 하니 사람들의 이목을 피해 혈화가 피기에는 가장 적당한 곳이겠지요.”

남독마군이 상기된 표정으로 계곡을 바라보며 말했다.

“가죠.”

물끄러미 계곡을 바라보고 있던 파소가 불쑥 말을 내뱉고는 걸음을 옮겨 계곡 아래로 내려가기 시작했다.

“가끔 보면 참 매정한 성격이죠?”

앞서 걸음을 옮기는 파소를 보며 남독마군이 단보에게 물었다.

“나도 가끔 그런 생각을 하곤 하네. 그래서 걱정이 되기도 하지.”

“뭐가 말입니까?”

“저 아이가 결국 무천향을 버리는 것이 아닌가 하고 말이야. 모든 일이 끝난 후 저 아이가 저런 매정함으로 무천향을 버릴 것 같단 말일세.”

단보의 말에 남독마군이 고개를 끄덕였다.

“듣고 보니 노형님 말씀이 맞군요. 애초부터 무천향에 살고자 들어온 사람이 아니니… 결국 방법은 하나군요.”

“저 아이를 무천향에 머물게 할 방법이 있단 말인가?”

단보가 기대 서린 표정으로 남독마군을 바라봤다.

“본시 혼인을 한 남자의 최대 약점은 그 안사람인 법이죠. 석 부인을 잘 구슬려 보세요. 석 부인의 말이라면 소천도 꼼짝을 못하는 것 같더라구요.”

"으흠, 그런 방법이 있었군. 이 사람, 혼인도 하지 않은 사람이 별걸 다 아는군."

"어쨌든 제게 신세 한 번 진 겁니다."

"알겠네. 나중에 곡차 한잔 대접하지."

단보와 남독마군이 실없는 농을 흘려대며 파소의 뒤를 따라 산 아래로 길게 뻗어나간 눈의 계곡을 향해 내려가기 시작했다.

"이제 보니 나무들이 있었군요. 눈이 너무 많이 쌓여 그냥 언덕으로 보였을 뿐이고."

남독마군이 신기한 듯 계곡의 양쪽 비탈을 바라보며 말했다. 비탈은 수직으로 솟아 있었는데, 그 아래와 중간 중간에 꽤 큰 나무들이 눈을 이고 서 있었다. 멀리서 볼 때는 나무가 아니라 그냥 바윗덩어리나 작은 언덕 정도로 생각했던 곳이다.

"신기한 일이야, 이런 기온에서 나무가 자라다니."

단보도 고개를 갸웃거리며 중얼거렸다.

"비록 차긴 하지만 그래도 계곡 밖의 온도보다는 온화한 것 같아요. 아마 양쪽 비탈들이 바람을 막고 있기 때문이겠지요. 그 덕에 나무들이 자란 것이고……."

파소도 신기한 듯 기이한 모습의 계곡을 바라보며 말했다.

"그런데 여기서 기다릴 수는 없지 않느냐?"

"아무래도 그렇지요. 대설문과 지나치게 가까우니까요. 대설문에서 사람이 나오면 발각될 염려가 있으니 계곡 안쪽으로 더 들어가 보지요."

파소가 고개를 끄덕이고는 앞서서 계곡 안쪽으로 걸음을 옮기기 시작했다.

그렇게 반 시진 정도를 이동하자 계곡의 모습이 다시 변하기 시작했다. 몸을 단번에 얼려 버릴 것 같은 혹한의 계곡은 계곡 입구와 전혀 다른 모습으로 파소 등을 맞이했다.

아마도 파소 등이 내공을 익힌 무림인이 아니었다면 일각도 지나지 않아 동사하고 말았을 만큼 강렬한 추위였다.

"미치겠군. 도대체 무슨 놈의 기온이 이렇게 급격하게 변하지?"

남독마군이 자신도 모르게 옷깃을 여미며 말했다. 강호의 일대 마인으로 불리던 그조차도 공력을 끌어올려야 견딜 수 있을 정도의 추위였다. 더불어 계곡은 서서히 눈이 사라지고 얼음이 보이기 시작했다. 그리고 그 얼음 안에는 얼마나 오랫동안 얼음 속에 갇혀 있었을지 모르는 나무들이 박제가 된 채 들어 있었다.

"놀라운 곳이구나. 모든 생명들이 화석이 된 곳이라니……."

단보의 말처럼 얼음 속에 박제가 된 것은 나무와 수풀만이 아니었다. 종종 오소리나 노루 등도 투명한 얼음 속에서 발견되었다.

"동물들까지 얼음 속 화석이 되었다는 건 결국 이곳을 얼음의 세계로 만든 기온의 변화가 한순간에 일어났다는 의미겠군요.”

파소의 말에 단보가 고개를 끄덕였다.

“그렇겠지. 서서히 진행된 변화라면 동물들이 저렇게 죽어 있을 리 없었을 테니까.”

“얼마나 된 걸까요?”

남독마군이 문득 빙벽 쪽으로 걸어가 얼음 속에 죽어 있는 한 마리 토끼의 붉은 눈동자를 바라보며 말했다.

“글쎄, 보이는 것만으론 바로 어제까지 살아 있었던 생명들 같지만, 애초에 얼음 속에 갇혀 있었다면 천 년이 지났다고 해도 변하지 않았겠지.”

“사람의 힘은 아닐까요?”

남독마군이 단보를 돌아봤다. 그러자 단보가 고개를 저었다.

“그리 의심할 수도 있겠지만 그건 아닌 것 같네. 세상의 어떤 진이나 고수도 이런 일을 한순간에 만들어낼 수는 없네. 아마 뭔가 큰 충격에 의해 주변의 환경이 급격하게 변한 것일 거야.”

“하긴 이런 일을 사람이 해냈다면 그건 사람이 아니라 신이겠지요. 그런데 소천, 우린 어디서 기다려야 하는 것인가?”

남독마군의 질문에 파소가 고개를 돌려 그들이 지나온 온화한 기온의 숲을 바라봤다. 그리곤 천천히 입을 열었다.

“만약 대설문과 검산에서 사람이 나온다면 기온의 변화가 일어난 경계 지점까지일 것입니다. 이 안쪽으로는 들어오기

힘들 거예요. 물론 그들에게 능력이 없어서는 아니지요. 그보
단 심리적으로 이 안쪽은 마치 금지의 영역처럼 느껴지니까
요. 그러니 우린 조금 더 안쪽으로 들어가 보죠."

"알겠네. 그들의 시야가 미치지 않는 곳이 좋겠지."

남독마군이 고개를 끄덕이자 파소가 다시 걸음을 옮겨 생명
들의 화석으로 장식되어 있는 빙벽을 따라 좀 더 안쪽으로 걸
어 들어갔다. 그렇게 이각여를 더 이동하자 이제 온화한 기후
쪽의 계곡이 더 이상 시야에 들어오지 않았다.

"이곳이 좋겠군요."

온통 얼음으로 뒤덮인 곳이었지만 그나마 잠시 머물 수 있
는, 아늑한 지대가 눈에 들어왔다.

"흠, 외풍은 막을 수 있겠군. 여전히 춥지만……."

남독마군이 고개를 끄덕인 후 움푹 들어간 공터의 구석으로
다가가 얼음장 위에 털썩 엉덩이를 대고 앉았다.

"어, 차다!"

그러나 남독마군의 음성은 한여름 시원한 냉수를 들이켠 사
람의 목소리처럼 쾌감이 느껴졌다.

"보자, 여기도 불쌍한 생명들이 있군."

자리를 잡고 앉은 남독마군이 문득 자신의 발아래를 보며
입을 열었다. 파소 등이 바라보니 남독마군이 앉은 얼음 아래
로 북방의 추위에서 피어나는 들꽃들과 푸른 풀잎들이 눈에
들어왔다.

"저런 꽃이 있었다는 건 기후가 변하기 전에는 이 계곡이 무

척 온화한 기후였다는 의미겠지."

단보의 말에 파소가 고개를 끄덕이며 말했다.

"그렇겠지요. 지형상으로 사방에서 불어오는 바람을 막을 수 있는 곳이니까요. 그러니 더욱 궁금하군요, 도대체 뭐가 이곳을 빙하의 세계로 만든 것인지."

"그러게 말이다. 도대체 이곳에서 무슨 일이 일어났던 것일까?"

모두들 과거 이 빙하의 계곡에서 일어난 일이 궁금했지만 수백, 아니, 수천 년 전에 일어난 자연의 변화를 짐작할 수는 없는 일이었다.

"오려면 빨리 왔으면 좋겠군요."

다시 남독마군이 입을 열었다. 누구라도 이런 추위 속에서 오랫동안 머물고 싶은 사람은 없을 터였다.

"보름까지는 이제 며칠 안 남았으니 기다려 보세. 그리 오래 기다리진 않을 것이네."

단보가 위로하듯 말했다.

"그래야지요. 오래 끌었다간 우리도 빙하 속 박제가 되어버리고 말 겁니다."

남독마군의 엄살에 파소와 단보가 오랜만에 웃음을 터뜨렸다. 그렇게 세 사람의 기다림이 시작됐다.

파소는 빙하의 계곡에 비쳐 드는 짧은 겨울 해를 바라보고 있었다. 북방의 겨울 해는 짧아서 동짓달에는 채 두 시진도 해를 볼 수 없었다. 그러나 일단 해가 떠 있는 동안은 설원과 빙하에 비추는 찬란한 아름다움을 만끽할 수 있었다.

‘세상은 참 알 수 없어. 극한의 한기와 고통을 견디면 이런 아름다움을 볼 수 있다니. 운명이란 게 언제나 두 가지 얼굴을 하고 있다는 걸 말해주는 걸까?

파소가 계곡에 비쳐 드는 한줄기 햇살에 상념에 잠기려는 찰나, 갑자기 파소의 눈빛이 변했다.

‘사람?

햇살이 비쳐 드는 계곡의 저 멀리 평소와는 다른 희뿌연 안개 같은 것이 일어나고 있었다.

“뭐지?”

남독마군과 단보도 이미 계곡 저편에서 일어나는 연무를 발견한 모양이었다. 남독마군이 한 걸음 앞으로 나서며 눈을 가늘게 뜨고 연무의 정체를 살폈다. 그리고 잠시 후 그의 입에서 놀람에 가득 찬 목소리가 흘러나왔다.

“소천, 노형님! 사람입니다.”

남독마군의 말이 아니더라도 파소와 단보 역시 연무 속에서 희미하게 움직이고 있는 사람의 그림자를 볼 수 있었다.

“그녀일까요?”

파소가 낮은 목소리로 물었다.

“아마도 그렇지 않겠느냐? 이런 곳에 외인이 나타날 리 없을 테니.”

“신비하군요.”

남독마군은 연무와 함께 등장한 사람의 모습에 연신 감탄사
를 흘려내고 있었다.

"가볼까요?"

"그러자!"

단보의 대답을 들은 파소가 천천히 걸음을 옮겨 연무에 휩
싸인 채 다가오는 일단의 인물을 향해 걸어가기 시작했다.

세 명의 여인, 눈처럼 하얀 백의를 걸치고 북방의 추위에 강
한 순록이 끄는 작은 썰매를 앞세운 세 명의 여인은 인세의 사
람들 같지가 않아 보였다. 그중에서도 특히 순록이 끄는 썰매
에 타고 있는 여인은 극한의 아름다움을 지니고 있어 사람의
눈을 멀게 할 정도의 마력을 뿜어내고 있었다.

그러나 더욱 놀라운 것은 삼 인의 여인이 아니라 그녀들 주
변에서 일어나는 현상이었다. 모든 생명을 박제로 만들어 버
린 빙하의 계곡이 그녀들이 나타나자 주변 십여 장 안쪽은 봄
바람이 불듯 온화한 기후로 변하고 있었던 것이다. 그녀들 주
위에서 일어나는 연무는 바로 그 급격한 기후의 변화로 인해
일어나는 현상이었다.

"도대체 사람이 맞긴 한 겁니까?"

남독마군이 단보의 뒤에서 마치 귀신이라도 본 듯한 표정으
로 중얼거렸다.

"그럼 귀신이겠는가?"

"그런데 저 모습들이란 다 뭐란 말입니까? 더군다나 이 추

운 곳을 온화하게 만드는 능력이란……."

"모든 일에는 다 이유가 있게 마련이네. 나름대로 이유가 있 겠지."

침착한 단보의 대답이 들려오는 사이 그보다 더 침착한 표 정의 파소가 삼 인의 여인 앞으로 다가갔다. 그러자 썰매에 타 지 않은 여인 중 한 명이 입을 열었다.

"누구냐, 감히 대설문 신녀님의 앞을 막는 자들이!"

여인의 질문에 파소가 피식 실소를 흘려냈다.

'굳이 물을 필요도 없군. 스스로 그 신분을 말해주니.'

파소의 웃음에 노한 것일까, 질문을 던졌던 여인이 아름다 운 얼굴과는 어울리지 않게 한기가 느껴지는 음성으로 재차 추궁했다.

"어서 정체를 대라!"

"대설문의 설신녀이십니까?"

상대의 질문에 대답을 하는 대신 파소가 상대의 정체를 확 인하듯 물었다. 이미 상대의 말을 통해 알고 있었지만 본인의 입으로 확인할 필요가 있었다. 그러자 지금껏 파소를 향해 말 을 던졌던 여인 대신 순록이 끄는 마차에 앉아 있던 절대지경 의 미인이 입을 열었다.

"참으로 예의없는 사람이군요. 상대의 질문에는 대답하지 않고 자신이 원하는 것만 묻다니. 당신같이 무례한 자와 굳이 대화를 나눌 필요를 느끼지 못하겠군요."

"대설문의 설신녀시군요."

파소가 단정하듯 말했다. 여전히 상대의 기분은 아랑곳하지 않는 태도. 그러자 오히려 파소의 뒤쪽에 있던 남독마군의 표정이 불안해졌다.

"왜 저러죠? 비위를 맞춰도 모자랄 판에?"

남독마군 기신이 낮은 목소리로 단보에게 물었다. 설신녀의 심기를 긁어대면 그녀를 설득해 철림으로 가는 것은 거의 불가능했다.

"나름대로 생각이 있겠지. 그런 이치를 모르고 행동할 소천은 아니지 않은가?"

"그렇긴 하지만……."

단보의 말에도 남독마군은 여전히 불안한 기색을 감추지 못했다.

"좋아요. 내가 대설문의 설신녀예요. 그러니 이제 말해보시죠. 당신들은 누구죠?"

대설문의 설신녀임을 밝힌 백의의 여인이 추상같은 표정으로 물었다.

"우린 설신녀께 도움을 드리고자 온 사람들입니다."

파소의 말에 설신녀가 차가운 비웃음으로 응수했다.

"도움이라고요? 요즘 강호에선 이런 식으로 도움을 주나 보죠? 그리고 난 당신들의 도움을 원한 적이 없을 뿐 아니라 그 누구의 도움도 필요없어요. 제가 누군지 알고 왔으니 대설문이 어떤 곳인지도 잘 알겠지요?"

설신녀의 어투에선 대설문에 대한 자부심이 묻어났다. 허긴 그녀의 자부심이 허황된 것은 아니었다. 북삼룡 중 한 곳인 대설문이라면 천하의 그 어떤 문파, 어떤 고수 앞에서도 당당할 수 있었다. 그러나 다음 순간 파소의 입에서 나온 말은 설신녀의 그런 오만한 자부심을 일거에 무너뜨렸다.

"물론 대설문이 어떤 곳이지 잘 알고 있습니다. 또한 지금 대설문이 처한 상황은 당신보다도 오히려 잘 알고 있지요. 대설문은 지금 외인의 수중에 들어가 그들의 야망을 실현하기 위한 도구로 전락해 있지요."

파소의 냉정하리 만치 차가운 말에 설신녀의 하얀 얼굴에 빠르게 당황의 빛이 떠올랐다 사라졌다.

"지금 그 말을 믿으라는 건가요?"

당황의 빛이 사라진 설신녀의 얼굴에 대신 차가운 비웃음이 지어졌다.

"믿는 게 좋을 겁니다."

파소의 태도는 여전히 당당했다. 그렇다고 위협적인 것은 아니어서 굳이 비유하자면, 승자의 패를 쥐고 있는 도박꾼 같은 모습이었다. 그리고 파소의 그런 모습 때문인지 두 사람의 기세 싸움에서 설신녀가 서서히 수세로 몰리기 시작했다.

그녀가 속해 있는 곳이 대설문이었지만 정작 대설문에 대한 소식은 오로지 삼 년에 한 번 그녀가 대설문에 올 때만 들을 수 있었기에 지난 삼 년간 대설문에 어떤 일이 일어났는지 짐작할 수 없기 때문이었다.

파소의 행동은 이런 설신녀의 심리를 파고들어 그녀로 하여

금 스스로 파소에게 수동적인 자세를 취하게 만들기 위한 계
산된 행동이었던 것이다.

　워낙 단호한 파소의 태도에 예상대로 설신녀의 마음이 흔들
렸다.

　"난 강호에 대설문을 접수할 만한 세력이나 인물이 있다고
믿지 않아요."

　말은 그렇게 했지만 설신녀의 목소리는 흔들리고 있었다.
자신의 말에 대해 그녀 스스로도 확신을 하지 못하고 있는 것
이다.

　"물론 설신녀께서 알고 있는 강호무림의 문파와 사람 중엔
그런 힘을 지닌 존재가 없을 겁니다. 하지만 강호란 드러나지
않은 세력과 고수가 드러난 자들보다 많은 곳이지요. 지금 대
설문을 손에 넣은 자들도 바로 그런 자들이라고 할 수 있지요."

　"믿을 수 없어요."

　설신녀가 고개를 저었다.

　"그럼 이건 어떻습니까? 십여 년 전 북삼룡은 잠시나마 타
인에게 허리를 굽힌 적이 있지요."

　삼 년에 한 번 대설문에 돌아오는 설신녀, 과거 사색사혼에
게 북삼룡의 수장들이 허리를 굽힌 사실을 당시에는 몰라도
이후에는 알 수 있었을 설신녀였다. 그런데 파소의 말에 설신
녀의 표정이 예상보다 많이 흔들렸다.

　"설마 다시 그가 돌아왔다는 건가요?"

　'뭐지? 너무 과한 반응인걸?'

설신녀는 앉아 있던 썰매에서 신형을 일으키기까지 했다. 그건 지금껏 불청객 파소를 상대하면서 그녀가 보였던 행동과는 사뭇 다른 것이었다.

"그가 아니라 그들이지요."

"그들이라고요? 그에게 동료가 있었단 말인가요?"

"동료가 아니라 배후라고 해야겠지요."

파소의 말에 설신녀가 적지 않게 충격을 받은 표정이 되었다. 동료와 배후는 큰 차이를 가지는 말이다. 동료란 엇비슷한 수준의 사람 몇을 지칭하지만, 배후란 과거 대설문의 문주를 제압해 무릎 꿇린 자보다 더 강한 자들이 그 뒤에 있다는 의미였다.

"배후라면… 그런 자들이 한두 명이 아니란 말인가?"

설신녀가 자신도 모르게 주위 사람들을 의식하지 않고 낙담한 표정으로 중얼거렸다.

"그들의 숫자가 강호의 명문대파보다 많은 것은 아닙니다. 아니, 오히려 강호의 중소문파와 견주기도 어려운 숫자일지 모르지요. 하지만 적어도 그들 중 수십 인은 과거 대설문을 찾아왔던 자와 비슷하거나 오히려 더 강할 것입니다."

"믿을 수가 없군요. 과거의 그자는 절대적인 무공을 지니고 있었다고 들었는데, 그와 같은 자가 수십 인이라니……."

"그들은 천하를 꿈꾸는 자들입니다. 당금 강호에 그들을 막을 세력은 존재하지 않습니다."

파소의 단정적인 말에 설신녀가 한탄을 흘려냈다.

“아, 그렇다면 애써 서둘러 기보에 손을 델 필요도 없었던 것인가?”

순간 파소의 눈빛이 빛났다. 그녀가 무심결에 흘려낸 말속의 기보는 아마도 혈화일 터였다. 침묵이 길어지자 파소가 다시금 입을 열었다.

“그들은 지금 대설문을 장악하고 설신녀께서 오시길 기다리고 있습니다.”

“나의 존재를 알고 있단 말인가요?”

“외인인 우리도 알고 있는데 어찌 대설문을 장악한 그들이 설신녀의 존재를 모르겠습니까? 그들이 설신녀를 기다리는 이유는 오직 하나, 설신녀께 대설문 최고의 기보를 얻기 위해서입니다!”

“아……!”

나직한 탄식이 다시금 설신녀의 입에서 흘러나왔다.

“그들이 원하는 것은 대설문 최고의 기보인 혈화, 그리고 그 혈화가 그들의 손에 들어가는 순간 그들은 지금보다 배의 힘을 갖게 될 겁니다. 그리되면 강호에 그들을 막을 자는 없겠지요. 아마 채 오 년이 지나기 전에 강호는 그들의 손에 들어갈 것입니다. 오늘 제가 설신녀께 무례를 범한 것은 바로 그 일을 막기 위해서입니다!”

第三章

설신녀 미유

武天鄉
무천향

"당신들은 누구죠?"

설신녀가 한동안의 침묵을 뒤로하고 파소 등을 처음 만났을 때 던졌던 질문을 다시 던졌다. 두려움과 호기심, 그리고 기대감이 한데 섞인 음성이었다.

"우린 그들을 막으려는 사람입니다."

"그들과 당신들은 경쟁자들인가요?"

이 질문은 무척 중요했다. 그렇다고 대답하면 파소 일행도 무림 천하에 대한 야망을 지닌 사람들이 된다. 파소가 신중한 표정으로 고개를 저었다.

"그들과 우린 경쟁자가 아닙니다. 그들과 우리는……."

파소가 말꼬리를 흐렸다. 아무리 혈화가 중요하다 하더라도 외인에게 무천향의 일을 입에 올리는 것은 꺼려졌다.

"우린 단지 그들이 천하를 향해 혈풍을 일으키는 것을 막아야 하는 사람들이라고 해두지요."

"왜죠? 왜 그들을 막아야 하는 짐을 지고 있는 거죠?"

설신녀의 추궁은 끈질기고 매서웠다. 대설문 최고의 기보인 혈화를 지키는 여인의 매서움이 드러나고 있었다.

"그들은 한때 우리의 형제였습니다. 여기까지만 대답하겠습니다."

파소가 정색을 한 표정으로 단호하게 말했다. 그러자 설신녀가 파소를 한동안 바라보다 천천히 고개를 끄덕였다.

"좋아요. 더 이상 묻지 않지요. 자, 그럼 전 이제 어떻게 해야 하나요?"

설신녀가 길을 묻듯 말했다. 하지만 파소는 이것 역시 시험이란 걸 금세 눈치챘다. 설신녀의 눈빛에선 여전히 파소 등에 대한 의심이 묻어나고 있었기 때문이다.

"두 가지 방법이 있습니다. 하나는 대설문이 그들의 손에서 벗어날 때까지 우리를 따라가는 것, 다른 하나는 이대로 걸음을 돌려 오신 곳으로 돌아가는 것!"

"어느 쪽을 원하죠?"

"솔직히 말하면, 이대로 걸음을 돌려 되돌아가시는 것을 원합니다. 하지만 그 방법은 일말의 위험을 가지고 있지요. 그들은 세인들의 상상을 벗어나는 능력을 지닌 자들입니다. 설신녀께서 대설문으로 오지 않는다면 어떤 방법으로든 혈화가 피는 곳을 찾을 겁니다.”

“그러니까 결론은 함께 가자는 거군요?”

“그렇습니다.”

설신녀를 철림으로 데려가는 것은 그리 좋은 선택이 아니었다. 함께 지내다 보면 결국 무천향의 정체가 드러날 수밖에 없기 때문이었다. 더군다나 설신녀같이 특별한 여인에겐 그만한 능력이 있게 마련이었다.

“별로 달갑진 않은 모양이군요.”

‘표정을 읽는군. 역시 만만찮은 존재야.’

파소가 내심 설신녀에게 감탄하며 말없이 고개를 끄덕였다.

“달갑지 않다는 것은 그대들의 정체를 드러내지 않고 싶다는 의미겠죠. 그러니 더욱 궁금하군요. 도대체 어떤 비밀을 지닌 사람들인지. 가죠, 당신들을 따라가겠어요.”

설신녀의 결정에 파소가 무겁게 고개를 끄덕였다.

“옳은 결정을 하신 겁니다.”

“그전에…….”

설신녀의 눈빛이 날카롭게 파소를 쏘아봤다. 파소 역시 설신녀의 시선을 회피하지 않았다.

“한 가지 조건이 있어요.”

“말하시죠. 가능한 일이라면…….”

그러자 설신녀가 손을 들어 자신의 좌우에 있는 두 명의 여인을 가리켰다.

“이들은 내 곁을 지키는 호위신녀들이지요. 두 명의 호위신녀는 대대로 대설문에서 가장 뛰어난 자질을 지닌 여아를 뽑아 일인전승되지요. 이들의 무공은 대설문의 것이면서도 대설문의 것이 아니에요. 왜냐하면 이들이 익힌 신공은 오로지 호위신녀만이 익힐 수 있기 때문이지요. 무공으로 보자면 아마도 대설문에서 열 손가락 안에 들 거예요."

파소는 말없이 두 명의 호위신녀를 소개하는 설신녀의 말을 듣고 있었다.

"두 사람의 이름은 빙화와 설초. 날 데려가려면 이들의 시험을 거쳐야 해요. 과연 날 그들의 손에서 지킬 수 있는 능력이 있는지 호위신녀들을 통해 확인해 봐야겠다는 거죠. 어떤가요, 시험에 응하실 수 있나요?"

두 명의 호위신녀에 대한 설신녀의 믿음은 무척 강해 보였다.

"꼭 그래야겠습니까?"

파소는 이곳에서 굳이 드잡이질을 벌이고 싶은 생각이 없었다. 언제라도 검산의 무리들이 닥쳐들 수도 있기 때문이었다. 가능한 빨리 이곳을 벗어나 철림으로 가는 것이 중요한 때였다.

"자격이 있는지 확인하지도 않고 무작정 따라갈 수는 없는 일이지요."

설신녀의 고집이 계속되자 뒤쪽에 물러나 있던 남독마군이 앞으로 나오며 파소에게 말했다.

"까짓 힘을 보여 달라면 보여줄밖에. 내가 맡겠네."

이미 남독마군은 자신의 도를 뽑아 들고 있었다. 그러나 파소는 고개를 저어 남독마군의 행동을 막았다.

"제가 하지요."

"아니, 소천께서 직접 손을 쓸 필요야……."

남독마군이 의외라는 듯 파소를 보며 말했지만 파소는 남독마군의 앞을 가로막으며 검을 뽑아 들었다. 그러자 남독마군이 여전히 의문스런 표정을 짓고 있다가 훌쩍 몸을 날려 단보 곁으로 다가서며 물었다.

"왜 그러죠? 화가 난 걸까요?"

"흠, 저 정도 일에 화가 날 소천은 아니지."

"그럼 왜 직접? 혹, 이 기신이 늙은이 취급을 받는 걸까요?"

"허허, 그런 건 아닐세. 아마도 소천은 설신녀에게 강력한 경고를 하려는 것 같네."

"강력한 경고라면……."

"지금 대설문에 와 있는 사람들이 어떤 사람들인지, 그들을 막으려는 우리가 어떤 사람들인지 확실히 보여주겠다는 것이지. 그게 향후 설신녀가 우리의 의도대로 움직여 주는 데 도움이 될 테니까."

"흠, 그러니까 처음부터 기를 꺾어놓겠다는 거군요. 그도 좋지요. 그런데 그렇다면 오늘 소천의 제대로 된 무공을 보게 되는 건가요?"

남독마군이 입맛을 다셨다. 상황이야 어찌 됐든 무인은 무인, 검선의 경지에 오른 파소의 무공은 언제라도 남독마군의 구미를 당기게 하는 존재였다.

"후후, 뭐, 본전이야 끄집어내겠나. 하지만 아무래도 일이 중하니 어느 정도 실력은 드러내겠지. 오늘 눈요기 좀 하세."

단보 역시 남독마군과 마찬가지로 파소의 무공에 호기심을 드러내며 장내를 주시하기 시작했다.

"시간이 없으니 함께 겨뤄봅시다."

파소가 대여섯 걸음 앞으로 걸어나간 후 두 명의 호위신녀 빙화와 설초를 번갈아 보며 말했다. 다시 말해 둘을 함께 상대하겠다는 의미. 순간 두 여인의 얼굴에 노기가 드리워졌다.

"정말 감당할 수 있겠어요? 검에는 눈이 없답니다."

호위신녀 두 명의 나이는 대략 삼십대 후반에서 사십대 초반, 하지만 무공을 수련하고 혈화가 자라는 영지에 머물러서 그런지 두 여인의 피부는 십대의 소녀들처럼 희고 탄력이 있었다. 그러나 나이는 나이인지라 그녀들의 입에서 흘러나오는 목소리에선 중년 여인의 원숙함이 느껴졌다.

"설마, 좋은 의도로 찾아온 사람의 목숨을 노리지야 않겠지요."

파소가 설신녀와 말을 주고받은 이후 처음으로 미소를 지으며 말했다. 그러자 두 호위신녀의 표정이 변했다. 파소의 이런 미소는 지금껏 설신녀를 향해 위압적인 말을 내뱉던 사람이라곤 믿을 수 없을 만큼 부드러웠기 때문이다. 그러나 상대는 이제 곧 검을 겨뤄야 할 사람, 호위신녀 둘은 낯빛을 굳히며 파소를 향해 걸어나왔다.

"목숨은 몰라도 몸이 상할 수는 있을 거예요."

"조심하지요."

파소는 여전히 여유있는 모습이었다. 그러나 파소는 내심 이 싸움에 제법 신경을 쓸 생각을 하고 있었다. 설신녀에게 자신의 힘을 보여주기 위해서만은 아니었다. 그것보다는 오히려 그에게 그리 많은 시간이 없기 때문이었다.

"그럼 시작하죠!"

설신녀 중 조금 차가운 인상의 빙화가 입을 연 후 푸른 검을 뽑았다. 그러자 그녀의 동료 설초 역시 검을 뽑은 후 빙화 옆에 섰다.

'본래부터 합공을 익혔나?'

파소가 고개를 갸웃했다. 그의 앞에 서 있는 빙화와 설초, 두 여인의 자세에서 이들이 오래전부터 합공을 익혀온 듯한 느낌을 받았기 때문이다.

'그럼 조심해야겠군.'

승패에 대한 걱정은 없었다. 비록 두 여인이 대설문에서 열 손가락 안에 들어가는 고수라 할지라도 선검 육 단계 중 심검의 중심에 도달한 파소를 이겨낼 수는 없었다. 다만 그녀들의 합격이 승부의 시간을 길어지게 할까, 그것을 경계하는 파소였다.

파소의 얼굴에서 웃음이 사라졌다. 파소가 검끝으로 바닥의 차가운 얼음을 가리키며 살짝 몸을 틀어 사선으로 두 호위신녀를 바라봤다. 순간 빙화와 설초, 두 여인의 얼굴에 언뜻 당황하는 기색이 서렸다. 대화를 나눌 땐 느낄 수 없었지만 일단 기수식을 취하자 파소가 보통 무인이 아니라는 것을 깨달았기 때문이다.

무공이 높을수록 고수를 알아보는 눈도 깊어지는 법, 파소의 진실한 힘을 느낀 두 여인이 함부로 공격을 하지 못하고 얼어버린 듯 그 자리에 서 있었다. 그러자 문득 파소가 입을 열었다.

"우린 시간이 없소이다."

파소의 말에 얼은 듯 서 있던 두 여인이 잠에서 깬 표정으로 서로를 바라보더니 이내 고개를 끄덕이고는 매서운 한풍을 몰아치며 파소를 향해 날아갔다.

쐐애액!

한 자가량의 차이를 두고 신형을 날린 호위신녀 두 사람이 파소를 향해 거의 동시에 검을 뻗어냈다. 그러자 그녀들의 검에 얼음장처럼 차가운 기운이 서리더니, 그 기운들이 한순간 흐릿한 검의 모습으로 변하기 시작했다.

'대단하군. 이런 특이한 검기를 만들어낼 정도라면……'

무천향에서야 대단할 것 없지만 강호에서 검기를 만드는 것은 일류고수 소리를 듣는 검객들조차도 어려운 일이다. 검기란 곧 절대검공의 길로 들어가기 위한 단계, 그런데 호위신녀 두 사람의 검엔 어느새 뚜렷한 모양의 검기가 만들어져 있었다. 길이는 대략 반 장 정도, 그러면서도 검기의 경계선이

뚜렷하니 그 공력의 정순함이 결코 무시할 수 없는 수준이었
다.

파소는 얼굴에 감탄의 기색을 드러낸 채 자신을 향해 다가
오는 두 여인의 검기를 가라앉은 눈으로 바라보고 있었다. 두
여인이 거의 움직임이 없는 파소의 어깨와 옆구리를 찰나의
시차를 두고 찔렀다. 그리고 그 순간 파소가 움직였다.

팟!

파소의 신형이 마치 연기처럼 변하며 두 여인이 만들어낸
교묘한 검기 사이로 빠져나갔다. 동시에 파소의 몸 뒤에서 그
의 검이 만들어낸 검기가 뱀처럼 흐느적거리며 따라왔다.

"오!"

"아!"

거의 동시에 장내에는 두 마디의 탄성이 흘러나왔다. 파소
와 두 호위신녀의 격돌을 지켜보고 있던 남독마군과 설신녀의
입에서 흘러나온 탄성이었다.

파소가 보여주는 무공은 기이했다. 어찌 보면 무공의 상식
을 깨는 움직임이라고 할 수 있었다.

보통, 아니, 거의 모든 무인은 적을 상대함에 있어 검과 도를
자신의 앞에 둔다. 검과 도가 앞으로 나가고 몸은 그 뒤를 따
르는 것이 무공의 상식인 것이다. 그런데 파소의 검기는 파소
의 앞이 아닌 뒤를 따라 흐느적거리며 떠오르고 있었다.

그런데 그런 형국으로 호위신녀 두 사람의 검기 사이를 비
집고 들어오던 파소가 호위신녀의 검세에서 벗어나는 순간,

갑자기 기이한 움직임을 보였다.

쉬이익!

파소의 팔이 등 뒤 쪽에서 한차례 휘저어지자 마치 채찍처럼 휘어진 검기가 순식간에 두 호위신녀의 순백색 옷자락을 스치고 지나갔다.

"앗!"

"음!"

거의 동시에 두 호위신녀의 입에서 다급성과 신음성이 터져 나왔다. 그리곤 재빨리 신형을 뒤로 물려 파소의 다음 공격을 대비했다. 그러나 파소는 더 이상 두 여인을 공격할 생각이 없는지 천천히 자신의 검을 검집에 꽂아 넣었다. 그리곤 설신녀를 돌아보며 물었다.

"비무가 더 필요합니까?"

파소의 질문에 설신녀는 언뜻 대답을 하지 못했다. 파소의 기이한 무공에 놀란 것도 있지만, 싸움의 승패란 본시 당사자가 결정해야 하는 일이기 때문이었다. 비록 두 호위신녀가 설신녀 자신을 지키는 사람들이라 할지라도.

설신녀의 시선이 당연하게 당혹스런 표정을 짓고 잇는 두 호위신녀에게로 향했다. 눈으로 싸움을 계속할 것인지를 묻는 설신녀에게 두 호위신녀는 입술을 깨물며 고개를 저었다.

길게 찢어진 옷자락은 정확하게 두 여고수의 팔꿈치 부분에서 어깨까지 이어져 있었다. 속옷을 입어 맨살이 드러나진 않았지만 파소의 검기에 갈린 자국은 선명했다.

　고수란 상대를 알아보는 눈도 눈이지만 싸움의 승패를 가늠하는 일 또한 분명한 법이다. 더 이상의 대결이 무의미하다는 건 이미 두 호위신녀도 알고 있었고, 그녀들은 승패가 갈린 싸움에 고집을 피울 만큼 독선적인 성격이 아니었다.
　"좋아요. 시험은 끝났어요. 당신들을 따라가죠."
　설신녀의 목소리가 파소의 귀에 들려왔다. 파소의 얼굴에 빙그레 미소가 지어졌다.

　그녀의 이름은 미유라고 했다. 흔하지 않은 이름, 하긴 흔치 않은 존재이니 이름 또한 특이할 수 있었다. 그러나 자신의 이름을 제외하고 대설문의 설신녀 미유가 그녀 자신에 대해 이야기한 것은 없었다. 그녀는 파소 등을 따라 철림으로 이동하는 내내 침묵했다.
　대설문의 세 여인은 강호에서 흔히 보기 어려운 고수들인 파소 등 삼 인보다 더 빠른 속도로 설산을 이동했다. 무공도 무공이지만 평생을 눈 속에서 살아온 그녀들에게 눈은 땅보다 더 익숙한 듯 보였다.
　그렇게 오 일을 이동한 끝에 일행은 철림 안 을천목에 의해 형성된 진으로 접어들기 시작했다.
　"그런데 이름이 뭐죠?"
　그러고 보니 아직까지 파소 등은 자신들의 이름을 설신녀에게 말하지 않은 상태였다. 그 사실을 깨달은 파소가 멋쩍은 표정으로 대답했다.

"파소… 을파소라고 합니다."

순간 설신녀보다 단보와 남독마군이 더 크게 놀랐다. 두 사람은 지금껏 파소가 자신의 이름에 을씨 성을 붙여 말하는 것을 한 번도 들어본 적이 없었다.

그가 자신의 뿌리를 찾고 무천향의 소천이, 을씨가문의 정식 후계자가 된 이후에도 파소는 스스로 을씨 성을 자신의 이름 앞에 붙이지 않았다. 그런데 지금 파소는 자신의 성을 을씨라 소개하고 있으니 두 사람이 놀라는 것은 당연한 일이었다.

그리고 잠시 후 놀람이 지나간 단보의 얼굴에 한줄기 미소가 지어졌다. 이제 파소 스스로가 무천향 을씨 가문의 사람임을 자인하고 있으니 파소와 향주 사이의 관계도 회복될 수 있을 거란 기대감 때문이었다.

"을파소라… 역시 들어보지 못한 이름이군요."

설신녀 미유의 목소리가 흘러나왔다. 철림으로 오면서 여전히 침묵을 지키고 있었지만 설신녀의 태도도 조금은 변해 있었다. 이젠 그녀에게서 파소 등에 대한 경계심은 찾아볼 수 없었다. 오히려 시간이 갈수록 그녀는 파소와 단보 등 이 정체불명의 절대고수들에게 의지하려는 듯한 행동을 보이고 있었다.

"우린 강호에서 활동하는 사람들이 아닙니다."

"그래요. 그렇지 않다면 당신들과 같은 사람들에 대해 소문이 나지 않았을 리 없지요. 그런데……"

문득 설신녀가 걸음을 멈추고 파소를 바라봤다. 파소는 마치 탐색하는 듯한 설신녀의 행동에 의아한 표정으로 그녀를 바라봤다.

"을파소라면… 혹, 수백 년 전 자취를 감춘 해동 을밀부와 관련이 있는 건가요?"

설신녀의 눈이 그 어느 때보다도 날카로웠다. 파소는 그제야 자신의 성씨를 이야기한 것을 후회했다. 대설문 같은 전통 명가에선 아직도 수백 년 전 암중에 천하를 움직였던 을밀부에 대한 이야기가 전해지고 있을 수 있다는 걸 간과했던 것이다.

"먼 후손이라고 할 수 있지요."

따지고 보면 지금의 무천향 정종은 온전한 과거의 을밀부가 아니었다. 을밀부의 힘은 무천향이 열리며 대부분 봉인되지 않았던가. 그러니 파소의 대답이 거짓이라고 할 수는 없었다.

"역시 그렇군요. 당신의 이름을 듣는 순간, 그럴 거라 생각했어요. 을밀부라면 강호에 알려지지 않은 극강의 고수를 배출할 수 있는 곳이죠. 그런데 지난 수백 년간 왜 을밀부는 강호에 나오지 않은 거죠? 물론 애초부터 강호 활동을 많이 하는 곳은 아니었다지만, 지난 수백 년 동안은 거의 절문된 문파와 같은 상태였는데……."

설신녀 미유가 호기심을 드러내며 물었다. 그러나 미유의 질문에 파소가 해줄 답은 없었다. 자신이 을밀부의 후예란 것이 알려진 것만으로도 파소의 마음은 불편했다.

파소의 대답이 없자 미유가 미소를 지으며 다시 입을 열었다.

“걱정 마세요. 을밀부의 후예가 있다는 말을 다른 사람에게
전하지는 않을 테니.”

‘역시 만만한 여인이 아니군. 상대의 마음을 읽는 능력이 탁
월해.’

파소가 내심 미유에게 감탄하다 문득 호기심이 생겼다.

“설신녀께서도 무공을 익히셨습니까?”

갑작스런 파소의 질문에 설신녀 미유가 묘한 표정을 짓더니
고개를 끄덕였다.

“무공을 익혔다고 하는 것이 맞겠지요.”

대답 역시 그녀의 표정만큼 모호했다.

“무슨 의민지 모르겠군요.”

“흠, 대설문 설신녀에게도 대대로 설신녀만의 신공이 전해
지지요. 저 또한 설신녀가 되면서 그 신공을 익혔어요.”

“그럼 무공을 지니고 계신 거군요.”

“그렇다고 해야지요.”

다시 모호한 대답이다. 파소가 그런 설신녀를 이상한 눈으
로 바라보자 설신녀가 웃으며 파소의 의문을 풀어줬다.

“제가 익힌 신공은 오직 체내에 공력을 키우는 효능만 있는
것이에요. 혈화를 키우는 데 도검은 필요없지만 공력은 필요
하거든요. 해서 설신녀는 도검은 배우지 않고 공력을 키우는
신공만 익히지요. 도검을 익히면 살기가 배어들어 혈화를 키
우는 데 방해가 될지도 모르기 때문에 만들어진 규칙이에요.
물론 사실은 도검을 익히든 아니든 혈화가 크는 것과는 상관

없지만 오래전부터 내려온 전통이니 지킬밖에요."

그러니까 미유의 말은 체내에 공력은 있지만 검술이나 도법을 익힌 것은 아니란 말이었다. 이어진 설명에 그녀의 애매한 대답이 이해된 파소가 조심스런 목소리로 다시 물었다.

"혈화란 물건… 어떤 것인지 물어봐도 됩니까?"

타 문파의 기보에 대해 묻는 것은 극히 무례한 일이다. 그래서 질문을 던지는 파소도 조심스런 태도를 보이고 있었다. 그러나 미유에겐 파소의 질문이 그리 심각한 문제가 아닌 것 같았다.

"혈화는 영약이지요. 천하에서 가장 뛰어난 영약, 오직 백년에 한 번만 취할 수 있는 영약이 혈화예요."

물론 여기까지는 파소도 알고 있는 내용이었다. 파소의 표정을 읽은 것일까, 다시 미유가 입을 열었다.

"혈화는 사람이 만드는 것이 아니에요. 자연이 만들어내는 것이죠."

미유의 말에 파소가 여전히 의문이 풀리지 않는다는 표정으로 미유를 바라봤다. 그러자 미유가 천천히 고개를 저었다.

"이 정도만 이야기하지요. 혹시라도 나중에 인연이 되면 혈화가 어떻게 만들어지는지 보실 수 있을 거예요. 하지만 오늘은 여기까지만 하죠."

"혈화가 만들어지는 데 설신녀께선 어떤 역할을 하는 겁니까?"

말을 끊으려는 설신녀 미유에게 파소가 재빨리 물었다.

"호호, 이제 보니 무척 호기심이 많은 분이시군요. 좋아요, 그 질문에는 답을 해드리죠. 말했듯이 혈화는 자연이 만드는 것이에요. 설신녀는 혈화가 만들어지는 데 사실 큰 역할을 하지 않아요. 그저 지켜보며 잡물, 잡인의 접근을 막는 것, 그리고 가끔 공력으로 일으켜 심한 기온의 변화를 막아주는 것 정도가 전부지요. 그리고 혈화가 완성되면 그 혈화를 가져다 대설문의 문주에게 주는 것이지요. 그게 설신녀가 하는 일의 전부예요. 오직 기다리는 것, 자연이 백 년의 시간을 걸려 만들어내는 기물을 기다리는 것. 그게 대설문 설신녀의 운명이에요."

말을 하는 설신녀 미유의 얼굴에 쓸쓸함이 깃들었다. 어쩌면 평생 혈화가 피는 것을 지켜보아야만 하는 삶, 혈화의 생성에 어떤 역할도 하지 않으면서 혈화 곁을 떠날 수 없는 그 삶이 힘겨워서일지도 몰랐다.

대설문에서야 설신녀라면 문주에 버금가는 지위를 인정받는다지만, 그건 어디까지나 타인이 자신을 바라보는 시선일 뿐, 그녀 스스로의 삶이 행복한 것인가는 전혀 다른 문제였다.

'무천향이 모든 무인에게 행복한 것은 아니듯!'

파소도 설신녀에게 감염된 듯 쓸쓸한 표정을 지었다. 어찌보면 검산의 고수들이 무천향을 뛰쳐나간 것을 온전히 그들의 사악한 욕망 탓이라고만 할 수는 없었다. 무천향이 과연 그들의 강호로 나갈 의지를 막을 권리가 있을까. 무천향 십이조사가 그들의 후손을 무천향에 묶어둘 권리가 있을까.

파소 자신만 해도 이번 일을 마무리지으면 무천향을 벗어나

자유로운 초원의 삶을 살 예정이지 않던가. 만약 무천향주 을
도산이 파소의 그런 결정을 반대하고 무천향을 나서는 걸 막
아선다면 그때 파소는 어떤 결정을 내릴 것인가?

'자유를 위해 싸우겠지.'

파소의 결론은 간단했다. 생각해 볼 여지도 없었다. 그런 의
미에서 본다면 무천향을 뛰쳐나간 검산의 결정을 마냥 비난할
수는 없었다.

'단지 문제는 혈원이겠지.'

피가 흘렀다. 검산이 무천향을 벗어나기 위해 흘린, 아니,
그들이 무천향을 자신들의 수중에 넣기 위해 흘린 피가 문제
였다. 피는 피로 갚는 것이 강호가 아니던가.

"좀 지루했어요."

문득 미유의 목소리가 들려왔다. 아마도 파소의 침묵이 그
녀의 입을 열게 한 모양이었다.

'물론 지루했겠지, 무천향보다도 더!'

설신녀 미유는 무천향의 고수들보다도 더 폐쇄된 삶을 살아
오고 있었다. 당연히 안쓰러울 만큼 지루한 삶이었으리라.

"그래서 가끔 내심으로 어떤 사단이 일어나길 바랐죠. 날 설
신녀라는 굴레에서 벗어나게 해줄……."

"이런 상황을 바라고 있었단 말인가요?"

"대설문이 다른 사람의 손에 넘어가는 것을 빼면요."

"설신녀는 어떻게 정해집니까?"

"문주와 전대 설신녀께서 결정하지요."

“거부할 순 없나요?”

“어린 마음에 대설문 최고의 권위를 지닌 설신녀의 직위를 거부할 수 있는 아이는 많지 않지요. 물론 그 부모 역시 가문에서 설신녀가 배출되는 영광을 포기할 사람 역시 많지 않고요.”

“일단 설신녀가 되면…….”

“그 이후엔 이 굴레에서 벗어날 수 없어요. 혈화가 피는 곳을 알고 있는데 어찌 설신녀의 굴레를 벗어놓을 수 있겠어요.”

“다른 곳으로 떠날 생각은 해보지 않았나요?”

파소가 망설이는 표정으로 물었다.

“후후, 마음속으로는 가끔 그런 생각을 하지요. 하지만 결코 떠날 수 없어요. 문파에 남겨진 가족들, 그리고 물리적으로 제가 떠나는 것을 막고 있는 사람들도 있고요.”

설신녀 미유의 말에 파소가 깜짝 놀란 얼굴로 설신녀를 바라봤다.

“감시를 당하고 있었단 말인가요? 그렇다면……?”

파소가 재빨리 주위를 살폈다. 그녀가 감시당하고 있었다면 일행의 뒤를 밟는 누군가가 있을 수도 있었다. 두 사람의 대화를 듣고 있던 단보와 남독마군 기신 역시 황급히 주위를 살폈다.

“호호, 걱정할 것 없어요. 절 감시하는 사람은 아주 가까이 있으니까.”

미유가 파소 등의 행동에 웃음을 터뜨리며 말했다. 순간 그

녀를 호위하던 두 명의 호위신녀 입에서 당황스런 목소리가
흘러나왔다.

"신녀님도 참, 어찌 그런 말씀을!"

순간 파소와 단보 등은 깨달았다, 설신녀 미유가 말하는 감
시자가 곧 그녀를 지키고 있는 호위신녀들임을.

"걱정 마세요. 두 분을 탓하는 것은 아니에요. 두 분 역시 어
려서부터 정해진 운명을 사는 것이니까요. 단지 이분들에게
우리의 관계를 설명해 드리고 싶었어요, 호위신녀들께선 제
보호자이기도 하지만 감시자이기도 하단 사실을요."

미유 자신의 말처럼 그녀는 호위신녀들에 대해 어떤 원망의
감정도 지닌 것 같지 않았다. 오히려 그녀는 호위신녀들에게
크게 의지하는 것처럼 보였다.

"저흰 오로지 설신녀님의 안위만을 걱정할 뿐입니다."

호위신녀 중 빙화가 단호한 어투로 말했다.

"알아요. 두 분을 원망하지는 않는다고 했잖아요. 오히려
전 두 분에게 큰 의지를 하고 있어요. 이제 정말 제 목숨은 두
분이 지켜주셔야 하니까요."

미유가 달래듯 말했다.

"죽음이 아니라면 언제나 신녀님 곁에 있을 겁니다."

빙화가 단호한 표정으로 말했다.

그렇게 대설문의 설신녀 미유와 호위신녀 두 명의 관계에
대해 좀 더 깊이 알아가는 사이, 일행은 어느새 온화한 기후에

푸릇한 숲의 기운이 어우러진 곳에 접어들고 있었다.

"이상하군요. 철림에 이런 곳이 있다는 소문은 듣지 못했는데……?"

미유는 녹음이 자리 잡은 숲이 신기한지 주위를 돌아보며 말했다.

"저희 또한 철림에 이런 곳이 있다는 사실은 금시초문입니다."

빙화와 설초 역시 호기심 가득한 눈으로 주변을 돌아봤다. 그러자 단보가 입을 열어 세 사람의 궁금증을 풀어줬다.

"애초에 철림은 세 분이 알다시피 눈과 얼음의 숲이 맞소이다. 이곳의 풍경이 이리 변한 것은 얼마 되지 않은 일이라오."

"그 말씀은 노사님의 일행이 숲의 기후를 변화시켰다는 말인가요?"

미유는 현명한 여인이었다. 그녀는 단번에 단보가 한 말의 의미를 알아듣고는 믿을 수 없다는 표정으로 되물었다.

"그렇다오. 우리 중에는 현인 한 분이 계시는데, 그분께서 숲에 진을 펼쳐 이런 기후를 만들어낸 것이라오."

"진으로 기후를 변화시키다니… 강호에 그런 기인이 계신 줄은 몰랐군요."

"우리의 뿌리가 어딘지 생각하신다면 별로 놀라운 일도 아닐 것이오."

단보의 말에 미유가 고개를 끄덕였다.

"그렇군요. 을밀부의 후예들이라고 하셨으니… 이제 보니

을밀부의 힘은 여전히 강호에 전해지고 있군요. 과거 을밀부
는 무공보다도 지혜로 가득 찬 수많은 현인들의 문파로 더 유
명했다고 하더군요.”

“그때에 비하면 많이 퇴락했다오.”

“하지만 그럼에도 강호엔 노사와 동료분들을 상대할 세력
이나 고수가 거의 없을 것 같군요.”

미유의 말에 단보는 시인도, 부인도 하지 않았다. 그러나 미
유는 이 노고수의 표정에서 그녀의 말에 동조하는 강한 자신
감을 읽어낼 수 있었다.

미유와 단보의 대화가 잠시 끊긴 사이 일행이 향하는 방향
저쪽에서 사람 그림자가 어른거리더니, 몇 사람의 신형이 모
습을 드러냈다.

“돌아왔군요.”

숲에서 모습을 드러낸 사람들 중 한 사람이 앞으로 뛰어나
와 파소 앞에 섰다. 석청이었다.

“걱정할 것 없다고 했잖아요.”

파소가 석청의 어깨에 가만히 손을 얹으며 말했다. 그러자
석청이 빙그레 미소를 짓더니 시선을 돌려 미유 등 순백의 모
습을 한 삼 인을 바라봤다.

“귀한 손님이 오신다는 연락을 받고 모두들 기다리고 있어
요.”

“다행히 운이 좋아 모실 수 있었지요. 이리 와요, 소개해 줄

게요.”

파소가 석청을 이끌고 두 사람의 모습을 응시하고 있던 미유에게로 다가갔다.

“이쪽은 대설문의 설신녀이신 미유 낭자예요. 이 사람은 제 안사람입니다.”

파소의 말에 석청이 얼른 포권을 하며 입을 열었다.

“인사드려요. 석청이라고 합니다. 대설문의 설신녀님을 만나뵈어 영광입니다.”

석청의 인사를 물끄러미 바라보고 있던 미유가 잠시 침묵을 지키더니 이내 썰매에서 일어나 석청을 향해 가볍게 고개를 숙여 보였다.

“미유라고 해요. 저야말로 석 부인을 만나뵈어 영광이군요. 을 대협께 이렇게 아름다운 부인이 계신 줄 몰랐군요.”

미유의 목소리에 담긴 감정이 모호했다. 어찌 보면 정말 놀라는 것 같기도 하고, 어찌 보면 한줄기 비웃음이 담긴 것 같기도 했다. 그런 모호한 미유의 인사를 받으며 표정이 살짝 변했던 석청이 금세 본래의 안색을 회복하고 입을 열었다.

“과찬이시군요. 아마도 설신녀님 앞에서는 천하의 그 누구도 아름다움을 논하지 못할 듯합니다만…….”

석청의 말은 사실이었다. 설신녀 미유의 아름다움은 빙하의 계곡을 떠난 이후에도 여전해서 그녀의 아름다움이 단지 그 신비스런 등장과 빙하의 계곡이 일으키는 빛의 굴절 때문만이 아니라는 걸 말해주고 있었다.

“호호, 그런가요? 마찬가지로 과찬이시지만 기분 나쁘지는 않네요.”

미유가 나직한 웃음을 터뜨렸다.

‘이럴 땐 또 다른 모습이군. 정말 세상일이란 건 전혀 모르는 소녀 같기도 하고……’

파소가 웃음을 터뜨리는 미유를 보며 고개를 저었다. 설신녀 스스로 밝힌 그녀의 나이는 스물일곱. 소녀라고는 할 수 없는 나이였지만 설신녀의 외모는 소녀라고 말해도 의심하지 않을 만큼 어려 보였다. 물론 일단 그녀가 입을 열면 그 말에서는 그녀의 나이가 적지 않음을 짐작할 수 있었지만 그녀가 입을 닫고 있을 때만큼은 십대 소녀에 버금가는 청순함을 지닌 설신녀였다.

‘어쩌면 천하에서 가장 신비하다는 혈화의 기운을 옆에 두고 살아왔기 때문인지도 모르겠군.’

파소가 새삼스런 눈으로 설신녀를 보며 생각했다. 그러는 사이 설신녀는 어느새 석청을 뒤로하고 단보를 따라 천추군의 숙영지로 발걸음을 옮기고 있었다.

“이봐요, 무슨 생각을 하는 거예요?”

문득 석청의 목소리가 파소의 귀를 파고들었다. 파소가 석청을 돌아봤다.

“무슨 생각했어요?”

석청의 눈꼬리가 살짝 말려 올라가 있었다.

“왜 그런 눈으로 봐요?”

파소가 의아한 표정으로 묻자 석청이 의미심장한 미소를 지으며 물었다.

"혹, 설신녀에게 마음을 빼앗긴 건 아니겠지요?"

"지금 농담하는 거죠?"

"훙, 내가 지금 농담하는 것처럼 보여요? 하긴 그녀에게 마음을 빼앗겼다고 해도 당신을 탓할 일은 아니죠. 그녀는 누구라도 반할 만큼 아름다우니까요."

석청의 말에 파소가 마치 남자 친구에게 하듯 석청의 어깨에 한 손을 턱 올리고는 얼굴을 가까이 들이밀며 말했다.

"알잖아요, 내겐 오직 당신뿐이라는 걸!"

"음, 그런 말을 하는 걸 보니 정말 찔리는 구석이 있는 모양이군요. 보통의 경우 사내들은 마음이 딴 데 가 있을 때 안 하던 행동을 한다고 하던데……."

"믿죠?"

파소가 다시 한 번 물었다. 그러자 석청이 흠칫 놀란 표정을 짓다가 배시시 웃음을 흘리며 말했다.

"믿어요. 알면서……."

"농담은 한 번으로 족해요."

"알았어요. 아! 석청 성격 다 죽었네."

남자 못지않은 성정을 지닌 석청이었다. 그런데 언제나 파소 앞에서는 다소곳한 여인이 되는 석청이었다.

"음, 하지만 당신 말 중에 틀리지 않은 게 있어요."

파소의 말에 석청의 눈이 다시 꼬리를 세웠다.

“뭐예요? 정말 마음이라도 흔들렸다는 거예요?”

“내가 아니라 다른 사람들은 그럴 거란 말이에요. 그녀의 아름다움은 누구라도 눈을 멀게 할 거예요. 그래서 걱정이에요. 천추군엔 혈기왕성한 젊은이들도 꽤 많으니…….”

“이제 보니 그렇군요. 후후, 대신 천추군의 몇 안 되는 젊은 여협들은 질투깨나 하겠군요. 이런 걸 보면 역시 우리처럼 일찍 짝을 찾는 게 좋은 것 같아요.”

“후후, 동감이에요.”

파소와 석청이 나직한 웃음을 흘리며 숙영지 안으로 걸어 들어갔다.

파소와 석청의 짐작은 정확하게 들어맞았다. 설신녀 미유와 두 명의 호위신녀가 천추군의 숙영지로 들어서자 천추군의 젊은 고수들의 시선은 오로지 설신녀 한 명에게 집중되었다. 그러자 당연히 천추군에 포함된 몇 안 되는 여고수들은 설신녀를 탐탁지 않은 눈으로 바라보게 되었다. 그러면서도 그녀들 또한 인정할 수밖에 없는 것은 천추군의 젊은 고수들이 정신을 빼앗길 만큼 설신녀 미유가 아름답다는 사실이었다.

그렇게 그 외모만으로 천추군의 숙영지를 한차례 요동치게 만든 설신녀가 을천목 등 천추군의 수뇌가 머물고 있는 막사에 당도했다. 을천목과 소법, 그리고 을지행 등 천추군을 이끄는 수뇌 전부가 막사 앞에 나와 설신녀를 맞이했다.

강호에서 대설문의 설신녀는 신비한 존재로 알려져 있다.

그녀에겐 하늘에서 내린 신비로운 힘이 깃들어 있다는 소문도
돌았다. 그러나 무천향의 고수들에게 설신녀는 사실 그리 대
단한 존재가 아니었다. 대단한 건 그녀가 아니라 그녀가 지키
는 혈화이고, 설혹 그 혈화라 할지라도 무천향의 고수들에겐
절대적인 기물은 아니었다.

그러니 그런 설신녀를 맞이하기 위해 천추군의 수뇌들이 막
사 앞에 진을 치고 있다는 건 지나친 감이 없지 않았다.

"종성들께서도 그녀의 미모에 대한 소문을 들은 모양이군."

막사 앞에 나와 서 있는 을천목과 소법을 보며 남독마군이
파소의 귀에 대고 나직하게 말했다. 그의 생각에 을천목 등이
막사 앞에서 그녀를 맞이한 것은 오로지 그녀의 미모 때문이
라고 생각한 모양이었다. 을천목과 소법이 가지고 있는 명성
을 생각하자면 당연하달 수도 있는 생각, 그러나 파소의 생각
은 달랐다.

"그녀의 미모보다는 혈화에 관심들이 계신 것일 겝니다."

"혈화? 설마 그 기물을 욕심내신다는 건가? 단지 검산의 손
에 들어가는 것을 막는 것에 만족하는 것이 아니라?"

"그건 아닙니다만, 그 혈화가 어떤 물건인지 확인해 보고는
싶으시겠지요."

"그럼 그 추운 얼음 계곡으로 그녀를 앞세우고 다시 가야한
단 말인가?"

남독마군이 질린 얼굴로 물었다.

"혈화는… 지금 그녀의 품속에 있을 겝니다."

“응? 혈화가 완성되었다고?”

남독마군이 놀란 얼굴로 물었다. 그러자 파소가 침착한 목소리로 대답했다.

“그녀와 처음 만났을 때를 생각해 보세요. 검산 고수들이 대설문을 장악했다는 말을 들은 그녀는 그렇다면 애써 서둘러 기보에 손을 댈 필요가 없었다고 탄식을 했지요. 그 말인즉, 그녀가 혈화를 가지고 대설문으로 오고 있던 중이라는 의미지요. 그리고… 그녀 주위에서 일어나던 그 기이한 현상들, 그녀의 주위에서만큼은 빙하의 계곡에 가득 찼던 그 한기도 녹아 내렸던 것은 바로 그녀의 품에 있을 혈화 때문일 거예요.”

“음, 전서로 그 사실을 종성님들께 전한 모양이군.”

을천목과 소법 등이 설신녀에게 혈화가 있다는 사실을 알 수 있다면 그건 오직 파소가 보낸 전서에 의해서만 가능한 일이었다. 파소가 말없이 고개를 끄덕였다.

“쩝, 나에게도 미리 말해주지 않고…….”

남독마군이 서운한 듯한 표정을 지었다.

“전 노형님께서도 짐작하고 계신 줄 알았지요.”

“솔직히 예전에 남궁세가의 애송이들과 드잡이질을 할 때는 제법 머리가 잘 돌아갔는데 무천향에 든 이후에 난 바보가 된 느낌이라네. 워낙 잘난 인간들이 많아서…….”

남독마군 기신이 히죽 웃음을 흘리고는 어느새 천추군 수뇌부의 막사로 들어가는 설신녀의 뒤를 쫓았다.

　잠시 서로에 대한 소개와 몇 마디의 인사가 끝나자 천추군의 수뇌들과 설신녀 사이에는 묘한 긴장이 흐르기 시작했다. 천추군의 수뇌들은 지나치듯 혈화를 이야기의 주제로 끌어내려 했고, 설신녀는 천추군에 대해 좀 더 많은 것을 알아내려는 기색이 역력했다.

　서로 상대가 감추고 싶은 것을 알고자 하니 자연히 양측 사이에는 묘한 긴장감이 감돌 수밖에 없었다.

　그러나 천추군의 수뇌도 설신녀도 서로가 원하는 것을 얻기는 힘들었다. 대화는 공허하게 맴돌았고, 시간은 지루하게 흘러갔다. 그러자 설신녀가 문득 화제를 바꿨다.

　"원하시는 대로 절 데려왔으니 이제 대설문에 들어와 있는 그들을 어떻게 상대하실 건지 듣고 싶군요."

　몇 번의 시도로 설신녀에게서 혈화에 대한 이야기를 더 이상 듣기 어렵다는 걸 깨달은 을천목이 작은 한숨을 내쉬며 설신녀의 질문에 대답했다.

　"우리의 목적은 그들이 강호에서 혈겁을 저지르는 걸 막는 것이지만 그 일을 위해 우리 형제들의 피를 뿌리는 걸 원치는 않소이다."

　"그 말씀은……?"

　"지금이라도 그들과 일전을 벌이면 그들을 제압할 수 있다는 말이지요. 하지만 그러자면 우리 형제들도 상당수 상하게 될 것이고… 그 와중에 대설문의 뿌리가 뽑힐 수도 있을 것이오. 지금 대설문에 들어 있는 자들은 그들의 세력 중 중추들이라고 할 수 있으니 말이외다.”

“하면……?”

“함정을 파고 그들을 끌어들일 생각이외다. 우리 쪽의 피해를 최소화하기 위해서도 그렇고, 그들을 대설문 밖에서 상대해 대설문의 피해를 줄이기 위해서도 그렇소.”

“함정이라면 어떤 함정을 준비하셨는지 궁금하군요.”

설신녀가 이 기이한 고수들의 집단이 준비한 방책에 호기심을 드러냈다.

“아직은 준비가 된 함정이 아니오. 이제부터 준비를 해야겠지요. 그리고 그러기 위해서는…….”

을천목이 말꼬리를 흐리고 설신녀를 바라보며 천천히 입을 열었다.

“설신녀님의 도움이 필요하오!”

第四章

천력(天力)의 비곡(秘谷)

"어째 분위기가 요상타 했지, 돌아올 때부터 말이야. 꼭 다시 그곳에 갈 것 같은 기분이었거든."

남독마군이 파소의 곁을 걸으며 투덜거렸다. 추위는 살을 에고 무천향을 떠난 지 오래인지라 낡을 대로 낡은 옷 사이로 칼바람이 파고들었다.

"그래도 잘하면 혈화의 비밀을 알게 될 테니 호기심이 생기는군요."

파소가 미소를 머금으며 대답했다.

"이 와중에도 그런 게 궁금하신 겐가? 휴, 이보게, 소천. 우린 지금 혈행에 나선 거야. 기보를 찾으러 가는 게 아니란 말일세."

“알고 있습니다. 하지만 기왕에 가야 할 길이라면 다른 흥밋거리를 찾는 것도 긴장을 푸는 데 도움이 되겠지요.”

“뭐, 그렇긴 하지만… 그나저나 설신녀가 종성님의 청을 그렇게 순순히 수락할 줄은 몰랐군.”

길게 이어진 천추군의 행렬 가장 앞에는 설신녀 미유가 있었다. 그 뒤로 삼십여 명에 이르는 천추군 고수들이 걸음을 옮기고 있었다. 천추군의 면면도 대단해서 파소와 남독마군 이외에도 단보와 소법, 그리고 부상에서 회복한 을현까지 포함되어 있었다. 그 외의 고수들도 천추군 중에서 탁월한 능력을 지닌 고수들. 그야말로 최정예의 고수들이 모아진 일행이었다.

“그녀에게도 검산의 손에서 대설문이 자유를 찾는 것이 최고의 목적일 테니까요.”

“음, 그렇군. 그런데 과연 호위신녀라는 그 여인을 믿을 수 있을까?”

“애초엔 설신녀에 대한 보호와 감시, 두 임무를 맡은 그녀들이지만 오랜 세월 설신녀와 함께하면서 마음으로 설신녀를 아끼게 된 사람들이니 믿어도 될 겁니다.”

“그래도 난 조금 불안하네. 설초라는 그 호위신녀가 과연 약속대로 일을 진행해 줄지…….”

“믿어야지요, 지금으로선…….”

그러고 보니 일행의 선두에서 길을 가고 있는 설신녀 미유 곁에는 한 명의 호위신녀만이 따르고 있었다. 빙화와 설초, 두 호위신녀 중 설초의 모습이 보이지 않았던 것이다.

　을천목이 세운 계획은 간단했다. 호위신녀 중 한 명을 대설
문에 보내 설신녀 미유가 혈화를 손에 넣은 후 종적을 감췄다
는 소식을 전하는 것이었다.

　호위신녀들이 그 앞을 막았으나 혈화의 힘 일부를 흡수한
설신녀를 막을 수 없었다는 것, 그리고 호위신녀들에게 대설
문으로 돌아가 자신이 꽃피운 혈화이니 그 주인은 자신이라
전하라 했다는 말을 가지고 호위신녀 설초는 대설문으로 향했
다. 호위신녀 중 나머지 한 명인 빙화는 그런 설신녀의 뒤를
쫓고 있다는 말과 함께.

　아마도 대설문주와 대설문에 들어와 있는 검산의 사람들이
호위신녀 설초의 말을 믿는다면 즉시 추격대가 꾸려질 것이
다. 특히 검산으로선 혈화가 반드시 필요하므로 최고의 고수
들을 추려 보낼 가능성이 컸다.

　그리고 급히 추격에 나선 그들을 빙하의 계곡에서 맞는다는
것이 을천목의 계획이었다.

　단순하지만 빠져나갈 수 없는 계략, 이 간단한 계략이 과연
파소와 천추군에게 검산의 수뇌들을 일거에 제거할 기회를 줄
지는 두고 봐야 알 일이지만 그들이 함정에 빠져만 준다면 큰
성과를 얻을 계략임은 분명했다.

　서서히 눈이 얼음으로 변하기 시작했다. 천추군 고수들이
옷깃을 세워 추위를 막기 시작했다. 기온은 급강하해서 그들

의 발이 딛는 곳조차 투명한 얼음으로 변해 있었다.

"도대체 설명이 되지 않는 추위란 말이야."

남독마군이 주변을 돌아보며 말했다. 비록 대설문이 위치한 이 북방의 숲에는 사시사철 한파가 몰아치고 일 년 중 푸른 초지가 나타나는 시간이 단 두세 달에 지나지 않는 곳이지만 천추군이 들어선 빙하의 계곡에 몰아치는 추위는 상상을 불허할 정도였다.

"모든 일에는 이유가 있겠지요."

"이유?"

남독마군이 의아한 눈으로 파소를 바라볼 때 파소의 시선은 설신녀 미유에게로 향해 있었다.

"이유라니, 무슨 말인가?"

파소가 대답이 없자 남독마군이 재차 물었다.

"혈화라는 것을 설신녀는 자연이 만든 것이라고 했지요. 그리고 그 혈화는 천하의 그 어떤 물건보다도 강력한 힘을 지니고 만인의 정혈에 버금갈 정도로 말입니다. 그 말은 곧 혈화가 탄생하기 위해선 천지의 기운이 그 물건에 몰려들어야 한다는 말이지요."

파소의 말에 남독마군도 뭔가를 깨달은 듯한 표정을 지었다. 남독마군 역시 강호의 일대 고수, 진기의 흐름에 관한 한 파소에 못지않은 지식을 지닌 그였다.

"그러니까 소천의 말은 혈화가 만들어지는 과정에서 그 주변의 지기가 빠져나가 이곳이 이런 빙하의 땅이 되었다는 말이군?"

"그런 추측을 하고 있었습니다."

"음, 가능성이 아주 없는 말도 아니군. 그런데 어떤 식으로 지기가 혈화에 빨려들어 가는 걸까?"

"그거야 알 수 없지요. 그게 바로 혈화의 최대 비밀이겠지요. 아마 그녀가 입을 열지 않는 이상 누구도 알지 못할 일일 겁니다."

파소가 다시 설신녀를 바라봤다. 그러자 남독마군도 설신녀를 향해 시선을 돌리더니 의문스런 목소리로 중얼거렸다.

"참으로 기이한 문파야. 그 속의 사람들도 그렇고, 만약 검산이 대설문에 들지 않았다면 여전히 신비한 문파로 남아 있었을 텐데……."

꽃은 꺾지 않고 바라볼 때가 아름답다. 한 번 꺾인 꽃은 금세 시들기 마련이고, 시든 꽃은 곧 추해지지 않던가. 지금 대설문의 모습은 바로 그런 꺾인 꽃과 같았다.

"이곳이에요."

천추군 행렬 앞에서 일행을 인도하던 설신녀 미유의 썰매가 멈춰 섰다. 직후 그녀가 썰매에서 내려 그녀 가까이 있던 단보와 소법에게 말을 건넸다.

설신녀의 말에 단보와 소법이 천천히 주변을 돌아보기 시작했다. 여전히 얼음의 세상, 그러나 같은 얼음의 세상일지라도 그들이 지나온 빙하의 계곡과는 조금 달랐다. 얼음을 뒤집어쓰고 있는 숲이 마치 흰 나무들이 들어선 것처럼 빼곡하게 들어서 있었고, 그 좌우에 바위를 안에 담은 거대한 얼음 덩어리들이 늘어서 있어 몸을 숨기기에 적당했다. 그뿐 아니라 바위 위쪽으로 깎아지른 듯한 빙벽이 서 있어 누구도 계곡에서 벗어나기가 어려운 지형이었다.

"좋군."

소법이 고개를 끄덕이며 파소를 돌아봤다.

"소천은 어떠신가?"

"괜찮군요."

어느새 소법과 단보 곁으로 다가온 파소가 고개를 끄덕였다.

"그럼 준비를 서둘러야겠군. 설 여협께서 대설문에 소식을 전하면 그들은 반나절도 지나지 않아 대설문을 나설 것이네. 워낙 중대한 일이니 조금도 지체하지 않을 것이네. 하면 우리에게 주어진 시간은 대략 하루 정도 되겠군."

소법의 말이 끝나자 단보가 주변을 돌아보며 말을 받았다.

"지형을 잘 이용하면 선기를 잡는 덴 큰 문제가 없어 보입니다. 운이 좋으면 도검을 들기 전에 적의 전력을 상당히 줄일 수도 있겠군요."

"휴, 무인의 싸움이란 결국 도검으로 이루어져야 하는 것인데……."

검산 고수들을 도검이 아닌 다른 방식으로 제압하려는 것에 대해 소법은 조금 애석한 마음이 드는 모양이었다.

"우리 형제들을 지키기 위한 일이니 어쩔 수 없지요. 이런 기회는 쉽게 오지 않습니다."

"알고 있네. 좋아, 기왕 하기로 한 것, 제대로 해보지. 을 종성께서 주신 진법을 펼쳐 보세. 소천께선 설신녀 곁을 지켜주시게나. 뭐, 믿지 못하는 건 아니지만 그래도 조심해야지. 또 일이 제대로 진행될 경우, 그녀의 목숨을 지켜줄 필요도 있고……."

"그리하지요."

파소가 고개를 끄덕였다. 그러자 남독마군이 음흉한 미소를 지으며 중얼거렸다.

"흐흐흐, 이래서 제수씨가 꼭 소천 곁에 붙어 있으라 했던 것이군."

"무슨 말인가?"

단보가 의아한 얼굴로 묻자 남독마군이 나직한 목소리로 말했다.

"떠나기 전 석 부인께서 말씀하시길, 혹시라도 소천이 설신녀에게 마음을 줄 수도 있으니 곁에서 한눈팔지 않게 지켜달라고 나에게 신신당부를 했단 것 아닙니까?"

남독마군의 말에 주위 사람들이 작은 웃음을 흘리며 흩어졌다.

"대단하군요."

얼음만큼이나 차가운 설신녀의 얼굴에 감탄의 표정이 깃들

었다. 그녀가 안내한 빙하의 계곡에서 분주하게 움직이고 있
는 천추군의 서른 명 고수를 보고 한 말이었다.

"모두 뛰어난 사람들이지요."

"뛰어난 정도가 아니군요. 저들이라면… 강호의 어떤 문파
도 당해낼 수 없을 거예요. 도대체 어떻게 저런 사람들이 강호
에 존재하는 거죠?"

설신녀가 믿을 수 없다는 표정으로 파소를 보며 물었다. 설
신녀가 놀라는 것은 당연했다. 소법과 단보의 지시를 받은 서
른 명의 천추군 고수는 빙벽을 가르고 바위를 움직였으며, 얼
음에 뒤덮인 나무들을 베어 을천목이 준비해 준 진법을 펼치
고 있었다.

그들의 움직임과 공력은 가히 강호 절정고수의 그것과 같아
서 일반 문파라면 수백의 인원을 동원해 며칠을 걸려 해낼 일
을 단 반나절 만에 해내고 있었던 것이다.

"강호엔 가끔 믿을 수 없는 일, 믿을 수 없는 사람, 그리고
믿을 수 없는 물건이 존재하는 법이지요."

파소의 말에 설신녀 미유가 흠칫한 표정으로 파소를 바라보
다 경계 어린 시선으로 물었다.

"혈화가 탐나시나요?"

파소가 말한 믿을 수 없는 물건이란 바로 그녀가 가지고 있
는 혈화를 말하는 것임을 단번에 눈치챈 미유였다.

"기물에 욕심을 내지는 않습니다. 다만 호기심이 있을 뿐이
지요."

“보시게 되면 아마 욕심을 내지 않을 수 없을 거예요.”

“외람된 말이지만, 원한다면 전 혈화 못지않은 기보를 취할 수 있는 사람입니다.”

파소의 말에 설신녀가 이상한 괴물을 보듯 파소를 한동안 바라보다 의미심장한 목소리로 입을 열었다.

“과거 을밀부엔 천하를 움직일 수 있는 기물들이 무수하게 존재했다고 하더군요.”

파소가 취할 수 있는 기물이란 을밀부의 기물이 아니냐는 물음이었다. 하지만 파소는 미유의 말에 대답하지 않고 그저 가만히 미소만 지을 뿐이었다. 그러자 미유가 시선을 다시 진이 펼쳐지고 있는 빙하의 계곡으로 돌리며 지나가듯 말했다.

“지금 제가 지니고 있는 혈화는 아직 완전한 것이 아니에요. 만약 완전히 개화된 혈화였다면 우리 주변엔 얼음이 남아 있지 않을 거예요.”

“그 말씀은 완성되지 않은 혈화를 취했단 말이군요.”

“그렇지요. 본래 혈화가 완전히 개화하려면 적어도 이십 년의 시간이 더 필요하죠. 전 설신녀의 책무를 저버리고 그 혈화를 이십 년 일찍 손에 넣었어요. 그러니 제 손에 들어온 혈화의 힘은 온전히 개화된 혈화의 채 오 할도 되지 못하는 것이죠.”

“이유가 있었습니까?”

“삼 년 전 대설문에 들렀을 때, 문주께서 혈화를 서둘러 채취해 줄 수 없냐는 부탁을 하셨지요. 전 당연히 어려운 일이라

고 답했고요. 혈화는 대설문의 문주라 해도 함부로 취할 수 없
는 물건이지요. 오직 설신녀인 저만이 혈화의 쓰임을 결정할
수 있어요. 그리고 설신녀인 제게 주어진 임무는 오로지 백 년
에 한 번만 혈화를 채취하는 것이지요. 제가 거절하자 문주께
선 당시 대설문이 처한 상황을 차분하게 설명하셨지요. 십여
년 전 홀로 문주님을 제압하고 대설문을 모용세가와의 싸움에
나서게 했던 인물의 행방이 여전히 묘연하다는 것과 모용세가
의 움직임이 심상치 않다는 것이었어요."

'그 당시 모용세가는 일원만류진의 완성을 앞두고 강호로
세력을 확대할 시점이었지.'

파소가 내심 당시의 상황을 짐작하고 있을 때 설신녀 미유
의 말이 이어졌다.

"반면 대설문의 힘은 무척 쇠락한 상태였어요. 강호에선 비
록 여전히 북삼룡의 일원으로 굳건히 자리를 지키고 있었지만
본래 대설문의 힘은 백 년을 주기로 크게 떨어지게 되어 있어
요."

"혈화와 관계가 있는 건가요?"

혈화는 일백 년에 한 번 채취된다. 대설문이 일백 년을 주기
로 문파의 힘이 상승과 하락을 반복한다면 그건 우연의 일치
가 아닐 것이다.

"그래요. 대설문은 백 년에 한 번 채취된 혈화의 힘으로 일
백 년을 강호의 강자로 버티죠. 해서 혈화의 힘이 거의 소진된
시기에는 문파의 힘이 무척 약해지게 되어 있어요. 고수의 숫

자가 현격하게 줄어들고, 강호에서 절대고수라 불릴 만한 인물도 배출하기도 어려워지지요. 그리고 지금이 바로 그런 시기예요."

미유의 설명에 파소는 대설문주가 왜 혈화의 채취를 서둘렀는지 이해했다. 만약 강호가 평화로운 시기였다면 대설문주는 절대 미유에게 혈화의 이른 채취를 요청하지 않았을 것이다. 하지만 이미 한 번 타인에게 굴복된 적이 있는 대설문주로서는 마음이 조급하지 않을 수 없었을 것이다. 거기에 더해 비록 화해를 했다고는 해도 십여 년 전 일전을 벌였던 모용세가의 힘이 부쩍 커지고 있는 것은 불안한 일일 수밖에 없었을 것이다.

"결국 대설문주의 청을 받아들인 거군요."

"그래요. 대설문이 있어야 저도 있는 것이고, 혈화 또한 대설문이 패망한 뒤에는 아무런 소용이 없는 물건이니까요. 하지만 삼 년을 기다려 달라고 했지요. 그 안에 전 비록 부족하지만 최대한 혈화의 힘을 키우는 일에 매달렸어요. 그래서 비록 개화하지는 않았지만 여전히 강력한 힘을 지닌 혈화를 얻을 수 있었던 것이지요."

미유의 말이 끝나자 잠시의 침묵이 이어졌다. 미유의 말대로라면 대설문은 결국 혈화로 인해 존재하는 문파였다. 혈화가 없었다면 결코 강호의 강자로 자리매김할 수 없는 문파였던 것이다. 그러니 그 혈화가 대설문에겐 얼마나 중요한 물건이겠는가?

만약 혈화가 검산의 손에 들어간다면 대설문은 그저 강호의 평범한 문파로 전락해 검산의 노예로 살아가야 할 터였다. 설신녀 미유가 혈화를 지키기 위해 대설문으로 향하지 않고 철림으로 향한 것은 그런 내막이 있기 때문이었던 것이다.

"혈화는 지기를 끌어들여 만들어지는 물건입니까?"

문득 파소가 물었다. 그러자 설신녀가 놀란 얼굴로 파소를 바라봤다.

"그걸 어떻게 알았죠?"

설신녀의 반문에 파소가 손을 들어 한창 진이 펼쳐지고 있는 빙하의 계곡을 가리켰다.

"이곳의 기온, 비록 북방이라 해도 너무 차갑더군요. 특히 나무는 몰라도 동물들까지 빙벽 속에 박제된 것은 역시 한순간 엄청난 기온의 변화가 일어났다는 의미지요."

"그렇게 세심한 관찰력이 있는 분인 줄 미처 몰랐군요. 맞아요, 혈화란 대지의 기운을 끌어모아 피는 것이에요. 그 과정에서 혈화가 피는 곳은 급격하게 기운을 잃어 이런 빙하의 계곡이 되고 말지요. 혈화란 이름은 바로 그런 처절한 탄생의 과정, 즉 식물이든 동물이든 수많은 생명들의 죽음을 통해 만들어지는 물건이기에 붙여진 이름이지요."

"그럼 양강(陽强)의 영물이겠군요."

"그렇지요. 대지의 열기를 빼앗아 만들어진 물건이니까요."

"그런 양강의 물건이 이 혹한의 추위가 몰아치는 북방에서 탄생된다는 것이 신기하군요."

“그 비밀까지는 말씀드릴 수 없군요. 그것이 혈화 탄생의 최고 비밀이니까요. 그 비밀이 강호에 흘러나가면 대설문은 문을 닫아야 할 거예요.”

“알겠습니다. 더 묻지 않지요.”

파소가 선뜻 고개를 끄덕였다. 이 정도면 혈화에 대한 궁금증은 거의 푼 것이나 마찬가지였다.

“저도 묻지요. 을밀부는 여전히 강호에 존재하는 건가요?”

이미 파소와 천추군이 을밀부와 먼 관계가 있는 사람들이라고 말했지만 미유는 현세에도 을밀부가 여전히 과거와 같은 모습으로 존재한다고 생각하는 모양이었다. 미유의 질문에 파소가 고개를 저었다.

“현세에 을밀부는 존재하지 않아요.”

파소의 대답에 미유가 실망스런 표정을 드러냈다.

“그런가요?”

“숨기고자 드리는 말씀이 아닙니다. 을밀부를 이뤘던 그 혈통은 이어지고 있지만 과거의 을밀부는 존재하지 않습니다.”

파소의 말에 미유가 잠시 생각에 잠겼다가 다시 물었다.

“그 말씀은 을밀부는 존재하나 예전 같은 강호의 문파로 존재하는 것은 아니란 말씀인가요?”

미유의 질문은 날카로웠다. 파소는 그런 미유의 질문을 웃음으로 넘기며 흘리듯 말했다.

“비슷하다고 해두죠.”

“그러면서도 저런 고수들은 존재하고요?”

　파소가 여전히 미소로 대답을 대신했다. 그러자 미유가 의미심장한 표정으로 말했다.

　"지금까지는 어땠을지 모르지만 아마도 당신들 을밀부의 후예들도 이젠 달라지겠군요. 이미 강호사에 관여하기 시작했으니 어떻게 예전처럼 은거의 삶을 살 수 있겠어요."

　미유의 말에 파소는 섬뜩한 느낌을 정수리에 받았다.

　'맞는 말이다. 검산이 무천향을 벗어나는 순간부터 이미 무천향은 강호에 관여하기 시작했다. 한 번 발을 들이면 도저히 헤어날 수 없는 곳이 강호. 그 예로 오늘 우린 대설문과 이렇게 인연을 맺고 있지 않은가? 무천향은… 어쩌면 더 이상 은거의 지역으로 남아 있지 못할 것이다.'

　파소의 얼굴에 드리워지는 그늘을 보며 설신녀 미유도 입을 닫았다. 그들의 아래쪽 계곡에선 천추군의 고수들이 분주히 진을 마무리하고 있었다.

＊　　＊　　＊

　드문 눈송이들이 빙하의 계곡에 떨어져 내렸다. 북방의 하늘이 눈을 떨궈내고 있었던 것이다. 눈송이들은 빙하의 계곡으로 떨어져 내리는 순간 얼어붙어 얼음의 두께를 더했다.

　그런데 그런 혹한의 추위를 자랑하는 빙하의 계곡 한편에선 다른 곳과 조금 다른 풍경이 펼쳐지고 있었다. 눈이 하늘에서 내리는 모양 그대로 눈송이로 계곡 바닥에 쌓이고 있었다. 탐스런 눈은 계곡 바닥뿐 아니라 나무 위에도 떨어져 내려 아름다운 곡선을 이루며 지붕을 만들어갔다. 그 눈송이들을 바라보며 파소와 천추군의 고수들이 이른 저녁을 맞이하고 있었다.

"너무 늦는 것 아닐까?"

남독마군이 초조한 기색으로 고개를 갸웃했다.

"아직은 여유가 좀 있어요."

파소가 차분한 음성으로 대답했다.

"그런가? 쩝, 나도 많이 변했군. 남궁세가의 검객들이 날아들 때도 긴장하지 않던 난데 오늘은 왠지 긴장이 되네."

남독마군의 말에 파소가 정색을 한 얼굴로 말했다.

"오는 자들이 다르니까요."

파소의 말에 남독마군이 흠칫한 표정을 지으며 파소를 바라봤다.

"그가 올까?"

"대성사 소유거가 아직 대설문에 들지 않았다면 그가 오겠지요."

"휴, 종성 탁발로라… 과연 그를 감당할 수 있을까?"

"우리 쪽에도 소법 종성님이 계시잖아요."

"그렇긴 하지만, 솔직히 난 소 종성님보다 소천 자네를 더 믿고 있다네. 아무래도 무공에 있어서는……."

남독마군이 말을 끝내지는 않았으나 듣지 않아도 그 말의 끝을 짐작할 수 있었다.

　무천향 십이종성 중 탁발로의 이름은 언제나 다른 종성들의 앞에 있었다. 그의 이름은 한때 무천향주 을도산을 능가하는 힘을 지니고 있지 않았던가. 그에 비하면 비록 같은 종성의 지위에 있다고 해도 소법의 무게는 떨어질 수밖에 없었다.

　"어쩌면 그가 아니라 다른 사람이 올 수도 있겠지요."

　"그렇겠지. 그 외에도 초성관주나 종성 무무경이 올 수도 있겠지. 그들이라면 그래도 좀 수월치 않을까?"

　"그렇겠지요. 하지만 제 생각엔 반드시 탁발로 본인이 올 것 같아요."

　"그리 생각하는 이유라도 있으신가?"

　남독마군의 질문에 파소의 얼굴빛이 어두워졌다.

　"지금까지 그는 언제나 검산 고수들 뒤, 깊은 곳에 칩거한 채 직접 도를 들지 않았지요. 그러나 이젠 다를 거예요. 그에게 가장 소중한 사람을 잃었으니까요."

　"음, 그렇군. 탁발무가 죽었으니 독이 무척 올라 있을 거야. 휴, 그렇다면 더욱 걱정이군. 독 오른 검산의 대호를 과연 감당할 수 있을지……."

　그때였다. 갑자기 파소와 남독마군의 왼쪽 빙벽에 자리 잡고 있던 소법의 손이 올라갔다.

　"왔는가!"

　남독마군의 눈에서 푸른 안광이 토해졌다.

　사뿐히 날리는 눈송이들이 첩첩히 쌓인 눈밭, 그 흰 눈밭에 한순간 수십 개의 발자국이 생겨났다. 백설에 반사된 듯 순백의 장삼을 걸친 노고수를 선두로 그 조금 뒤에는 파소도 익히 알고 있는 여고수, 설초가 서 있었다. 두 사람의 뒤쪽으로는 두 사람과 같은 종류의 백색 무복을 입은 자들이 십여 명, 그리고 그들과는 전혀 다른 옷차림의 고수 십여 명이 차가운 눈빛을 흘려내며 서 있었다.

"정말 그가 왔군!"

남독마군이 침을 꿀꺽 삼키며 중얼거렸다. 백색 무복을 입은 대설문의 고수들과 전혀 다른 옷차림의 고수들 중 한 명의 노고수에게 남독마군의 시선이 고정되어 있었다.

천하를 한 손에 쥐고 흔들 것 같은 기운, 가만히 서 있는 것만으로도 천하의 모든 사람이 그 앞에 무릎을 꿇을 것 같은 기세.

이런 기운을 흘려낼 수 있는 사람이 천하에 또 있을까. 탁발로였다.

무천향에는 수많은 고수들이 존재한다. 각자 자신만의 방식으로 무극을 향해 정진하는 수많은 고수들, 그중에는 탁발로에 버금가는 고수도 여럿 있었다. 그러나 그럼에도 불구하고 탁발로의 존재감은 과거 무천향에서 무천향주 을도산을 능가하는 독보적인 것이었다.

그가 암묵적인 검산의 수장이기 때문만은 아니었다. 그 스스로 지니고 있는 천성적인 기도, 사람을 눈빛만으로 제압할 수 있는 그 패도적인 기운이 그를 무천향에서 가장 강력한 영향력을 지닌 사람으로 만들었던 것이다.

그 탁발로가 지금 파소의 눈앞에 서 있었다, 여전히 그 전율적인 패도적 기운을 흘려내면서.

"어렵지만 오늘 그를 제압한다면 검산과의 싸움은 거의 끝난 것이나 마찬가지 아니겠나?"

남독마군이 두려움과 기대가 뒤섞인 음성으로 말했다.

"아직 대성사 소유거가 있지요. 다른 종성들도 있고……."

"물론 그렇지만, 그는 누가 뭐래도 검산의 수장 아닌가?"

남독마군의 말에 파소가 고개를 끄덕였다.

"싸움을 끝낼 순 없겠지만 검산을 와해시킬 수는 있겠지요."

"흠, 그 이후에는 하나씩 제거해 나가면 될 것이고."

탁발로는 누가 뭐래도 검산의 수장이었다. 비록 대성사 소유거가 검산의 모든 일을 계획하고 실질적으로 검산을 움직이는 사람이라 할지라도 검산의 고수들은 탁발로로 인해 하나로 움직이고 있었다.

소유거는 천하를 오시할 무공과 두뇌를 지니고 있지만 탁발로와 같이 사람을 하나로 모으는 선천적인 우두머리의 기운을 가지고 있지는 못했다. 그것이 아마도 능력으로 보자면 탁발로에 뒤질 것 없는 소유거가 탁발로에게 허리를 숙이는 이유일 터였다.

"빙곡에 이런 곳이 있었나?"

문득 호위신녀 설초 앞에 서 있던 백색 무복의 노인, 대설문주 설필하의 목소리가 들려왔다. 북해의 신선이라 불리는 이 노인의 풍모는 가히 설산의 신선에 버금갔고, 그 목소리 역시 기이한 음파를 지니고 있어 듣는 사람에게 경외심을 느끼게 만드는 힘이 있었다.

"빙곡 곳곳에 이런 지대가 존재하지요."

설초의 목소리가 들려왔다.

"그런가? 난 금시초문이군."

"지금껏 본 문에서도 빙곡 깊은 곳까지 들어온 사람이 없었으니까요."

"음, 그렇긴 하지. 그래, 흔적은 찾았나?"

"이쪽으로 오시지요. 저 안쪽에 호위신녀 빙화가 남긴 흔적이 있는 듯하군요."

설초가 소복이 눈이 쌓인 계곡 안쪽, 무거운 눈을 이고 서 있는 거대한 소나무를 향해 걸음을 옮기며 말했다. 소나무에는 한 줄기 검흔이 남아 있었는데, 이건 철림을 떠나기 전 설초와 천추군 사이에 미리 약속된 표식이었다.

대설문주 설필하가 설초를 따라 움직이자 대설문의 고수 중 몇이 그 뒤를 따랐다. 나머지 대설문 고수들과 탁발로를 중심으로 한 검산 고수들은 눈밭에 남아 설초와 설필하의 움직임을 지켜보고 있었다.

그런데 대설문주 등이 검흔이 남아 있는 소나무 밑에 다다르는 순간, 갑자기 기이한 변화가 일어났다.

"엇?"

제자리에 남아 있던 대설문 고수들과 검산 고수들이 동시에 의문 어린 음성을 흘려냈다. 그도 그럴 것이, 소나무 아래로 다가간 대설문 고수들의 신형이 마치 거짓말처럼 그 자리에서 사라졌기 때문이다.

이 기이한 현상이 벌어진 찰나의 순간, 갑자기 탁발로의 눈에서 한줄기 한광이 뻗어 나왔다.

"함정이군!"

그의 입에서 노호의 으르렁거림이 흘러나왔다. 그리고 그 순간 갑자기 그들이 서 있는 주변의 풍광이 변하기 시작했다. 눈 쌓인 숲들이 사라지고 한순간 쇠처럼 단단하게 얼어붙은 빙벽이 그 자리를 대신하는 것이었다.

"조심하라!"

탁발로의 입에서 차가운 경고성이 흘러나왔다. 그러나 장내의 고수들은 이미 자신들의 주변에서 벌어지는 기이한 변화에 당황한 기색이 역력했다. 그리고 이어 그들을 더욱 당황시키는 일이 일어났다.

쿠쿠쿵!

하늘이 무너지듯 공터를 둘러선 빙벽들이 무너져 내리기 시작했다. 칼처럼 날카로운 얼음 조각들이 무서운 속도로 하늘에서 떨어져 내렸다.

"피햇!"

누군가의 입에서 다급한 경고성이 터져 나왔다. 설신녀를 추격하기 위해 대설문과 검산에서 나온 고수들은 모두 각 세

력에서 고르고 고른 고수들, 대설문의 몇몇 고수들이 떨어지
는 얼음덩이에 상처를 입기는 했지만 대부분의 고수들은 당황
속에서도 신속하게 신형을 움직여 빙벽의 바로 아래로 이동했
다. 본래 무너져 내리는 빙벽을 피하기 위해선 그 바로 아래쪽
이 가장 안전한 법이었다. 그런데 바로 이 결정이 검산의 고수
들에게 지옥을 선물했다.

스스슥!

검산의 고수들이 등을 빙벽에 대고 떨어져 내리는 얼음덩이
들을 주시하고 있는 사이, 갑자기 그들이 등을 대고 있던 빙벽
이 거짓말처럼 사라지기 시작했다. 동시에 앞서 사라졌던 눈
덮인 수목들이 모습을 드러내더니, 그 뒤에서 날카로운 검기
와 도기들이 쏟아져 나왔다.

쐐애액!

"크악!"

"악!"

아무리 검산 고수들이 강호의 뭇 고수들과는 전혀 다른 수
준의 무공을 지니고 있다 하더라도 사라진 빙벽 뒤에서 뻗어
나오는 검기와 도기를 막아내기는 쉽지 않았다. 더군다나 그
들을 기습해 오는 공격은 기습이 아니더라도 막기 쉽지 않은
매서운 검초와 도초였던 것이다.

"흩어지지 마라!"

탁발로의 입에서 노성이 터져 나왔다. 그러자 당황하던 검
산 고수들이 일제히 탁발로 주변으로 몰려들었다. 탁발로는

어느새 얼음 덩어리들의 추락이 멈추고 다시 설원으로 변한 계곡의 중앙에 우뚝 서 있었다.

열 명의 검산 고수 중 탁발로의 곁으로 다가선 고수는 모두 일곱. 갑작스런 기습에 세 명의 검산 고수가 이승을 떠났다. 더불어 탁발로의 곁에 다가선 고수들 중 셋도 가볍지 않은 부상을 입고 있는 상태였다.

"천추군인가? 나오라!"

탁발로의 입에서 추상같은 호령이 떨어졌다. 그러자 눈 덮인 수림들 사이에서 파소와 삼십여 명의 천추군이 모습을 드러냈다.

"으음!"

천추군의 등장에 탁발로의 입에서 나직한 신음성이 흘러나왔다. 예상은 하고 있었지만 모습을 드러낸 천추군의 숫자가 그의 생각보다 너무 많았기 때문이다. 그가 무소불위의 무공을 지니고 있어도 벗어나기 힘들 만큼!

그런데 잠시 당황하는 빛을 보였던 탁발로가 파소를 보는 순간 갑자기 시퍼런 노기를 줄기줄기 흘려내기 시작했다.

"애송이, 널 보다니 그래도 하늘이 아주 무심한 것은 아니구나."

파소는 탁발로의 이 강렬한 분노가 어디서 기인하는지 알고 있었다. 얼마 전 그의 검에 목숨을 잃은 탁발무의 소식은 이미 탁발로의 귀에 전해졌을 터였다. 그가 오늘 초성관주 여상이나 무무경 등 다른 종성을 놓아두고 스스로 혈화의 추격전에 나온 것도 그런 분노에 의한 행동일 터였다.

"오랜만에 뵙는군요."

분노로 몸을 떠는 탁발로에게 파소가 가볍게 고개를 숙여 보였다.

"후후후, 과연 대담하구나. 날 보고도 전혀 긴장을 않다니……."

"적을 마주하고 긴장하는 건 죽음을 자초하는 일이지요."

"그래, 참으로 잘난 소천이로구나. 하지만 그 오만함이 네게 이른 죽음을 선사할 것이다. 네 아비처럼!"

파소의 심기를 흐트러뜨리기 위해 한 말이 분명했지만 냉정했던 파소의 가슴속에도 비수에 찔린 것 같은 상처가 나는 건 어쩔 수 없었다. 그렇다고 표정이 변할 파소는 아니었다.

"그렇군요. 핏줄이 이어졌으니 닮은 것은 당연하겠지요. 종성 어른과 아드님이 닮았듯이!"

파소가 반격을 했다. 그의 검에 죽은 탁발무를 끄집어낸 것이다.

"놈! 넌 오늘 반드시 무의 죽음에 대한 빚을 갚아야 할 게다."

"저 또한 제 부모님의 빚을 받아야겠지요."

"핫하하, 좋아, 좋아. 그러고 보니 우린 정말 서로에게 빚이 많은 사람들이군. 의로!"

탁발로의 입에서 차가운 음성이 흘러나오자 탁발로와 무척 닮은 한 사내가 탁발로 앞으로 나섰다.

“그래도 명색이 검산의 수장인데 날 상대하려면 자격을 증명해야 함을 알고 있겠지?”

탁발로가 그의 앞에 나선 사내의 어깨너머로 파소를 보며 물었다. 그러자 파소의 얼굴에 한줄기 미소가 스치고 지나갔다.

“시간이 필요하신 모양이군요. 그 이야기는 결국 후위에 만약을 대비하고 있는 사람이 있다는 말이고, 하긴 대검산의 수장께서 소홀히 움직였을 리 없지요. 좋습니다. 시험은 받지요. 하지만 후군을 만나지는 못하실 겁니다.”

파소가 말을 끝내고 단보를 돌아봤다. 그러자 단보가 고개를 끄덕였다.

“내가 맡지. 자네들은 나와 함께 가세!”

단보의 말에 삼십여 명의 천추군 고수들 중 십여 명이 단보를 따라 장내를 벗어났다. 그러자 탁발로가 눈꼬리를 한 번 떤 후 나직한 목소리를 흘려냈다.

“지금은 자신만만하겠지만 승패를 가늠하기 어려울 게다. 대설문에 들어 있는 검산 형제들이 모두 일백이다.”

“그들 중에는 검을 들어 싸움을 할 수 없는 사람들도 있지요. 반면 철림에 있는 천추군은 오십이 넘습니다. 승패는 이미 결정되어 있었지요. 단지 천추군이 원한 것은 형제들의 피를 좀 더 적게 흘리는 것. 어떻습니까, 도검을 내려놓고 향으로 돌아가시는 것은?”

파소의 담담한 제안에 탁발로의 표정이 여러 번 변했다. 그러다 잠시 후 탁발로가 고개를 저었다.

"생사는 이미 하늘에 맡긴 지 오래다. 도(道)가 내 길이 아닌데 어찌 도(道)를 추구하겠는가. 패(覇)가 내 길이면 패(覇)를 따르다 죽는다 해도 후회는 없다. 그 길이 내 길이었으니!"

탁발로의 입에서 단호한 목소리가 흘러나왔다.

'역시 누가 뭐래도 거인이다. 스스로의 선택에 후회가 없지 않은가!'

파소가 내심 감탄을 하는 사이 탁발로 앞에 있던 사내가 한 걸음 앞으로 나섰다. 나이는 대략 오십대 중반, 무천향에서 본 적이 없는 사내였다.

"난 탁발의로라 하오. 소천을 상대하게 되어 영광이오. 소천이 무벽에 남긴 검흔은 인상 깊게 보았소이다."

'이런 인물이 드러나지 않았다면……'

순간 파소의 시선이 탁발로를 향했다.

"역시 검산 탁발가에는 인재가 많군요."

파소의 말에 탁발로가 고개를 끄덕였다.

"조용히 키워온 사람들이 좀 있다. 패도가 아니었다면 무선에 도전시켰을 사람들이다. 의로, 이 친구도 그런 사람 중 한 명이지. 아니, 그중 가장 뛰어난 친구이니 너와 좋은 상대가 될 게다. 그리고… 다른 싸움은 잠시 뒤로 미루지. 시간을 끌려는 것이 아니라 두 사람의 비무를 조용히 보고 싶군."

탁발로의 말에 파소가 고개를 돌려 소법을 바라봤다. 소법은 잠시 생각에 잠겼다가 어쩔 수 없다는 듯 고개를 끄덕였다.

파소의 눈에서 탁발로의 요구를 받아들이자는 생각을 읽었기 때문이다.

"그렇게 하지요."

소법의 동의를 얻은 파소가 탁발로의 제안을 승낙하자 탁발로의 얼굴에 한줄기 미소가 드리워졌다.

"좋아, 간만에 제대로 된 비무를 구경하겠어. 그럼 시작들 하게."

탁발로의 행동은 마치 젊은 제자들의 비무를 구경하는 노고수의 느낌이 묻어났다. 이곳이 자신의 목숨이 걸린 싸움을 해야 할 장소임을 잊은 듯.

"한 수 배우겠소이다."

탁발의로가 파소를 향해 다가들며 말했다. 동시에 그가 등 뒤에서 도를 빼 들었다. 탁발가 특유의 검은색 중도, 파소는 탁발의로가 뽑아 든 도에서 긴 수련의 흔적을 읽었다.

'고수는 그 병기만으로도 자신이 수련한 세월을 드러내지. 그렇게 보면 나도 이 녀석을 잡은 지 꽤 오래됐군.'

파소의 검은 여전히 그가 모용세가의 흥안령 목장에서부터 사용해 온 낡은 검이었다. 파소도 탁발의로를 향해 천천히 걸어나가며 검을 뽑아 들었다. 그렇게 두 사람이 각자의 도검을 뽑아 들며 서로의 거리를 좁혀갔다.

팟!

두 사람의 거리가 삼 장 안쪽으로 들어섰을 때, 거의 동시에 두 사람의 발이 흰 눈을 차냈다. 그들의 발끝에서 일어난 눈발이 폭포수처럼 비산했다. 그러자 두 사람 주변이 일순간에 눈보라로 휘감겼다.

차앙!

그 순간 두 사람 사이에서 맑은 충돌음이 일어났다. 검기와 도기를 충분히 일으킬 수 있는 능력들임에도 불구하고 두 사람은 도기와 검기의 발출 없이 자신들의 도와 검으로 직접 상대를 공격하고 있었다.

차차창!

어지럽게 터져 나오는 격돌음 속에서 두 사람의 신형이 눈보라를 타고 회전했다. 엉켜든 두 사람의 신형은 허공으로 일장 이상 솟았다가 다시 눈 위로 떨어져 내렸고, 눈 위로 내려섰다 싶은 순간 다시금 허공으로 치솟았다.

"좋은 비무다."

두 사람의 충돌을 지켜보고 있던 소법의 입에서 나직한 탄식이 흘러나왔다.

"그렇군요. 치열하다기보다 아름답군요. 도기와 검기를 일으키지 않으니 흉험하지도 않고."

남독마군이 말했다.

"저것이 바로 본래 무천향의 비무지."

"그런가요?"

"자넨 모르겠지만 본래 무천향의 비무에선 상대에게 큰 피해를 줄 수 있는 진기의 과다한 사용을 금한다네. 아주 오랜만에 무천향의 비무를 보고 있어."

"이상하군요. 그런 규칙을 소천도 알고 있었던 걸까요?"

"그런 건 아닐 걸세. 단지 상대가 도기를 일으키지 않으니 소천도 검기를 만들지 않았을 테지. 만약 검기를 일으켰다면… 아마 십 초를 넘기기 힘들었을 걸세."

소법의 판단은 정확했다. 파소도 처음엔 탁발의로가 도기를 만들지 않을 것이란 걸 예상치 못하고 있었다. 해서 처음 그와 격돌하기 위해 허공으로 치솟았을 땐 검에 잔뜩 진기를 머금고 있었다. 그런데 의외로 탁발의로는 도기를 일으키지 않고 도법을 펼쳤다.

파소는 급히 검에 깃든 진기를 풀어버리고 탁발의로를 맞이했다. 그 덕에 파소는 싸움 초기 탁발의로에게 잠시 선기를 내주었고, 그게 두 사람의 싸움이 십 초를 넘어가게 된 이유 중 하나였다.

만약 진기를 일으켜 격돌했다면 싸움은 이미 파소의 승리로 끝나 있을 터였다.

진기가 깃들지 않은 싸움은 파소에게도 묘한 흥분을 일으켰다. 진기의 충돌음이 아닌, 검과 도의 충돌음이 일어날 때마다 파소의 정신은 찬 냉수를 마신 것처럼 깨어났다. 그리고 싸움이 진행될수록 파소의 검은 점점 신묘한 검로를 그리기 시작했다. 그건 파소에게 있어 심검의 깊이를 더하는 또 다른 깨달음의 세계로 발을 내딛는 것이었다.

'심검이란 무엇인가. 오로지 나와 검의 마음을 일치시켜 검을 자신이 원하는 곳으로 가게 하는 것이 아닐까. 그런 경지에

서 검기는 오히려 검을 제약하는 거추장스러운 존재일지도 모른다.'

맹렬한 소용돌이를 일으키며 휘감아 도는 충돌 속에서 파소는 오히려 한줄기 미소를 배어 물었다. 소법이 말한 순수한 무천향의 비무 방식을 통해 얻은 깨달음이 파소의 마음을 충만하게 만들었기 때문이다.

반면 탁발의로의 이마에는 시간이 갈수록 땀이 맺히기 시작했다. 어느 순간부터 파소의 검이 자신의 빈틈을 거짓말처럼 파고들어 오기 시작했던 것이다. 마치 탁발가의 도법을 완전히 꿰고 있는 듯.

"끝났군!"

소법이 두 사람의 격돌을 보고 있다가 한순간 단정하듯 말했다. 그리고 그 순간 파소의 검이 탁발의로의 도를 뚫고 들어가 그대로 소법의 옆구리를 베고 지나갔다.

"큭!"

탁발의로의 입에서 한마디 신음성이 흘러나왔다. 동시에 그가 비틀거리며 대여섯 걸음 뒤로 물러나더니 한쪽 무릎을 꿇고 파소의 검에 베인 옆구리를 부여잡았다. 붉은 피가 옆구리를 부여잡은 그의 손가락 사이로 흘러나와 흰 눈 위에 꽃을 피웠다, 처연하게 아름다운 혈화를!

"좋은 비무였소. 이런 비무를 선물해 준 탁발 대협께 감사드리오. 상처를 돌보면 목숨은 잃지 않을 것이오."

파소가 진심이 묻어나는 표정으로 검을 거꾸로 들어 여전히 한쪽 무릎을 꿇고 있는 탁발의로에게 포권을 취했다. 그러자 탁발의로가 힘겹게 무릎을 세우더니 피에 젖은 손으로 마주 포권을 취했다.

"손속에 사정을 둔 점, 감사하오. 나 또한 평생 최고의 비무였소. 하지만… 내 목숨을 끊지 않을 필요는 없었을 것 같구려. 어차피 곧 생사의 혈투가 벌어질 것이니."

탁발의로가 씁쓸한 표정으로 말을 내뱉고는 몸을 돌려 탁발로 앞으로 다가갔다. 그리곤 탁발로에게 가볍게 고개를 숙였다.

"죄송합니다."

"아니다. 애초에 네 상대가 아니었나 보구나. 몸을 살펴라."

탁발로의 말에 탁발의로가 지그시 입술을 깨물며 다시 고개를 숙여 보이고는 검산 고수들 사이로 물러났다.

탁발의로가 물러나자 자연스럽게 파소와 탁발로의 시선이 마주쳤다.

"이제 서로의 빚을 갚을 때인가?"

"제게 자격이 있습니까?"

"충분하네. 오히려 넘친다고 해야겠지."

第五章

검산대호(劍山大虎)

　탁발로를 일컬어 무천향에선 검산의 호랑이라 부른다. 무천향 최고의 수뇌부를 칭하는 십이종성이라는 호칭보다 검산의 호랑이라는 호칭이 탁발로를 더 잘 표현해 주는 말이었다. 그만큼 검산에서 탁발로의 위치는 절대적이었다. 모든 음모의 주재자라고 여겨지는 대성사 소유거조차도 탁발로 없이는 검산을 움직일 수 없었다. 그래서 오늘 탁발로를 제압한다면 검산과의 이 지루한 싸움은 중대한 변화를 맞이하게 될 터였다.

　그 검산 호랑이 탁발로가 호안(虎眼)으로 파소를 바라보고 있었다. 밤의 맹수에서나 볼 수 있는 광채가 그의 눈에서 흘러나왔고, 보통 사람이라면 오금이 저릴 만큼 강렬한 기운이 파소를 휘감았다.

　파소는 검산대호 탁발로로부터 시작된 진기의 소용돌이를 깊은 눈으로 바라보고 있었다. 진기의 흐름을 읽는 것은 그리 어려운 일이 아니다. 하늘에서 내려오는 눈과 땅위에서 솟아오르는 눈송이들의 움직임에서 탁발로의 진기가 느껴졌다.

　진기에 날린 눈송이 몇 개가 파소의 얼굴에 닿아 물방울로 변했다. 그럼에도 파소의 반개한 눈은 움직일 줄 몰랐다.

　두 사람을 멀리서 바라보고 있는 천추군과 검산, 그리고 대설문의 고수들은 두 사람이 만들어내는 웅장하면서도 칼처럼 날카로운 기세의 대치에 얼어버린 수목처럼 굳은 얼굴로 두 사람을 응시하고 있었다. 지금 이 순간 그들은 누구의 적이 아닌, 오직 무도를 좇는 무인들일 뿐이었다. 애초에 순수했던 무천향의 그 무인들처럼!

　"좋구나!"

　탁발로의 입에서 나직한 음성이 흘러나왔다. 무엇이 좋다는 건지는 알 수 없었다. 자신의 강력한 기운을 받아내는 파소의 능력이 좋다는 건지, 아니면 눈 오는 저녁에 좋은 적을 상대하게 된 지금의 상태가 흡족하다는 건지. 오직 그만이 답을 알고 있을 터였다.

　파소는 여전히 담담한 표정으로 눈송이와 함께 밀려드는 탁발로의 진기를 마주하고 있었다. 가끔 계곡 위쪽에서 불어오는 북방의 찬바람이 거센 소음을 일으켰지만 팽팽한 긴장감은 그 소음조차도 침묵 속으로 빨아들였다.

스르릉!

무거운 침묵 속에서 잘 갈린 도의 마찰음이 일어났다. 드디어 탁발로의 도가 도갑에서 도신을 드러낸 것이다. 탁발로의 도가 도갑을 벗어나는 순간, 그의 도신이 푸른 광채를 일으켜 어둑해지는 주위를 한순간 밝혔다가 다시 잠잠하게 잦아들었다.

파소는 처음부터 검을 든 상태였다. 탁발의로를 상대한 후 그의 검은 여전히 그의 손에 머물러 있었다.

"무가 너의 손에 죽은 것은 당연한 일이었을 것이다. 넌 무천향에서 볼 때완 또 달라졌구나."

탁발로의 입에서 파소에 대한 칭찬이 흘러나왔다. 그 속에선 자신의 혈육을 죽인 자에 대한 분노 같은 것은 느껴지지 않았다. 그런 탁발로를 보면서 파소의 가슴 한쪽이 쓰려왔다.

'그대로 무천향에 머물렀으면 존경할 수 있었을 인물일지도…….'

탁발로가 만들어내는 기운과 생사결을 앞에 두고 그가 보이는 모습은 가히 무극에 이른 고수에 다름 아니었다. 단지 그의 눈이 천하를, 그의 가슴이 야망을 품었기에 그는 무선이 될 수 없었던 것이다. 하지만 그의 전신에 깃든 이 강렬한 기운은 그의 능력만큼은 역대 무선의 경지에 근접하고 있음을 알려주고 있었다.

"종성께서 한 번 더 가르침을 주신 덕입니다."

파소가 담담한 목소리로 대답했다.

“좀 전의 비무가 깨달음을 줬단 말이군. 내가 계산을 잘못했어. 적의 검을 더 날카롭게 만들어주다니… 허허!”

그러나 탁발로의 얼굴에는 탁발의로로 하여금 파소와 비무를 벌이게 한 것에 대한 후회는 찾아볼 수 없었다. 그는 자신의 후학이 큰 성취를 얻은 것 같은 뿌듯함으로 파소를 바라보고 있었다.

“시작할까요?”

“그러지. 이 추운 곳에서 시간 죽여봐야 무에 쓸모가 있을까. 오시게!”

탁발로가 두 발을 어깨 넓이로 벌렸다. 그의 손에 들린 칠흑 같은 중도(重刀)가 하얀 백설의 대지를 향했다.

파소는 이번 싸움이 조금 전 탁발의로와 벌였던 비무와는 전혀 다르다는 것을 알고 있었다.

생사결(生死決)! 죽음만이 두 사람의 결투를 끝낼 것이다. 그러니 자신이 끌어 쓸 수 있는 모든 힘을 끌어 써야 하는 싸움이었다.

우웅!

파소의 손에 들린 검에서 가벼운 파공음이 일어났다. 분명 진기가 모이며 만들어낸 소리임에도 검기가 만들어지지는 않았다.

“검에 진기를 머물게 하다니, 놀랍구나. 설마 이기어검까지 가능한 것은 아니겠지?”

이기어검이란 진기로 검을 날려 허공중에서 자유자재로 검을 조절하는 것, 그 시작은 검에 모인 진기가 밖으로 흘러나가지 않게 하는 것이었다. 지금 파소가 보여주는 경지는 이기어검을 시전하기 위해 반드시 필요한 경지였다.

"이기어검은 생각해 보지 않았습니다."

"못한다가 아니라 생각해 보지 않았다? 그럼 할 수도 있을 것 같다는 말이군."

탁발로의 말에 파소는 그 어떤 시인도, 부인도 하지 않았다. 지금껏 선검을 익히며 이기어검과 같은 어떤 특정한 검술을 염두에 두고 수련한 경우는 없었다. 그래서 파소 자신도 자신이 과연 이기어검을 펼칠 수 있을지 없을지 확신할 수 없었던 것이다.

파소의 대답이 없자 탁발로가 다시 입을 열었다.

"좋아, 그야 두고 보면 알겠지. 그럼 일단 몸이나 풀어볼까?"

마치 가벼운 비무를 하는 듯 말을 흘려낸 탁발로를 향해 파소가 두세 걸음 걸어나가며 사선으로 가볍게 검을 그어 올렸다.

슈욱!

한순간 날카로운 파공음과 함께 예의 그 초승달 모양의 검기가 불쑥 탁발로 앞에 생겨났다. 공간을 격하고 검기를 만들어내는 이 초식은 그동안 파소를 상대한 숱한 고수들을 곤욕스럽게 만든 초식이었다. 그러나,

쩡!

탁발로의 두 발은 그대로 눈 위에 가볍게 서 있었다. 대신 그의 도끝은 어느새 땅에서 허공으로 방향을 바꾸었는데, 그 찰나의 순간 강력한 격돌음과 함께 파소가 만들어놓은 초승달 모양의 검기가 허공에서 와해되어 버렸다.

"이번엔 날세."

파소의 검기를 움직이지도 않고 와해시킨 탁발로가 여전히 두 발을 움직이지 않은 채 허공으로 치켜들었던 도를 사선으로 내려 그었다.

쿠우웅!

순간 깊은 땅속에서 지진이라도 일어난 듯한 웅장한 소리가 일어나더니, 파소와 탁발로 사이에 쌓여 있던 눈들이 날카롭게 파여 나가며 탁발로에게서 파소에게로 한 줄기 선이 그어졌다.

"후웁!"

파소는 분수처럼 일어나는 눈송이들 속에 숨어 있는 탁발로의 강력한 도기를 바라보며 깊은 숨을 들이마셨다. 그리곤 한껏 진기를 머금은 검으로 유려한 곡선을 그려냈다.

기이잉!

순간 기이한 마찰음이 일어나더니, 파소의 검이 눈보라를 일으키며 다가오는 강력한 탁발로의 도기를 가볍게 휘감아 그 방향을 틀어냈다.

콰콰쾅!

파소의 검에 의해 방향이 틀어진 탁발로의 도기가 눈 덮인 수목을 베어내며 강력한 파열음을 만들어냈다.

"웃!"

"아!"

순간 정신없이 두 사람의 비무를 바라보고 있던 대설문의 고수 몇의 입에서 자신들도 모르는 사이에 탄성이 새어 나왔다. 천추군과 검산의 고수들이야 두 사람의 무공 수준을 알고 있었으므로 그들의 격돌이 만든 충격을 당연하다는 듯 받아들이고 있었지만, 태어나서 처음 절대고수들의 격돌을 보는 대설문 고수들로서는 놀라지 않을 수 없는 현실이었던 것이다.

그러나 대설문 고수들의 입은 금세 닫혔다. 또 한차례의 격돌을 끝마친 파소와 탁발로가 다시금 긴 침묵의 대치로 들어갔기 때문이다. 두 사람 사이에 만들어진 침묵은 얼음장처럼 차갑고 무거워서 두 사람의 비무를 바라보던 장내의 고수들조차 얼어붙게 만드는 힘이 있었다.

"어떤 상탭니까?"

차가운 빙하의 침묵 속에서 남독마군이 나직한 목소리로 종성 소법에게 물었다.

"알 수 없네."

소법의 입에서 짧은 대답이 흘러나왔다. 대답을 하면서도 그의 시선은 여전히 파소와 탁발로, 두 사람에게로 향해 있었다.

"그럼 적어도 밀리지는 않았단 말이군요."

"검산대호는 강(强)으로, 소천은 유(柔)로 맞섰네. 승부는 무승부. 서로 쓴 힘이 다르니 강약을 논하기 어렵네."

소법의 말에 남독마군이 빙그레 미소를 지었다.

"본래 강호에 유능제강(柔能制剛)이란 진리가 있지요."

"하지만 탁발로의 강함은 차원이 다른 것이네. 강호의 진리가 과연 먹혀들지는 누구도 장담할 수 없다는 말이지."

"그래도 왠지 마음이 놓이는데요."

"두고 보지."

그쯤에서 대화를 끝낸 두 사람이 다시금 파소와 탁발로에게 집중하기 시작했다.

한차례 격돌을 끝낸 파소와 탁발로의 침묵은 대략 반 각 정도 이어졌다. 짧다면 짧은 시간이지만 고수 간의 팽팽한 대치 하에선 무척 긴 시간이기도 했다.

그렇게 길어지는 침묵이 못마땅했을까, 문득 탁발로의 얼굴이 살짝 일그러지더니 그의 입에서 불만스런 목소리가 흘러나왔다.

"서운하군. 나이 든 노인을 먼저 움직이게 하다니."

탁발로의 말이 끝나는 순간 그의 신형이 그 자리에서 사라졌다. 그가 있던 자리엔 그리 깊지 않은 두 개의 발자국만이 남아 있었다.

탁발로가 움직이는 순간, 파소의 신형 역시 움직였다. 파소가 재빨리 앞으로 치고 나가며 탁발로가 서 있던 지점에 도달했다. 동시에 그의 신형이 허공으로 솟구쳤다.

"기다리고 있었네!"

허공으로 솟구치는 파소의 머리 위에서 탁발로의 목소리가 들려왔다. 어느새 사라졌던 탁발로의 신형이 파소의 머리 위에 흐릿한 모습으로 나타나고 있었다.

탁발로의 술법과도 같은 기이한 움직임에도 파소는 전혀 당황하는 기색이 없었다. 탁발로의 신형이 사라지는 순간부터 이미 파소는 탁발로의 움직임을 따라가고 있었다.

유령이 아닌 이상 모습은 사라져도 기운을 숨길 수는 없는 법, 믿을 수 없는 속도로 움직이는 탁발로도 그 기운을 완전히 숨길 수는 없었다. 파소는 그런 탁발로의 기운을 쫓고 있었다.

탁발로 역시 파소가 자신의 기운을 쫓을 거란 걸 모르지 않았다. 파소 정도의 고수라면 당연히 상대의 기운을 놓칠 리 없었다. 문제는 서로 격돌하는 순간을 파소가 아닌 탁발로 자신이 결정할 수 있다는 것, 미세한 힘의 균형이 이루어지는 상황에서 선공의 이득을 취하는 것은 싸움의 승패를 가를 만큼 중요했다.

슈욱!

허공에서 모습을 드러낸 탁발로의 신형 중심에서 검은 도가 불쑥 파소를 향해 뻗어 나왔다. 도는 그 본신의 길이를 더 이상 늘리지 못하자 불쑥 한 줄기 섬뜩한 도기를 토해냈다.

팟!

순간 파소가 번개처럼 검을 휘둘렀다. 그러자 그의 검으로

부터 초승달 모양의 검기가 방패처럼 탁발로의 도기를 막아갔
다.

쿠쿵!

무거운 충돌음이 장내를 뒤흔들었다. 순간 파소의 신형이
허공에서 밀려 땅위로 떨어져 내렸다.

"엇!"

남독마군을 포함한 천추군 고수들의 입에서 다급성이 흘러
나왔다. 탁발로의 의도대로 선공의 이득을 취한 탁발로가 위
에서 파소를 공격함으로써 그 힘으로 파소를 아래로 물러나게
만들었기 때문이다.

물론 파소가 몸에 상처를 입거나 내상을 입은 것은 아니었
다. 하지만 이런 비등한 고수의 싸움에서 일단 선기를 제압당
한다는 건 싸움의 승기를 빼앗겼다는 의미와 같았다. 그리고
싸움은 모두의 예상처럼 진행됐다.

콰콰쾅!

탁발로는 강력하면서도 한 치의 빈틈도 보이지 않는 매끄러
운 공세를 풍차처럼 돌아가며 토해냈다. 그럴 때마다 파소는
연신 뒤로 물러나며 탁발로의 공격을 받아냈다.

"저러다 큰일 나는 것 아닙니까?"

남독마군 기신이 당장에라도 싸움에 뛰어들 태세로 말했다.

"경거망동 마시게. 승부는 아직 시작도 되지 않았어!"

소법이 단호한 목소리로 남독마군을 진정시켰다.

"시작도 되지 않았다니요? 저렇게 밀리고 있는데……."

남독마군이 무슨 소리냐는 듯 소법을 바라봤다. 그러나 소법의 표정은 단호했다.

"젠장, 내가 모르는 뭔가가 있는 거야?"

남독마군이 나직하게 투덜거렸다. 강호에서 일대 마인으로 이름 높았던 남독마군이었다. 하지만 무천향 십이종성 소법에 비할 수는 없었다. 소법이 보는 눈을 남독마군이 부정할 수는 없는 상황. 남독마군은 소법이 보고 있는 것이 뭔지 찾아내려 눈이 빠져라 파소와 탁발로의 격돌을 살피기 시작했다.

탁발로의 질풍 같은 공격은 대략 삼십여 초가 지나서 끝이 났다. 두 사람이 눈 위에 만들었던 발자국은 두 사람이 일으키는 눈바람에 다시 지워지고 두 사람의 신형이 멈췄을 땐 누구도 밟지 않은 양 순백의 모습 그대로 사람들의 눈에 들어왔다.

"늙은이 힘만 뺐군."

탁발로가 허탈한 표정으로 파소를 바라보며 말했다. 그도 그럴 것이, 수십 초가 넘는 공격에도 파소의 옷깃 하나 베어내지 못했기 때문이다. 반면 파소는 조용히 숨을 고르며 탁발로를 응시하고 있었다.

파소가 침묵하자 다시 두 사람 사이에 침묵이 흐르기 시작했다. 폭풍 같던 도검의 공방이 지나고 침묵이 찾아오자 장내에 잠시 여유가 흐르는가 싶더니, 어느 순간 두 사람 사이에 펼쳐진 눈밭에서 눈송이들이 올올이 일어서자 장내는 일순 강력한 긴장감에 휩싸였다.

　파소의 표정은 여전히 담담했고, 탁발로의 표정은 신중하기 이를 데 없었다. 탁발로는 턱을 목 쪽으로 끌어당기고 파소의 발끝을 바라보고 있었는데 이번만큼은 먼저 움직이지 않겠다는 의지를 드러내는 듯했다.

　두 사람은 얼어붙은 듯 움직이지 않았지만 두 사람 사이에 쌓여 있는 눈들은 투명한 얼음 바닥이 드러날 정도로 이리저리 휘날리고 있었다. 작은 눈폭풍이 휘날리는 장내, 아무런 움직임도 없던 침묵을 드디어 파소가 깼다.

　파소는 탁발로의 눈을 바라보고 있었다. 파소 자신의 발끝을 향해 있는 탁발로의 눈, 그 눈에 전혀 흔들림이 없다는 건 공격의 의사가 없다는 것. 그렇다면 자신이 먼저 움직일 수밖에 없었다.

　파소의 발이 눈이 날려 드러난 얼음을 가볍게 밟았다. 그의 발밑에선 어떤 소음도 일어나지 않았다. 그 순간 그의 발을 바라보고 있던 탁발로의 눈에서 푸른빛이 어른거리기 시작했다. 극도의 진기를 끌어올리고 있음이 분명했다.

　스스슥!

　탁발로의 반응에 아랑곳하지 않고 파소가 천천히, 그렇지만 망설임없이 걸음을 옮겼다. 드러난 얼음 위에 그의 발이 스치는 소리가 바람에 솜털 날리듯 미세하게 일어났다.

　그런데 파소가 걷는 걸음의 숫자가 늘어나면서 파소의 발이 지나간 얼음에 변화가 일어나기 시작했다. 처음에는 눈 위를 걷듯 사뿐하게 내딛던 걸음에 차츰 힘이 들어가면서 십여 걸

음 앞으로 전진했을 때는 파소의 발걸음이 쇠처럼 얼어붙은
얼음 속에 한 치 깊이의 발자국을 남기고 있었다.

　그런데 더욱 이상한 것은 탁발로였다. 파소가 공격해 오기
를 기다렸던 탁발로는 정작 파소가 자신을 향해 다가오자 천
천히 뒷걸음질을 치기 시작했던 것이다.

　"망할 노인네, 시간을 끌기는!"

　남독마군의 입에서 작은 투덜거림이 흘러나왔다. 그런데 그
소리를 탁발로가 들은 것일까, 남독마군의 말이 끝나기 무섭
게 뒷걸음치던 탁발로의 걸음이 뚝 하고 멈췄다.

　그 와중에도 파소는 여전히 깊은 발자국을 남기며 탁발로에
게 다가들었다. 그렇게 두 사람의 거리가 서서히 좁혀졌다. 그
리하여 두 사람 사이의 간격이 삼 장 안쪽에 들어섰을 때 누가
먼저랄 것도 없이 서로를 향해 폭사했다.

　슈우욱!

　더 이상 얼음 위에는 파소의 발자국이 새겨지지 않았다. 대
신 파소의 신형은 얼음 위의 한 자 높이로 떠올라 나는 듯 탁발
로을 향해 닥쳐들었다. 탁발로의 신형이 그 자리에서 떠올랐
다. 그렇다고 허공으로 치솟은 것은 아니었다. 대략 일 자 높
이의 부양, 탁발로는 낮게 치고 들어오는 파소의 눈높이만큼
만 떠올랐다. 높이 도약하기는 쉬워도 낮게 떠 있기는 어려운
것이 무공의 이치. 탁발로의 이런 부양은 그가 절대지경에 이
른 고수임을 여실히 보여주는 것이었다.

　쉬쉬식!

파소가 가볍게 세 번 검을 휘둘렀다. 그러자 초승달 모양의 검기 세 개가 허공에 생겨나더니 불규칙한 움직임을 보이며 탁발로를 향해 닥쳐들었다.

우우웅!

파소의 공격을 받은 탁발로 역시 굳은 표정으로 도를 휘둘렀다. 그러자 무거운 파공음이 일어나더니 그의 신형 앞에 진기의 막이 생겨났다. 파소가 만들어낸 세 개의 검기가 탁발로가 만든 진기의 막에 거칠게 충돌해 갔다.

콰콰쾅!

강력한 격돌음이 장내에 울려 퍼지며 주위의 눈과 얼음이 땅이 터진 듯 하늘로 솟구쳤다. 그 광란의 와중에 파소가 매끄러운 보법으로 탁발로의 기운 안으로 뛰어들었다.

차앙!

진기와 진기가 아닌 검과 도의 실체가 맞부딪치며 맑고 차가운 마찰음이 이어졌다.

그러나 다음 순간 두 사람이 언제 붙어 있었냐는 듯 급격하게 거리를 벌리기 시작했다. 하지만 두 사람의 검과 도는 격돌했을 때의 모습 그대로 서로를 향해 겨눠져 있었다. 처음 진기를 머금지 않았던 도검에 두 사람의 진기가 급격하게 주입되며 일어난 현상이었다.

두 사람의 거리는 바로 그 진기에 의해 벌어진 것이었고, 그렇게 이 장 정도의 거리를 두고 두 사람은 검기와 도기로 맞섰다.

“젠장, 공력 대결인가!”

싸움을 지켜보던 남독마군의 입에서 불만스런 목소리가 흘러나왔다. 고수들 간의 대결에 종종 벌어지는 공력 대결은 싸움에 임하는 두 사람을 모두 위험하게 만들 수 있는 것이었다.

필히 자신들이 지닌 모든 공력을 끌어낼 테고, 그리되면 작은 충격에도 치명적인 내상을 입을 수 있었다. 더군다나 지금 파소가 상대하는 자는 무성들의 고향인 무천향에서도 최고수의 반열에 올라 있었던 검산대호 탁발로. 수십 평생 그가 적공한 공력의 깊이는 측량할 수 없을 터였다.

이번만큼은 싸움을 지켜보던 소법의 표정 역시 밝지 않았다. 그가 판단하기에도 공력 대결은 파소가 선택할 수 있는 대결 방식 중 최악의 선택이었던 것이다.

우우웅!

그다지 크지 않지만 태산이 내리누르는 듯한 파공음이 장내를 떠돌았다. 팽팽하게 당겨진 시위처럼 파소와 탁발로 사이의 응축된 진기가 두 사람의 기운을 이기지 못하고 울어대는 소리였다.

또 시간은 바람처럼 흘러갔다. 파소는 틀어진 공기가 자신을 향해 끊임없이 밀려드는 것을 담담한 시선으로 바라보고 있었다. 그리고 자신에게 밀려든 그 굴절된 진기들을 다시 탁발로에게로 되돌려 보냈다. 그렇게 두 사람의 힘에 짓눌린 진기가 길을 잃고 헤매는 것을 두 눈으로 직시하며 파소는 자신의 삶을 생각했다.

굴절된 삶, 굴절된 인연들, 그리고 지금, 그 모든 것은 단지 운명이었을까. 생사결을 하는 사람의 머릿속에 떠오를 수 없는 상념들이 파소의 공허한 뇌를 스치고 지나갔다.

그러나 인생에 답은 없다. 현재를 살 뿐이고 순간에 충실할 뿐, 파소가 지그시 입술을 깨물었다. 그가 지금 이 순간 해야 하는 일은 굴절된 인연 중 하나를 끊어내야 하는 것이었다.

파소의 발이 움직였다. 한 걸음씩 아주 천천히 파소의 신형이 탁발로를 향해 걸어가기 시작했다.

"저… 저!"

두 사람의 싸움을 지켜보고 있던 고수들의 입에서 믿을 수 없는 일을 본 듯한 당혹스런 목소리가 흘러나왔다. 탁발로가 만들어내는 강력한 진기를 거슬러 올라가는 파소, 그에 탁발로의 기운은 어느새 유형으로 변해 주위에 흩날리고 있는 수많은 눈송이들을 암기처럼 파소를 향해 폭사시키고 있었다. 그러나 그중 단 하나의 눈송이도 파소의 몸에 닿지 못하고 허공에서 사라졌다.

탁발로의 표정이 점점 변해갔다. 자신을 향해 다가오는 파소를 막을 방도가 금세 떠오르지 않았다. 조금만 더 전진하면 파소의 검이 자신의 심장을 찌를 터인데도 대처할 방법을 찾을 수 없는 탁발로였다. 물론 자신도 도를 들고 있었지만 이런 식으로 전진한 파소의 검을 막는 것은 어려웠다. 기세에서 밀린 도의 힘으론 전진하는 파소의 강력한 힘을 막아낼 수 없기 때문이었다.

그렇다고 뒤로 물러설 수도 없었다. 파소와 자신 사이에 형성된 이 팽팽한 진기의 기운이 터지는 순간 파소의 신형은 그 어떤 물체보다도 빠르게 자신을 관통할 것이란 걸 탁발로는 알고 있었다.

장내의 고수들 대부분은 두 사람이 벌이는 싸움의 수를 읽을 수 있는 능력이 있었기에 탁발로가 큰 위기에 처했다는 걸 알고 있었다. 더불어 그런 위기에 처한 탁발로가 과연 어떤 대처를 할지도 사람들의 호기심을 자극했다. 그리고 그리 오래지 않아 탁발로는 자신의 선택을 사람들에게 보여줬다.

"하앗!"

탁발로의 입에서 강렬한 기합성이 터져 나왔다. 그 기합성에 밀린 것일까, 그의 앞에 형성되었던 진기의 기운들이 한순간 미세하게 앞으로 밀려 나가며 탁발로와 진기 사이에 작은 공간이 형성됐다. 그리고 그 공간이 형성되는 순간, 탁발로가 재빨리 도를 뻗어 앞으로 밀려 나간 진기를 파고들었다.

쿠우우!

탁발로가 펼친 도초에 의해 팽팽하던 진기가 흐트러지며 강력한 공기의 와류가 생겨났다. 탁발로의 도를 타고 파소와 탁발로 사이를 채웠던 강력한 진기들이 봇물처럼 밀려들었다. 그러나 그 기운들은 탁발로를 밀어내지 못했다. 탁발로의 도를 타고 갈리면서 탁발로의 신형 좌우로 흘러나갔기 때문이다.

"흡!"

파소의 입에서 나직한 숨소리가 일어났다. 탁발로가 팽팽하던 진기의 대치를 깨며 진기를 옆으로 흘려내자 그를 향해 걸어가던 파소의 신형이 급격히 탁발로를 향해 빨려 들어갔기 때문이다. 그리고 그 앞에는 자신을 겨누고 있는 탁발로의 도가 있었다.

그물을 치고 기다리는 탁발로, 그 그물을 향해 전진하는 파소. 어찌 보면 상황은 역전된 듯도 싶었다. 이대로라면 탁발로가 마지막 순간 승부의 추를 되돌렸다고도 볼 수 있었다.

소법 등 천추군 고수들의 얼굴이 흙빛으로 물들었다. 하지만 미처 그들이 싸움에 관여하기도 전에 파소의 신형이 자신을 빨아들이는 힘을 거부하지 않고 그대로 탁발로를 향해 날아갔다.

슈우욱!

파소의 신형이 화살처럼 탁발로를 향해 꽂혀들었다. 아니, 탁발로가 아니라 탁발로의 도를 향해 스스로를 내던졌다.

"앗!"

"아아!"

장내의 고수들 입에서 급박한 탄식이 흘러나왔다. 이때만큼은 침착하던 소법 역시 이마에 땀이 맺혔다.

"위험해!"

남독마군의 입에선 다급한 경고성이 터져 나왔다. 하지만

파소와 탁발로의 격돌을 막을 수 있는 능력은 장내의 그 누구
에게도 없었다.

　파소는 자신의 심장과 가까워지는 탁발로의 도를 차가운 눈
으로 응시하고 있었다. 파소가 탁발로에게 다가든 시간은 찰
나의 순간이었지만 파소에겐 그 찰나의 시간이 무척이나 길게
느껴졌다. 그래서 파소는 자신의 움직임, 자신의 검의 움직임,
그리고 탁발로의 도와 그 도에 의해 좌우로 갈리며 흘러나가
는 진기의 움직임까지, 그 모든 것을 자신의 눈에 담고 있었다.
그리고 한순간 파소의 입가에 한줄기 미소가 지어졌다.
　'운명에 몸을 맡긴다.'
　생각이 머리에 떠오르는 순간, 파소의 마음이 새털처럼 가
벼워졌다. 그러자 파소의 몸이 파소 쪽에서 탁발로 쪽으로 흐
르는 진기를 타고 유연하게 흐르기 시작했다. 마치 물길을 타
고 움직이는 한 마리 물고기처럼. 그리고 그 진기의 흐름 앞에
순식간에 날카로운 바위가 나타났다. 탁발로의 도였다.
　그러나 아무리 급한 흐름의 격류에서라도 바위에 부딪쳐 죽
는 물고기는 없다. 물의 흐름에 몸을 맡기면 바위를 둘러 가는
물의 흐름에 따라 물고기도 그 바위를 피하게 되어 있었다.
　스스스!
　파소의 신형이 거짓말처럼 탁발로가 뻗어낸 도끝을 스치며
도신을 타고 흘렀다.
　"음!"

순간 탁발로의 입에서 당혹한 음성이 흘러나오더니, 붉게 상기된 얼굴로 도를 틀었다. 그러나 이율배반적으로 그가 만들어낸 이 강력한 진기의 흐름이 그의 도가 방향을 틀어 도신을 거슬러 오르는 파소을 베는 것을 방해했다.

"잇!"

탁발로의 입에서 다시 이를 악물고 흘러내는 기합성이 들려왔다. 그러자 그의 도가 어렵게 방향을 틀었다. 힘겹게 방향을 튼 탁발로의 도가 진기와 같은 방향으로 틀어지자 무서운 속도로 자신의 옆을 스쳐 지나는 파소를 베어갔다.

그러나 그 순간 파소는 이미 탁발로의 오른쪽 어깨 위를 스쳐 지나며 탁발로를 향해 일검을 뻗어내고 있었다.

삭!

파소가 찔러낸 검이 정확하게 탁발로의 오른쪽 목덜미를 찔렀다. 그리곤 번개처럼 그의 몸에서 빠져나오며 흘러가는 진기와 함께 탁발로에게서 멀어졌다.

팟!

순간 파소의 검에 찔린 상처로부터 붉은 피가 분수처럼 터져 나오더니, 흘러가는 진기의 물결을 따라 혈무를 일으키며 번져 나갔다.

"아!"

누군가의 입에서 의미 모를 탄식이 흘러나왔다. 사람들의 시선은 목덜미에서 피분수를 토해내는 탁발로에게 고정되어 있었다.

"이… 이럴 수가!"

탁발로의 입에서 믿을 수 없다는 듯한 중얼거림이 흘러나왔
다. 한순간 폭주했던 피 분수는 서서히 잦아들고 있었다. 그러
나 여전히 그의 목덜미에서는 울컥울컥 피가 흘러나왔고, 그
피들은 이제 허공으로 뿌려지는 대신 그의 몸을 타고 흘러내
리고 있었다.

탁발로의 시선이 힘겹게 한쪽으로 돌아갔다. 그의 오른쪽
오 장여 거리, 파소가 낡은 검을 든 채 죽음에 물들어가는 탁발
로를 바라보고 있었다.

"내가 진 건가?"

여전히 믿을 수 없다는 듯한 탁발로의 음성, 그러나 파소는
상대에게 현실을 확인시켜 주듯 고개를 끄덕였다. 그러자 탁
발로가 그제야 현실을 인정한 듯 공허한 눈빛을 흘려냈다.

"이렇게 끝인가, 검산 호랑이라 불린 이 탁발로의 운명이?"

"무천향을 벗어나시려 했다면 다른 방법을 택해야 했습니
다."

파소가 말했다.

"다른 방법?"

"향의 천률이 아무리 삼엄하더라도 수백 년이 지난 오늘날
까지 그 천률을 고집할 수는 없지요. 사람들 마음에 무도의 수
련이 아닌 강호의 삶이 들어섰다면 차라리 향주님과 툭 터놓
고 이야기를 했어야 했습니다, 음모를 꾸미는 대신."

"그럼 향주가 출향을 허락했을 거란 말인가?"

"향주님의 성정을 아시지 않습니까? 향에 피가 흐르는 것을 막기 위해 자식의 죽음까지 묻어둔 향주님입니다. 아마도 피를 보지 않고 다른 길을 가겠다면 향의 문을 열었을 겁니다. 다른 곳에 또 다른 향을 세우는 한이 있더라도……."

파소의 말에 탁발로가 언뜻 대답을 하지 못하고 침묵을 지켰다. 이미 죽음의 그림자가 그의 얼굴에 깃들어져 있었다. 그렇게 침묵이 이어졌다. 그러다 탁발로가 무겁게 고개를 끄덕였다.

"그래, 맞는 말이야. 향주와는 아주 어려서부터 함께 수련한 사이였지. 결국 내가 그를 배신했지만 말이야. 그는… 여린 사람이다. 내가 검산의 고수들을 데리고 향을 떠나겠다고 했다면 그는 아마 날 보내줬을 거야. 하지만… 하지만 난 무천향 전체를 강호로 데리고 나오길 원했지. 검산이 아닌, 무천향을 말이야. 향주가 내게 모든 걸 양보해도 무천향과 을씨 가문만은 절대 양보하지 않을 거란 사실을 깨닫지 못한 거지."

탁발로의 탄식이 깊어지는 어둠만큼이나 무겁게 이어졌다. 그러다가 갑자기 탁발로가 고개를 저었다.

"아니야, 그것도 아니군. 애초에 이 모든 것은 그에 의해 일어난 일이야. 그가 아니었다면 난 무천향을 떠날 생각 같은 것, 강호를 내 손에 넣겠다는 생각 같은 것은 하지 않았을 것이다. 소천! 그대는 아직 이 싸움에서 이긴 것이 아니라는 걸 알아야 하네."

탁발로가 힘겹게 파소를 바라봤다.

"대성사 소유거의 존재를 잊지 않고 있습니다."

파소의 말에 탁발로가 고개를 끄덕였다.

"그래, 그를 잊고 있지 않다니, 역시 현명하군. 짐작하고 있었겠지만 과거 소천의 부모에게 일어난 일은 대성사 소유거에 의해 일어난 일이었다네. 그는 무서운 사람이야. 나조차도 그를 감당할 수 없었지. 내가 죽어도 그는 여전히 자신의 길을 갈 걸세. 그를 제거하지 못한다면… 이 싸움은 결코 끝난 것이 아니야. 그러니 조심하게. 그는… 어쩌면 마승의 전설을 실현할지도 모르……!"

쿵!

탁발로는 미처 자신의 말을 다 맺지 못하고 눈 위에 쓰러졌다. 어느새 얼음이 드러났던 바닥은 다시 눈에 덮여 있었다. 그의 어깨에서 흐른 피가 흰 눈에 스며들어 섬뜩한 아름다움을 만들어냈다. 그렇게 검산대호 탁발로가 세상을 떠났다.

"삶을 구할 수 있다. 반면 무공은 폐쇄될 것이다! 어떤 길을 선택할 것인가?!"

소법의 호령에 탁발로를 수행하던 검산 고수들이 부르르 몸을 떨었다. 어느 쪽도 선택하기 쉽지 않다. 목숨과 무공, 이 둘은 검산 고수들에게 같은 말이나 마찬가지였다. 그들에게 무공은 목숨과도 같은 것이니까. 검산 고수들의 선택이 미뤄지자 소법이 조금 힘을 뺀 목소리로 말했다.

"일단 흑정단을 삼켜라. 그리고 기다려라. 너희들은 향주의 너그러움을 기억해야 할 것이다.”

소법의 말은 확실히 효과가 있었다. 흑정단은 모든 무공을 폐쇄시키지만 또한 회정단에 의해 폐쇄된 무공은 회복된다. 그리고 무천향주 을도산은 변란이 일어나기 전까지만 해도 역대 무천향주 중 가장 온유한 사람이었다. 희망은 언제나 작은 바늘구멍만큼의 공간만 내주어도 사람들의 마음을 움직인다.

“흑정단을 받겠습니다.”

한 사람이 무릎을 꿇자 다른 사람들도 무릎을 꿇었다. 그런 그들을 보며 파소가 작은 한숨을 내쉬었다.

‘더 이상 피가 흐르지 않아 다행이다. 하지만 아직은 일이 끝난 것이 아니지.’

파소의 시선이 앞서 단보가 달려간 대설문으로 이어지는 계곡의 밤하늘을 향했다.

*　　*　　*

탁발로의 죽음이 미처 알려지지 않은 대설문 쪽의 검산 고수들의 대항은 격렬했다. 단보는 대설문을 눈앞에 두고 근 반 시진 가까이 격전을 치르고 있었다. 상대도 만만치 않았다. 초성관주 여상이 이끄는 일단의 검산 고수들은 단보가 이끄는 천추군과 대등한 전력을 보여주고 있었다.

“이미 전세가 기울어졌소이다. 관주께선 그만 검을 거둬주십시오.”

여상은 십이종성이라는 신분보다는 초성관주라는 신분이 더 친숙한 인물이었다. 특히 죽림 출신 고수들에게 여상은 특별한 의미를 갖는 인물이었다.

"탁발 종성께서 그리 쉽게 당하셨으리라고는 생각하지 않네. 그보다 자네들 걱정을 할 때가 아닌가 하네만!"

여상이 단보의 검을 강하게 튕겨내며 말했다. 계곡에서 싸움을 시작한 이후 단보는 줄곧 여상을 상대하고 있었다.

여상의 말은 허언이 아니었다. 단보가 슬쩍 시선을 돌려보니 과연 대설문으로부터 일단의 인물들이 쏟아져 나오고 있었다. 아마도 탁발로의 후미를 따르다 단보 등의 반격을 받은 검산 고수들 중 누군가 대설문으로 달려가 변고를 전했음이 분명했다.

단보의 표정이 금세 어두워졌다. 계곡 안쪽의 함정에서 싸움이 시작된 지 꽤 오랜 시간이 지났다지만 탁발로와의 싸움이 어떻게 진행되고 있을지는 전혀 짐작할 수 없었다. 탁발로는 결코 단시간에 제압할 수 있을 만한 인물이 아니었다. 이런 상태에서 대설문에 남아 있던 검산 고수들까지 상대해야 한다면 단보가 이끄는 십여 명의 천추군은 극히 위험한 상황에 처할 수밖에 없었다.

"어떤가, 오히려 자네가 물러나야 할 것 같은데. 지금까지는 서로 피를 보지 않았지만 저들이 온다면 그땐 나도 어쩔 수 없을 것이네."

여상의 말대로 단보가 이끄는 천추군과 여상이 이끄는 검산의 고수들은 지금껏 서로 피를 보고 있지 않았다. 그들은 밀고 밀리는 싸움을 하며 대설문이 보이는 곳까지 도달해 있었지만 그 누구의 피도 흐르지 않은 상태였다. 그건 여상이 가지고 있는 독특한 위치 때문이라고 할 수 있었다.

여상은 분명 탁발로와 함께 검산 육종성 중 한 명으로, 무천향을 나와 패도의 길을 걷고 있었지만 여전히 무천향의 고수들에겐 검산의 종성보다는 초성관주로서의 느낌이 강한 인물이었다.

특히 천추군 중 죽림 출신 고수들은 더욱더 여상에게 느끼는 감정이 모호했다. 죽림의 고수들은 은하의 계곡을 통과해 무천향에 들어왔을 때 누구나 초성관에서 삼 개월간 머물기 때문에 초성관주 여상의 의미는 죽림 고수들에게 있어 남다를 수밖에 없었다. 특히 평소 여상의 성정이 패도적인 것과는 거리가 멀었기 때문에 더더욱 양측의 싸움은 서로의 목숨을 노리는 싸움으로 전개되지 않았다.

그러나 여상이 아니라 대설문에 머물고 있던 검산 고수들이 싸움에 관여한다면 그때는 상황이 전혀 다르게 전개될 가능성이 많았다. 여상과 단보가 적절히 조율하던 싸움은 그들이 감당할 수 없는 지경에 빠질 것이고, 그리되면 분명 피가 흐를 터였다.

"휴, 일단 물러가지요."

단보가 여상에게서 떨어져 나오며 말했다.

"잘 생각했네. 하지만 최선을 다해 달려야 할 걸세. 무 종성은 나완 다른 사람일세."

여상이 말하는 무 종성이란 검산 육종성 중 한 명인 무무경을 말하는 것이었다. 그러자 단보도 여상에게 충고를 했다.

"이쯤에서 대설문에 있는 검산 사람들을 데리고 떠나는 것이 좋을 겁니다. 소천은… 반드시 탁발 종성의 목숨을 거뒀을 겁니다. 함정이 워낙 튼실하니까요."

"내 눈으로 보기 전엔 믿을 수 없네."

여상의 말에 단보가 가볍게 한숨을 쉬고는 고개를 끄덕였다.

"나중에 결과를 보면 알겠지요. 곧 다시 돌아오겠습니다. 이만 물러들 나세."

단보의 말에 여상이 이끄는 검산 고수들과 일전을 벌이고 있던 천추군이 일제히 후퇴를 하기 시작했다. 그때, 여상의 등 뒤에서 매서운 목소리가 들려왔다.

"추격하라! 누구도 살려 보내지 마라!"

추상같은 목소리를 들으며 여상이 지그시 눈을 감았다. 그런 여상 옆에 단단한 바위 같은 인물이 떨어져 내렸다.

"어찌 된 거요?"

굵은 목소리가 여상의 귀를 파고들었다. 검산 육종성 중 한 명인 무무경이었다.

"중도에 기습을 받았소. 아마도 탁발 종성께서 함정에 빠진 모양이오."

"함정! 과연 천추군. 어느새 이곳까지 추격해 와 계략을 꾸

떴구려."

"아마도 천추군의 주력이 모두 모인 모양이오."

"그렇다면 어서 가보십시다. 물론 탁발 종성께서 함정을 빠져나오지 못할 거라고는 생각지 않지만……."

무무경의 표정에선 탁발로에 대한 굳은 믿음이 느껴졌다. 그러나 여상의 표정은 그리 밝지 않았다.

"어쩌면 함정을 벗어나지 못했을 수도 있소."

"그게 무슨 말씀이시오? 탁발 종성이 어떤 사람인지는 여 종성께서 더 잘 알고 계시지 않소이까?"

"물론 그렇소. 하지만……."

여상이 무슨 말인가를 더 하려다 입을 닫았다.

"다른 뭔가가 있는 것이오?"

"아니외다. 단지 예감이 좋지 않을 뿐이오."

단지 예감뿐이라지만 여상의 말을 들은 무무경의 표정 역시 무겁게 가라앉았다. 고수의 예감은 예감이 아니라 직감이고, 그 직감은 본래 현실로 나타나는 경우가 종종 있었기 때문이다.

"여 종성께서는 뒤를 맡아주시오. 내가 앞서 가보겠소이다."

무무경의 입에서 다급한 목소리가 흘러나왔다. 그리곤 여상의 대답도 듣지 않고 빙하의 계곡을 향해 신형을 날렸다.

"조심하시오."

무무경의 등 뒤에서 여상의 그늘진 목소리가 들려왔다.

第六章

설풍혈풍(雪風血風)

대설문에서 밀려 나오는 검산 고수들의 기세가 단보가 이끄는 십여 명의 천추군을 연신 뒤로 물러나게 만들었다. 그 물러나는 속도는 시간이 갈수록 빨라져 급기야 자칫하면 검산 고수들에게 좌우를 내줘 퇴로도 없이 포위될 지경까지 이르렀다.

수십 년의 강호 경험으로 침착하기 이를 데 없는 단보조차도 이 급박한 상황에선 당혹스러울 수밖에 없었다.

"검을 내려놓으시게! 그러면 목숨은 보전해 주겠네!"

십여 장 떨어진 곳에서 도를 꺼내지도 않은 채 유유히 추격전을 벌이고 있는 무무경이 단보를 향해 소리쳤다.

'파소, 그 아이의 싸움은 아직도 끝나지 않은 것인가?

　단보는 무무경의 말에 대답할 생각은 하지 않고 고개를 돌려 빙하의 계곡 저 깊은 곳을 바라봤다. 그러나 빙하의 계곡에선 어떤 인기척도 느껴지지 않았다.

　'어쩔 수 없군. 적당한 곳을 잡아 최대한 버틸 수밖에. 싸움이 끝나지 않은 곳으로 이들을 데려갈 수는 없다.'

　단보가 서둘러 후퇴하면서 적당한 곳을 찾았다. 그러자 계곡의 폭이 급격히 좁아지는 한 지점이 눈에 들어왔다.

　'저곳이 좋겠군.'

　적을 상대할 곳을 찾은 단보가 훌쩍 신형을 날려 앞서 달리고 있는 천추군 고수들의 머리를 날아 넘었다. 그리곤 재빨리 자신이 정한 곳에 도착한 후 손을 들어 천추군 고수들을 향해 말했다.

　"이곳에서 적을 맞는다. 아직 안쪽의 싸움이 끝나지 않은 것 같으니 이곳에서 최대한 시간을 벌어야 할 것이다. 목숨을 버릴 각오를 하라."

　단보의 말에 그를 따르는 천추군들이 단호한 표정을 드러내며 고개를 숙여 보이고는 신형을 돌려 승냥이 떼처럼 달려드는 검산 고수들을 향해 마주 섰다.

　폭풍처럼 달려들던 검산 고수들은 단보를 중심으로 한 천추군이 단단한 진형을 구축하는 것을 보더니 천추군의 십여 장 앞에서 걸음을 멈췄다.

　"계속 대항할 생각인가?"

　추격을 멈춘 검산 고수들 사이에서 무무경이 걸어나오며 단보에게 물었다.

"우린 아주 조금의 시간이 필요할 뿐입니다."

말인즉 안쪽에서 벌어지는 싸움은 필히 천추군의 승리로 끝날 거란 말이었다. 그러자 무무경이 고개를 저었다.

"난 탁발 종성께서 그리 쉽게 무너질 거라고는 생각지 않네. 그보다는 오히려 우리가 자네들을 뚫고 들어가는 시간이 더 짧을 걸세. 괜한 목숨들 버리지 말게."

"어느 쪽이 빠를지 두고 보지요."

단보가 단호한 기색을 드러내며 검을 들어 올렸다. 그러자 무무경의 얼굴에 차가운 기운이 감돌았다.

"두 번 권하지 않겠네. 우리도 시간이 없다는 걸 아네. 지금부터 셋을 세겠네. 그 안에 검을 내려놓지 않는다면 어쩔 수 없이 살검을 쓰게 될 걸세."

무무경의 단호한 목소리가 흘러나왔지만 단보는 전혀 미동도 하지 않았다. 그런 단보를 보며 잠시 침묵을 지키던 무무경이 셋을 셀 만큼의 시간보다 조금 더 시간이 흐르자 어쩔 수 없다는 듯 도를 들어 올리며 말했다.

"어쩔 수 없군, 피를 볼밖에. 길을 열어라!"

무무경의 입에서 단호한 명이 떨어지자 그의 뒤에 있던 검산 고수들이 일제히 계곡을 막고 있는 천추군을 향해 달려들었다. 그에 맞서 단보를 따르는 천추군들 역시 망설이지 않고 도검을 들어 검산 고수들을 상대하기 시작했다.

차차창!

어지러운 도검의 충돌음이 순식간에 얼음 계곡을 울렸다. 싸움은 일순 팽팽한 균형을 이뤘다. 숫자로 보자면 무무경이 이끄는 검산 고수들이 서른이 넘는 숫자로 인해 단보의 천추 군보다 한결 유리했으나 단보가 고른 싸움 장소가 워낙 폭이 좁아 그 서른 명이 모두 싸움에 나설 수가 없었다. 덕분에 열 명의 천추군이 상대하는 검산 고수들의 숫자는 열다섯 정도. 그 정도라면 승리는 몰라도 길을 막고 버티는 것은 어느 정도 가능한 상태였다.

싸움이 자신의 의도대로 진행되지 않자 무무경이 지그시 입술을 깨물었다. 그리곤 단보를 바라보며 차가운 음성으로 말했다.

"아무래도 우리가 승부를 내야 할 것 같군. 그렇지 않다면 꽤 시간이 걸리겠어."

"사양치 않지요."

단보가 가볍게 고개를 끄덕였다.

"좋아, 예전부터 자네의 무공이 십이종성을 능가한다는 말을 들어왔네. 오늘 천안성 중 최고라는 자네의 무공을 견식해 보지."

"과찬이십니다. 어찌 일개 천안성이 무천향 십이종성을 능가할 수 있겠습니까. 그저 몇 수 버티기를 바랄 뿐입니다."

"하하하! 자네답지 않은 겸양이군. 자, 가겠네."

무무경이 훌쩍 신형을 뽑아 올리더니 무서운 기세로 단보를 향해 떨어져 내리며 도를 내리그었다.

부왕!

두 사람 사이의 공기가 격렬하게 찢어지면서 강렬한 파공음이 일어났다. 그리고 파도처럼 갈리는 공기 사이로 한 줄기 벼락처럼 강렬한 도기가 밀려들어 왔다.

단보의 표정이 딱딱하게 굳어졌다. 말은 그리했지만 그의 내심에는 자신의 무공이 무천향 십이종성에 크게 뒤지지 않을 거란 자신감이 들어 있었다. 그러나 직접 상대한 십이종성 무무경의 무공은 자신이 생각했던 것, 그 이상의 경지를 보여주고 있었다.

단보가 파랗게 경직된 얼굴로 슬쩍 두 발을 틀었다. 상대의 예기에서 벗어나고자 하는 움직임. 한 치의 비틀림만으로도 그를 향한 무무경의 기세가 한결 가볍게 느껴졌다. 그리고 그 틈을 이용해 단보 역시 검을 휘둘렀다.

차아앙!

단보의 검기가 무무경의 도기에 스치며 맑은 소성이 일었다. 그리고 그 순간 단보의 신형이 마치 무무경의 도기에 밀리듯 왼쪽으로 이동해 순식간에 무무경의 도기에서 벗어났다.

"역시 자네답군. 내 도를 이렇게 쉽게 피해내다니!"

무무경의 입에서 탄성이 흘러나왔다. 그러나 단보는 오히려 작은 한숨을 내쉬고 있었다. 그가 무무경의 말처럼 쉽게 그의 공격을 피해낸 것은 결코 아니었다. 오히려 그는 한 번의 격돌에서 상대에 대한 자신감이 무척 줄어들어 있었다.

그러나 그런 속마음을 상대에게 드러낼 수는 없는 일, 더군다나 그는 파소 등이 탁발로를 제압하고 장내에 도착할 때까지만 버티면 되는 입장이었다. 또한 단보에게는 무무경이 가지고 있지 못한 것이 있었다.

경험, 강호의 고수들에게 무공만큼이나 중요한 경험을 단보는 가지고 있었다. 무무경이 무천향에서 태어나 평생 무공을 수련하며 살아가는 동안 단보는 일찍부터 향의 천안성으로 강호를 주유하며 살았다. 그러니 무공은 몰라도 목숨을 걸고 검을 쓰는 실전에 대한 경험은 무무경보다 단보가 오히려 풍부했다. 단보는 그 경험의 힘을 의지해 이 싸움을 이끌어가기 시작했다.

단보의 판단은 옳았다. 비록 무무경의 도법이 벽력처럼 무겁고 빨랐지만 경험에서 우러나오는 단보의 임기응변은 그런 무무경의 공세를 무난하게 피해내고 있었다.

"명성이 어울리지 않는군. 천안성 최고의 고수가 이렇게 피하기만 한데서야 어디 체면이 서겠나."

잡힐 듯하면서도 결국 자신의 공세를 벗어나는 단보를 보며 무무경이 조금 붉어진 얼굴로 조롱하듯 말했다. 그러나 조롱을 받은 단보의 얼굴에는 오히려 미소가 생겨났다.

"대무천향 십이종성의 공격을 피할 수 있다는 것만으로도 오히려 사람들은 절 칭찬할 겁니다."

"자네가 이렇게 얼굴이 두꺼운 사람인 줄 몰랐군."

무무경의 표정이 점점 더 붉어지고 있었다. 그건 공력의 과도한 소비 때문이 아니라 단보의 이 교묘한 싸움 방식 때문이

었다. 무천향에서의 비무에선 결코 볼 수 없는 움직임, 무천향
에서의 비무는 언제나 무공 수련의 일환이었기에 단보가 보여
주는 움직임이 나타날 수 없었다.

"이대로는 안 되겠군. 이번엔 조심해야 할 걸세. 이 초식은
결코 얕은 수로 피해낼 수 있는 초식이 아닐 테니."

무무경이 천천히 도를 들어 올리며 말했다. 단보도 그런 무
무경을 보며 얼굴을 굳혔다. 무무경의 모습을 보건대, 아마도
이 일 초의 겨룸에서 싸움의 승패가 갈릴 듯 보였다.

단보의 검이 허리에서 수평으로 세워졌다. 단보의 기이한
기수식에 무무경 역시 경계 어린 표정을 지었으나 일단 시작
된 그의 도를 중도에 멈추지는 않았다.

우우웅!

무무경의 도에 실린 막강한 진기가 서서히 공기를 진동시키
기 시작했다. 무무경은 불괴 무인의 후인, 과거 절대의 도법과
불괴공을 남긴 불괴 무인의 당금 후예 중 도법에 관한한 최고
의 경지에 올라 있는 자였다. 더불어 불괴공에도 조예가 있어
그의 내공은 십이종성 중 첫째 둘째를 다투었다.

그런 무무경의 공력이 도에 실리자 도에서 투명하면서도 강
렬한 빛을 내는 도기가 만들어져 어두운 밤하늘을 밝혔다. 허
공에서 흩날리던 눈송이가 그 도기에 부서져 이슬로 사라졌
다.

그에 비해 단보는 여전히 수평을 유지하고 있는 검을 들고

무무경의 모습을 지그시 바라보고 있었다.

"가네!"

무무경의 입에서 한마디 음성이 흘러나오는 순간, 무무경의 도가 허공에서 떨어져 내렸다. 그런데 일직선을 그리며 떨어져 내리던 무무경의 도가 중간에서 갑자기 방향을 틀어 수평으로 그어졌다. 순간 그의 도에서 흘러나오던 도기가 기이한 형태로 일그러졌다. 그리곤 일그러진 상태 그대로 단보를 향해 밀려가기 시작했다.

단보의 표정이 차갑게 굳어졌다. 지금 자신을 향해 닥쳐드는 이 기이한 모양의 도기는 무공의 상식을 벗어난 것이었다. 본래 도기나 검기는 그 모양에 일관성을 가지고 있기 마련인데 무무경이 펼쳐 낸 이 도기는 전혀 일관성을 가지고 있지 않았다. 또한 그래서 어느 방향으로 이 도기를 흘려내야 할지 종잡을 수가 없었다.

절대적인 공력의 고수가 아니라면 결코 펼칠 수 없는 순리에 어긋나는 도초. 막강한 공력을 소비했기에 무무경의 표정은 멀리서 보기에도 하얗게 변해 있었다.

하지만 무무경이 진기의 손해를 감수한 만큼 단보에겐 위협적인 공격이었다. 단보가 살짝 입술을 깨물었다. 단보의 신형이 무무경이 만든 도기의 빈틈을 찾아 비스듬히 기울어졌다. 그리고 그 순간 단보의 검도 움직였다.

슈유우욱!

단보의 검이 미세한 검기를 만들어내며 강렬한 기운으로 밀려드는 무무경의 도기를 향해 뻗어나갔다. 그리고 무무경의 도기가 만들어내는 기세 안으로 들어가는 순간, 갑자기 방향을 틀어 한 바퀴 원을 그렸다. 어떻게든 무무경의 도기에 틈을 만들어 그 사이로 몸을 피하려는 단보의 초식이었다.

기이잉!

검기와 도기가 충돌을 일으키며 기이한 마찰음이 일어났다. 그러는 사이 무무경의 도기가 애초의 모양에서 약간의 변화를 일으켰다. 그 변화를 일으킨 것은 당연히 단보의 검, 단보는 그 찰나의 변화를 놓치지 않고 변화된 도기의 틈으로 신형을 날렸다.

단보의 신형이 뱀처럼 무무경이 만든 도기의 그물에서 벗어나고 있었다. 단보의 얼굴은 무무경의 도기에 틈을 만드느라 파리해진 상태였다. 그러나 단보의 신형이 막 무무경의 도세에서 벗어나려는 순간,

"어딜!"

무무경의 입에서 날카로운 목소리가 흘러나오더니 창백해졌던 그의 표정이 이번엔 붉게 상기됐다. 이번에야말로 밑바닥까지의 공력을 끌어올렸기에 생긴 변화였다. 그리고 마지막으로 끌어올린 진기가 도기를 변화시켰다.

쿠왕!

"웃!"

강렬한 진기의 진동음과 한마디 다급성. 변화를 일으킨 무무경의 도기가 막 자신이 만든 도세에서 벗어나려는 단보의

신형을 열풍처럼 스치고 지나갔다.

"으음!"

그 짧은 변화를 뒤로하고 무무경의 도세에서 벗어난 단보가 묵직한 신음성을 흘려냈다. 단보의 옷에는 서너 개의 도흔이 남아 있었고, 얼핏 갈라진 옷깃 안쪽에서 핏빛이 내비쳤다.

"대단하네. 내 마지막 절초를 피해내다니. 하지만 더 이상 목숨을 부지하기는 힘들 것이네."

한차례의 격돌에서 단보를 무릎 꿇리지는 못했지만 제법 큰 이득을 취한 무무경이 텅 빈 공력을 회복하느라 잠시 여유를 둔 후 얼마간의 공력이 모이자 재차 단보를 향해 다가가기 시작했다.

단보의 얼굴에 착잡한 기운이 감돌았다. 옆에서는 여전히 천추군이 계곡을 통과하려는 검산 고수들을 막고 있었지만 자신이 쓰러지면 이 방어벽은 그대로 무너지고 말 터였다. 계곡 안쪽의 싸움이 어찌 되었는지 궁금했지만 그걸 살필 여유가 단보에게는 없었다. 지금은 당장 살기를 드러내며 다가오는 종성 무무경의 도를 막아내기 위해 모든 걸 걸어야 할 때였다.

단보가 힘겹게 검을 들어 올렸다. 그의 두 다리는 태어나서 처음으로 검의 무게를 견디지 못하고 흔들렸다.

"아니, 아니. 그런 몸으론 안 되네. 검을 내려놓게. 자넬 베고 싶진 않아."

무무경이 단보의 상세를 알아보고는 단보를 설득했다. 그러나 단보는 굳은 얼굴로 고개를 저었다. 일의 성패를 떠나 무인으로서 검을 내려놓고 목숨을 구걸할 단보가 아니었다.

"그렇다면 어쩔 수 없네. 내게 시간이 많지 않다는 건 자네가 더 잘 알 테니."

무무경이 천천히 도를 들어 올렸다. 그러자 그의 도가 다시금 선명한 도기를 만들어냈다.

"베겠네."

무무경의 말에 단보가 고개를 끄덕였다. 무천향에서라면 모르지만 강호에선 언제나 죽음을 곁에 두고 살아야 하는 것이 무인. 단보는 담담한 기색으로 자신을 향해 겨눠지는 무무경의 도기를 바라보고 있었다. 그런데 바로 그때, 갑자기 계곡의 뒤쪽에서 장내의 상황과 전혀 어울리지 않은 소리가 들려왔다.

좁은 빙벽에 부딪치며 흘러나오는 희미한 피리 소리, 조금 낮은 듯하면서도 애절한 그 피리 소리가 장내의 싸움을 중지시켰다. 그리고 피리 소리가 들려오는 순간 단보의 얼굴엔 희색이, 무무경의 얼굴에 낭패의 기색이 떠올랐다.

피리 소리는 점점 더 가까이 다가왔다. 싸움을 벌이던 양측의 고수들은 마치 혼백을 빼놓은 듯 검을 내려뜨린 채 피리 소리에 취해 있었다. 그렇게 얼마의 시간이 흘렀을까. 사람들의 영혼을 홀리던 피리 소리의 주인이 장내에 모습을 드러냈다. 죽림이성 소법이 어느새 단보 옆에 서 있었다. 그의 입에는 그의 애병, 쇠로 만든 피리가 닿아 있었다.

소법은 단보의 곁에 서는 순간 피리를 입에서 떼어냈다. 그러자 긴 잠에서 깨어난 듯 천추군과 검산 고수들이 퍼뜩 정신을 차리고 소법을 바라봤다. 그러는 사이 소법의 뒤를 따라 일단의 인물들이 검산 고수들과 격전을 벌이던 천추군 뒤쪽으로 밀려 나왔다. 그 선두에는 파소가 서 있었는데, 파소의 손에는 한 자루 긴 장도(長刀)가 들려 있었다.

"그는 죽었네. 나머지 사람들도 스스로 흑정단을 받았네. 그가 죽었으니 싸움은 끝난 것이나 마찬가지. 이제 그만 도검을 거두고 흑정단을 받게나. 그리하면 향주께서 선처를 베푸실 수도 있을 걸세."

소법이 오랜 친구에게 말하듯 무무경에게 말했다. 그러자 무무경이 얼이 빠진 표정으로 한동안 서 있더니 여전히 힘이 없는 목소리를 흘려내며 고개를 저었다.

"아니, 아니야. 그럴 리 없어. 그가 죽다니… 누가 감히 그를 죽일 수 있단 말인가?"

현실은 모든 것이 사실이라 말하고 있지만 무무경은 종성 탁발로가 죽었다는 사실을 부정했다. 그러자 파소가 자신이 들고 있던 도를 들어 올렸다.

"이 도의 주인이 누구인지는 무 종성께서 더 잘 아실 겁니다. 그리고 이 도가 그 주인의 손에서 단 한시도 떨어져 있지 않았다는 사실도 말입니다."

파소의 말에 무무경의 텅 빈 시선이 파소의 손에 들린 도로 향했다. 익숙한 묵색의 도, 언제나 검산의 대호 탁발로의 손에 들려 있던 그 도가 분명했다.

“소천… 그대가 베었나?”

무무경의 질문에 파소가 고개를 끄덕였다.

“정말 그대가……?”

무무경이 믿기 어렵다는 표정으로 다시 물었다. 파소는 손에 들린 도를 재차 들어 보였다. 그러자 무무경이 한동안 멍한 표정으로 파소를 바라보다 탄식을 흘려냈다.

“소천, 그대는 정말 우리 검산에 천적의 운명을 타고난 모양이군. 그대가 무천향에 나타나는 순간부터 모든 것이 어그러졌으니 말일세. 그리곤 결국 검산의 호랑이까지 베었구만…….”

“그 이전에 이 모든 일을 시작한 게 검산이란 것을 말해두고 싶군요. 검산의 음모가 아니었다면 제가 무천향을 떠날 일도 없었겠지요.”

파소의 말에 무무경이 여전히 텅 빈 동공으로 파소를 바라보며 고개를 끄덕였다.

“그래, 맞는 말이야. 애초에 몽학, 그를 음모의 나락으로 끌어들이는 것이 아니었어. 만약 그러지 않았다면… 무천향은 다시 무선을 보았을 테고, 무선이 탄생했다면 무천향의 평화는 다시 몇 백 년을 이어갔겠지. 하지만… 아, 이 모든 것은 운명일 뿐이겠지.”

“탁발 종성께도 말씀드렸지만, 이쯤에서 향으로 돌아가시는 것은 어떻습니까?”

파소의 말에 무무경이 잠시 생각에 잠겼다가 고개를 저었다.

“아니, 이미 운명은 정해져 있네. 우린 이미 무천향의 사람들이 아니라네.”

“그럼… 모두 벨 수밖에 없습니다. 향주께선 향에서 비롯된 무공이 무천향의 이름으로 천하를 어지럽히는 걸 용납할 수 없다 하셨습니다.”

“그렇겠지. 그건 아무리 유한 향주라도 받아들일 수 없는 일이겠지. 벨 수 있다면 베시게. 우린 최대한 살아야겠네. 비록 탁발 종성께서 목숨을 잃으셨다 해도 아직 우리를 이끌 사람이 없는 것은 아니네.”

“대성사 소유거를 말하시는 겁니까?”

파소의 물음에 무무경은 답이 없다. 하지만 그의 표정에서 파소의 말을 인정하고 있다는 것을 읽을 수 있었다.

“그를 믿습니까? 그에게 운명을 맡길 만큼!”

파소의 질문에 무무경의 얼굴색이 변했다.

“우리가 이곳까지 온 것은 탁발 종성을 믿었기 때문이지. 대성사 소유거, 그는 우릴 움직이고 있긴 하지만 믿음의 대상이 아니었네. 하지만 이젠 어쩔 수 없지 않겠는가, 그를 따를밖에.”

“향으로 돌아가심만 못할 겁니다.”

파소의 말에 무무경이 십이종성으로서의 여유를 회복한 듯 미소를 보였다.

“후후, 그렇겠지. 그는… 우릴 형제가 아닌 도구로 볼 테니까. 하지만 어쩌겠나. 이미 운명이 정해졌으니 그 운명대로 살

뿐일세."

"그럼… 베겠습니다."

"그러시게. 하지만 최선을 다해야 할 걸세. 우린 이제부터 천하 각지로 숨어들 테니 말일세. 모두 물러난다! 대설문은 포기한다! 강호로 숨어들어 명을 기다리라!"

무무경의 말이 끝나기 무섭게 장내의 검산 고수들이 무무경을 필두로 일제히 신형을 날려 계곡에서 물러나기 시작했다. 그 모습을 보고 있던 소법이 괴로운 표정으로 명을 내렸다.

"모두 추격에 나서시오. 최대한 그들을 제거해야 할 게요. 그들을 베는 마음이 어떠할지 모르는 것은 아니나 베야 할 사람들은 베야 하는 것이 운명이오. 혹여라도 흑정단을 받겠다는 사람은 흑정단을 복용시켜 데려오시기 바라오."

소법의 명이 떨어지자 잠시 머뭇거리던 천추군 고수들이 입술을 배어 물며 신형을 날리기 시작했다.

추격은 사흘 밤낮 동안 진행됐다. 결과는 나쁘지도, 좋지도 않았다. 대설문에 터전을 잡기 위해 찾아들었던 무공이 약한 노약자 등 검산의 식솔들은 도주도 하지 못한 채 그대로 천추군에 의해 제압되었다.

그러나 정식으로 무천향에서의 수련을 끝낸 고수들은 대설문을 빠져나가 다시 남쪽으로 도주했다. 그 도주의 와중에 천추군에게 제압된 숫자가 대략 삼십여 명. 나머지 인물들은 어렵사리 천추군의 추격을 뿌리치고 북방의 혹한을 벗어나 강호로 스며들었다. 그렇게 강호의 최북단 대설문을 중심으로 벌어졌던 천추군과 검산의 일대 격전은 탁발로의 죽음과 함께 막을 내리고 긴 추격전이 시작됐다.

*　　*　　*

순백의 설원이 끝없이 펼쳐져 있었다. 이미 천하가 겨울에 접어들었기에 남쪽으로 내려와도 온통 눈 천지였다. 그 순백의 눈 위에 일단의 인물들이 모습을 드러냈다.

남루한 옷차림의 사람들. 그러나 그 눈빛은 형형했고 몸은 굴강해서 누구라도 함부로 근접할 수 없는 묘한 분위기가 풍기는 사람들이었다. 눈 위에 모습을 드러낸 사람들은 수시로 주변을 돌아보며 걸음을 재촉하고 있었는데, 그 모습을 보면 그들이 풍겨내는 강렬한 기운과는 달리 누군가에게 쫓기고 있는 것이 분명했다.

그렇게 설원에 나타난 사내들이 수십 장을 이동했을 때, 갑자기 그들의 좌측으로 이어진 설산에서 한 무리의 사람들이 달려나와 무서운 속도로 설원을 이동하는 사내들을 측면에서 공격해 들어갔다.

"앗!"

"와아아!"

순식간에 흰 설원이 난장판으로 변해 버렸다. 수시로 터져나오는 비명 소리와 사람의 심장을 오그라들게 만드는 날카로운 격돌음, 그리고 설원 위로 충천하는 검기와 도기. 강호에서 쉽게 볼 수 없는 일대 격전이 두 무리 사이에서 벌어졌다.

그러나 싸움은 그리 오래 지속되지 않았다. 숲에서 나와 기습을 가한 쪽의 숫자가 십여 명, 그리고 설원을 이동하던 자들의 숫자는 일곱. 기습한 쪽의 숫자가 많았으니 싸움의 승패는 처음부터 정해져 있었다고 할 수 있었다. 더군다나 격전이 벌어진 이후 드러나는 무위조차 기습을 가한 쪽의 무공이 월등히 높아 보였다.

"끄으윽!"

누군가의 신음성을 끝으로 설원의 격전이 막을 내렸다. 승리를 취한 자들은 승리의 기쁨보다는 조금 비통한 표정으로 자신들의 도검에 죽어간 사람들을 한동안 내려다보고 있었다.

"혹, 다친 사람은 없는가?"

기습을 가한 사람들 중 한 명의 노고수가 주변의 동료들을 돌아보며 말했다.

"큰 부상을 입은 사람은 없습니다."

"좋아, 그럼 서둘러 죽은 자들을 묻어주게."

노고수의 명에 그의 주위에 둘러서 있던 그의 동료들이 서둘러 눈을 파헤치기 시작했다.

"얼추 끝나가는 것 같은데……."

노고수가 그의 곁에 서 있는 젊은 사내를 보며 말했다.

"지금까지 제거된 자들이 근 오십여 명, 그리고 흑정단을 받아들인 사람이 또 삼십여 명이니 저들 중 고수라 부를 수 있는 자들은 거의 제압된 상태라고 볼 수 있지요."

"그럼 이제 남은 자들은 한 삼십여 명쯤 되는 건가?"

"그렇지요. 하지만 문제는 그들이지요. 그들이야말로 검산 최고의 요인들이니까요."

"대성사 소유거가 이끌고 있을 테니 더욱 그렇겠지. 음, 역시 그는 두뇌가 명석한 인물이야. 어느새 종적을 감춰 버렸으니……."

대화를 나누고 있는 두 사람은 대설문에서부터 시작해 남쪽으로 이어진 검산 고수들의 도주행을 추격해 내려온 파소와 단보였다. 탁발로의 죽음으로부터 시작된 이 추격전은 벌써 여러 달 계속되고 있었다.

"그나마 여 종성께서 남아주신 것이 다행이라면 다행이겠지요."

"애초부터 그는 마음이 모진 사람이 아니었네. 대설문에 남아 있던 검산 식솔들을 외면할 수 없었겠지."

대설문에는 검산의 고수들이 무천향을 떠날 때 함께 나온 검산의 식솔들이 머물고 있었다. 대체로 무공이 미약한 사람들로, 그중 대부분은 어린아이들이었다.

무무경은 몇 명의 고수들과 함께 천추군의 추격을 피해 남쪽으로 떠났지만 여상은 대설문에 남았다. 그가 스스로의 목숨을 구하기 위해 대설문에 남아 천추군에 항복한 것이 아니라는 것은 누구나 다 알고 있었다. 목숨을 구하고자 한다면 그는 충분히 천추군의 추격을 따돌릴 능력이 있는 사람이었다.

　그러나 그마저 떠난다면 대설문에 남은 검산의 식솔들 운명을 챙겨줄 사람이 없었다. 여상은 그 이유 때문에 스스로 검을 내려놓고 대설문에 남은 것이다.

　"이미 향으로 떠났겠지요?"

　"아마도 그렇겠지."

　"혹, 중도에 무슨 변고가 생기지 않을까요?"

　"그럴 일은 없을 거야. 을 종성께서 천추군 오십을 데리고 떠나셨으니 무슨 일이 있을 리 없을 거다."

　"그럼 이제 남은 일은 소유거를 잡는 일뿐이군요."

　"그렇지. 하지만 그가 과연 쉽게 잡히겠느냐? 그래도 어쨌든 이 일을 종결짓기 위해선 반드시 그들을 잡아야 한다. 아직 행적을 찾지 못한 검산 고수들이 모두 그를 따르고 있다 할 순 없지만 그래도 대부분은 그와 함께 있을 게다. 당장은 아니더라도 수십 년이 지나면 다시 큰 폭풍을 만들 수 있는 세력이지."

　"그렇지요."

　파소가 고개를 끄덕였다. 두 사람이 이런저런 이야기를 하는 사이 그들이 달려나온 숲 속에서 다시 일단의 인물들이 모습을 드러냈다. 대략 십여 명에 이르는 숫자였는데, 그중에는 석청과 을향이 포함되어 있었다. 그리고 의외의 여인이 한 명 더 섞여 있었는데, 그녀의 곁에는 네 명의 남녀가 호위하듯 그녀를 에워싸고 있었다.

　"끝났군요."

　장내에 도착한 석청이 봉분을 만드는 천추군들을 돌아보며
말했다.

　"생각보다 쉽게 끝났어요."

　"이미 사기가 꺾였으니 제대로 반항할 힘이 없었을 거예요.
휴, 왜 이런 일이 벌어졌는지……."

　석청이 나직한 목소리로 혀를 찼다. 그런데 그때 네 명의 남
녀에게 둘러싸여 설원으로 나온 아름다운 여인이 입을 열었
다.

　"혹, 그는 없었나요?"

　여인의 질문에 파소가 고개를 저었다.

　"그는 이들 중에 없었습니다."

　파소의 대답에 여인의 얼굴에 실망스런 기색이 어렸다.

　"너무 조급해하지 마십시오. 그는 결코 쉽게 잡힐 사람이 아
닙니다. 어쩌면 수십 년이 걸릴 수도 있지요. 하니 그만 대설
문으로 돌아가시는 것이 어떻겠습니까? 물건을 찾게 된다면
반드시 대설문에 돌려 드리도록 하겠습니다."

　여인은 대설문의 최고 기보인 혈화를 지키는 설신녀 미유였
다. 설신녀 미유가 대설문을 떠나 강호로 나온 것은 확실히 예
상치 못한 일이었다. 그러나 그녀에겐 그럴 만한 사정이 있었
다.

　본시 대설문의 설신녀는 혈화를 지키고 키우는 일로 평생을
보낸다. 그녀는 그 일 이외에 어떤 일도 할 수 없으므로 평생
을 혈화 곁에서 지내야 하는 운명이었다.

그런데 그런 설신녀가 한동안 혈화를 떠나 다른 삶을 이어가는 시기가 있었다. 그건 바로 자신이 죽은 후 혈화를 지킬 다음 대 설신녀를 정하는 일과 설신녀로 뽑힌 소녀를 설신녀로 훈육시키는 시기였다.

온전한 설신녀가 되기 전에는 결코 혈화가 만들어지는 곳에 갈 수 없는 것이 또한 대설문의 엄정한 규율이었으므로 설신녀의 훈육은 대설문 아니면 다른 비처에서 이루어졌다.

설신녀로 정해진 소녀가 받는 훈육 중에는 설신녀 미유가 말한 대로 몸을 보호할 수 있는 내력을 기르는 신공도 포함되어 있었지만, 그중 가장 중요한 것은 혈화의 생성과 성장, 그리고 그 혈화를 취급하는 방법이었다.

혈화는 극양의 영물이었으므로 그 취급을 소홀히 하면 언제라도 혈화의 효능이 사라질 수 있었다. 해서 혈화는 오직 그것을 다루는 방법을 체득한 설신녀만이 제대로 보호할 수 있는 물건이었다.

설신녀가 알고 익혀야 하는 이러한 것들은 신서(神書)라는 한 권의 서책에 기록되어 있었다. 혈화를 지키는 것이 사명인 설신녀가 오직 후인의 훈육에만 매달릴 수 없었으므로 설신녀가 혈화를 돌보기 위해 자리를 비운 동안 다음 대 설신녀로 뽑힌 후인은 이 신서를 통해 설신녀가 되기 위한 수련을 계속하게 되는 것이었다.

때문에 신서(神書)는 오직 설신녀와 그 후인만이 볼 수 있는 서책이었고, 대설문 최고의 비기 중 하나였다.

그런데 그 신서가 대설문에서 사라졌다. 파소 등이 이끄는 천추군에 패퇴한 무무경이 대설문을 떠나며 다음 대 설신녀로 정해진 소녀를 죽이고 신서를 탈취해 간 것이었다. 아마도 무무경은 그 신서 안에 혈화를 만들 수 있는 비법이 숨겨져 있을 수도 있다고 생각한 모양이었다.

신서를 지키는 일 또한 설신녀의 몫. 해서 설신녀 미유는 태어나서 처음으로 대설문을 떠나 강호로 나왔다. 이미 그녀가 지키던 혈화는 때 이른 채취 후 대설문주에게 건네졌기에 다음 혈화가 필 때까지는 다시 백 년의 시간이 필요했다. 다시 말해 설신녀 미유로서는 그녀가 살아 있는 동안에는 더 이상 혈화를 만날 기회가 없다는 의미였다.

그러니 더욱 중요한 것이 후인을 키우는 일이었다. 하여 그녀가 대설문을 떠나 무무경을 추격하는 파소 등을 따라나선 것은 설신녀로서 당연한 일이라고 할 수 있었다.

그녀의 곁은 언제나처럼 호위신녀 두 사람이 지키고 있었고, 그에 더해 대설문 최고의 고수라 불리는 설문칠선 일곱 중 두 사람인 상리와 부위노가 대설문주의 명에 의해 설신녀 미유를 호위하고 있었다.

처음 설신녀 미유가 무무경의 추격에 동행하겠다고 했을 때, 파소나 단보 모두 극구 반대했으나 천추군이 거부하면 단독으로라도 추격에 나서겠다며 뜻을 굽히지 않았기에 파소 등은 어쩔 수 없이 그녀를 천추군의 추격대에 포함시켰다. 그녀가 홀로 무무경의 추격에 나섰다가 만약 검산의 고수들과 조우하게 된다면 필히 그녀가 검산 고수들의 수중에 들어갈 것이기 때문이었다. 그렇게 시작된 동행이 벌써 두 달을 훌쩍 넘기고 있었다.

"돌아갈 수 없다는 걸 아시잖아요. 이미 제 대에 취해야 할 혈화는 취했어요. 이젠 다음 대의 혈화를 준비할 때죠. 그러니 설혹 제가 강호를 떠돌다 죽는다 해도 신서를 찾기 전에는 돌아갈 수 없어요."

미유의 고집은 단단했다. 그녀의 대답에서 누구도 고집을 꺾을 수 없다는 것을 느낀 파소가 더 이상 그녀를 설득하지 않고 남쪽을 보며 말했다.

"이젠 남쪽으로 가야죠?"

그러자 단보가 고개를 끄덕였다.

"그래야겠지. 내려가면서 요천문과 묵철가에 있던 검산 사람들의 소식도 알아보자꾸나. 물론 본진이 절멸했으니 그들이 그곳에 남아 있을 리는 없겠지만, 만약 남아 있다면 그들부터 정리하는 것이 순서겠지."

"그래야겠지요. 요천문이 가까우니 먼저 그곳으로 가죠. 묵철가는 아마도 소법 종성께서 사람을 보냈을 거예요."

천추군의 추격대는 두 패로 나뉘어져 있었다. 한쪽은 파소와 단보가 이끌고 있었고, 다른 한쪽은 종성 소법이 이끌고 있었다.

"소 종성께서는 묵철가를 거쳐 서무림 쪽으로 가보시겠다고 했으니 우린 동무림을 둘러본 후 남무림으로 내려가야겠지. 육 개월 뒤 무한에서 보자고 했으니 그리 여유있는 시간은 아닌 듯하구나."

두 사람이 이야기를 나누는 사이 어느새 장내에 십여 개의 봉분이 만들어졌다.

"어, 땅이 얼어 제법 고생했습니다."

천추군 고수들과 함께 죽은 자들의 봉분을 만들어준 남독마군이 파소와 단보가 있는 쪽으로 다가오며 허풍스레 말했다. 고수의 도검이 어찌 언 땅을 무서워하랴.

"수고했네. 차가운 들에 묻는 것이 아쉽지만 그래도 들짐승에게 뜯기지는 않겠지."

단보가 말했다.

"이제 어디로 갑니까?"

"동무림을 거쳐 남무림으로 갈 생각이네."

"흠, 그럼 모용세가로 먼저 가겠군요."

"아마도 그리되겠지."

"하하, 따뜻한 남쪽 나라에 가면 곡주라도 한잔 걸쳐야겠습니다. 이곳은 워낙 추운 곳이라 제대로 된 술도 없군요."

"이 사람아, 심양도 지금은 한겨울이라네."

"후후, 그래도 술은 있겠지요."

남독마군의 말에 장내의 사람들이 작은 미소를 흘렸다. 그러자 검산 고수들의 죽음으로 어두워졌던 장내의 분위기가 조금 밝아졌다. 그렇게 자신들의 손에 죽은 검산 고수들의 봉분을 모두 마무리한 파소와 천추군은 눈길을 뚫고 남쪽을 향해 출발했다.

*　　　*　　　*

거대한 성벽이 험준한 산령을 타고 뱀처럼 꿈틀거리고 있었다. 그 성벽의 중심에 하늘을 가리는 거대한 관문이 장승처럼 버티고 서 있었다. 한 명의 장수가 천 명의 적을 막을 수 있다는 천하제일의 요충지 산해관이었다.

대대로 북방의 영웅들은 이 산해관을 넘어 천하를 정복했다. 척박한 북방의 환경에서 단련된 강철 같은 전사들을 온화한 기후와 농사로 생을 이어나가는 남방의 사람들이 당해낼 수는 없는 법, 일단 산해관이 뚫리면 천하는 언제나 북방의 새로운 왕조를 맞아들여야 했다.

그러므로 산해관은 천하의 그 어떤 관문보다도 삼엄한 경비가 펼쳐지는 곳이었다. 그런데 그 산해관을 아무런 제지 없이 통과하는 일단의 인물들이 있었다.

창을 든 관문의 병사들은 도검을 패용하고 성문을 통과하는 자들의 앞을 막을 생각도 하지 않은 채 그중 일부는 그들을 향해 고개를 숙여 보이기까지 하는 것이었다.

호남성에서 농사를 짓다 병영에 끌려온 조삼은 이 낯선 풍경에 나직이 소리를 죽여 그보다 한 해 먼저 이 북방의 험지에서 관문을 지키고 있는 절강 출신 소금에게 물었다.

"도대체 이게 어찌 된 일입니까, 평소에는 봇짐 하나 멘 장

사꾼까지도 샅샅이 뒤지는 장군께서 병기를 패용한 저들을 고
분고분 보내주다니."

조삼의 물음에 소금이 큰 비밀이라도 말해주는 양 조삼의
귀에 대고 속삭였다.

"잘 듣게. 저들은 심양 모용세가의 사람들이야."

"모용세가요?"

"그래, 무림에 동삼문이 있다는 건 알고 있지?"

"뭐, 이곳으로 오기 전에야 몰랐지만 이곳에 와서 이 장성
너머에도 사람 사는 곳이 제법 많다는 것을 알게 되었지요. 그
때 들었습니다, 동북방의 패자로 군림하는 문파가 있다는 걸."

"이 사람, 견문이 참 짧구만. 잘 들으시게. 모용세가는 유서
가 깊은 가문이야. 무림에서도 그렇지만, 관에서도 함부로 하
지 못하는 가문이란 말일세. 지금 이 북방수비대에서 사용하
는 군마가 어디서 나오는 줄 아는가?"

"아니, 그게 다 모용세가에서 나온단 말입니까?"

"물론 모두는 아니지. 하지만 한 해 이백 필의 말이 꾸준히
모용세가에서 공급되고 있다네. 그것뿐인가, 산해관을 지키는
장수에겐 해마다 수천금이 은밀히 전해진다는 말도 있다네.
그러니 과연 어느 장수가 저들의 통행을 막을 것인가."

"음, 그야말로 재신(財神)이군요."

"맞는 말일세. 그러니 연경의 장수들 중 산해관에 오길 고대
하는 사람들이 줄을 선다는 것 아닌가? 요즘과 같은 평화로운
시기에 산해관은 위험할 것도 없을 뿐 아니라 와서 한 삼 년 머

물면 가문을 일으킬 만큼의 막대한 금자를 얻게 되니 누가 산해관행을 마다하겠는가? 예전에 북방의 오랑캐들이 자주 출몰할 때야 모두 몸을 사렸지만… 그것도 모용세가의 흥기와 함께 이젠 옛이야기가 되었단 말이지.”

“모용세가의 위세가 생각보다 대단하군요. 북방 오랑캐들의 움직임까지 제어할 정도면…….”

“물론 무림의 문파이긴 하지만 어쨌든 지금은 북방의 패자일세. 그러니 다음에라도 그들을 만나면 조심하게. 그들에게 불편을 끼쳤다가는 족히 한 달은 옥살이를 해야 할 걸세.”

“그렇군요. 아이고, 덕분에 잘 알았습니다. 다음부터 조심해야겠군요.”

조삼이 한 손으로 가슴을 쓸어내리며 성문을 통과해 남쪽으로 길을 잡아가고 있는 모용세가 문도들을 바라봤다.

그러나 산해관을 통과해 연경으로 이어지는 길을 걷고 있는 모용세가 고수들의 표정은 병졸 조삼과 소금의 생각과는 달리 그리 밝아 보이지 않았다. 그들은 마치 전장에라도 나가는 사람들처럼 긴장한 기색이 역력했다. 그리고 그 사람들 중에는 두우루와 송거련도 포함되어 있었다.

“그들이 과연 본 세가를 향해 이빨을 드러낸 걸까요?”

어깨를 나란히 하고 말을 몰고 있던 우루가 송거련에게 심각한 표정으로 물었다.

“모르는 일이지. 연경이야 천하 문파들이 모여 있는 곳이니 사소한 분쟁일지도."

"하지만 사소한 분쟁에서 사상자가 났다는 것은……."

우루가 어두운 안색으로 고개를 저었다. 본래 송거련이 북마가를 떠나 모용굉 밑으로 들어간 이후 북마가의 문도들과 송거련 사이에는 묘한 거리감이 있었으나 그 거리감도 시간이 지남에 따라 차차 흐려져 지금은 서로의 위치를 담담하게 받아들이는 사이가 되어 있었다. 특히 우루와 송거련은 지난 세월 송거련의 지위가 변하는 과정에서도 언제나 서로에 대한 우의는 변한 적이 없었다.

"그들이 세가의 약세를 눈치챘는지도 모르지. 그들의 눈 역시 동무림에서 활동하고 있으니까."

송거련의 말에 우루가 고개를 끄덕였다.

"제 생각엔 그럴 가능성이 큰 것 같아요. 표행을 나간 상단을 공격한 것이 아니고, 연경 분타에 머무는 사람들에게 직접 시비를 건 것을 보면."

"어떤 경우든 문제는 하나야."

"하나라뇨?"

"석가장 홀로 움직였느냐, 아니면 연경에 나와 있는 문파 여럿이 합세했느냐는 것. 만약 석가장 홀로 일으킨 일이라면 그걸 수습하는 것은 그리 어렵지 않을 거야. 하지만 여러 문파가 함께 일으킨 일이라면 최악의 경우, 연경 분타를 폐쇄해야 할 수도 있어."

"놈들! 모두 쓸어버리지요. 노어른께서 동행하시니 어떤 자들이라도 본 가를 상대할 순 없을 겁니다. 더욱이 열 명의 현사까지 노어른을 모시고 함께 가고 있지 않습니까?"

"어르신께서 함께 가신다고는 해도 남칠문 중 몇몇이 힘을 합쳤다면 쉬운 일이 아닐 거야. 그리고……."

"또 다른 문제가 있습니까?"

"솔직히 말하자면, 연경의 분타가 문제가 아니라 본가가 걱정이네."

"본가야 이은께서 계시니……."

"그 이은(二隱)께서 기진을 펼치기 위해 길러낸 현사 오십 중 서른다섯을 잃었다는 걸 잊지 말게."

"그들이 다시 세가를 노릴 거라 보세요? 이미 세가에는 보물이 없는데……."

"모르는 일이지. 그들은 한두 사람만으로도 세가를 위협할 수 있는 자들이야. 어쩌면 세가 자체를 원할지도. 요즘 들어 북삼룡의 움직임이 심상치 않은 것도 걱정이고, 반드시 북방에 무슨 변고가 있을 성싶은데… 남쪽보단 오히려 북쪽을 경계해야 할 때가 아닌가 싶어."

"뭐, 가주께서도 나름대로 생각이 있으시겠지요."

"그렇겠지. 하긴 나야 그저 모용세가에서 부리는 한 마리 개니 그런 걱정을 할 필요는 없겠지."

"원, 형님도, 대모용세가 풍청 삼각주께서 말씀이 지나치십니다."

"훗, 잊었나? 북마가의 옛 형제들이 한동안 날 그렇게 불렀다는 사실을!"
　송거련의 말에 우루는 낯빛을 붉히고 송거련은 씁쓸한 미소를 지었다. 모용세가의 문도 서른 명이 그렇게 눈길을 헤치고 연경을 향해 이동하고 있었다.

第七章

강호에 부는 바람

　눈의 세상으로 변한 연경, 천하를 다투는 영웅들이라면 누구든 탐욕의 시선으로 바라보는 그 연경이 흰 눈에 덮여 있었다. 수많은 민족들, 수많은 영웅들, 그리고 셀 수 없이 많은 생명들이 스러져 가며 쌓여온 연경의 명성에 어울리지 않게 이 거대한 성은 조용했다.

　사람이 성 안에만 사는 것은 아니었다. 연경의 방위를 위해 이중 삼중으로 쌓아 올린 성곽의 가장 바깥쪽에 우뚝 서 있는 외성 밖에도, 또한 수십 리에 걸쳐 사람들이 살아가는 촌락들이 형성되어 있었다. 전쟁이 일어나면 가장 먼저 쓸리고, 성내의 고관대작들이 나오면 언제 자신의 재산을 들어 바쳐야 할지도 모르는 인생이면서도 대도의 꼬투리에서 흘러나오는 재물의 달콤함을 잊지 못해서 연경을 떠나지 못하는 사람들이 살아가는 곳, 그 촌락은 성보다 몇 배의 넓이로 성을 둘러싸고 있었다.

그러나 그들 중에는 성의 고관대작들조차 함부로 하지 못하는 특별한 종류의 사람들도 있었다. 말 한마디 잘못하는 것으로 깊은 밤 자신의 목줄이 잘릴 수도 있기에 언제나 그들 앞에선 지위의 높고 낮음을 막론하고 입과 몸을 조심해야 하는 상대들, 바로 강호의 무림인들이 똬리를 틀고 있는 곳 또한 성내가 아니라 성 밖이었다.

본래 관과 무림은 서로 다른 세계를 지배하고 살아가는 자들이었기에 연경에서도 일정한 거리를 두고 두 세계가 형성되어 있었다. 더군다나 연경은 서무림을 제외하고는 동남북 세무림 세력들의 경계에 위치한 곳이라 적지 않은 수의 무림인들이 활발한 활동을 하는 지역이었다.

평소라면 질긴 목숨 이어가느라 분주했을 정오 무렵, 그러나 무릎까지 쌓인 눈이 사람들의 행동을 굼뜨게 만들어 다른 때보다 평온한 하루를 맞이한 성 외곽의 한 마을을 바람처럼 달려가는 사내가 있었다.

"어이, 장칠. 남은 밥 있는데?!"

누군가 눈길을 헤치고 무서운 속도로 달려가는 사내를 향해 큰 소리로 외쳤다.

"남겨둬요. 곧 다시 와서 가져갈게요!"

바람처럼 눈길을 헤쳐 나가던 사내가 뒤도 돌아보지 않고 손을 흔들면서 소리쳤다.

"이런 젠장, 요새 거지새끼들은 배가 불렀어. 적선도 예약을 하고 해야 하다니 말이야. 젠장할 놈아, 기다려 널 줄밥이 어딨 겠느냐. 개나 주고 말지. 그나저나 밥이라면 환장하던 놈이 뭐가 급해 저리 뛰어가는 거지? 아니, 언제부터 장칠 저 녀석이 저렇게 빨리 달릴 수 있었지?"

귀 밑으로 늙음이 얼핏 드러나는 사내가 고개를 갸웃거리며 다시 한 번 장칠을 바라보고는 콧방귀를 한 번 뀌고 집 안으로 사라졌다.

장칠은 거지였다. 장칠이 연경 동북쪽 외곽 네 개의 작은 개울이 흐른다고 해서 사천방이라 불리는 마을에 나타난 것은 육 년 전, 그 육 년 동안 동네 거지들을 이끌고 눈이 오나 비가 오나 비럭질을 다닌 탓에 이제 동네 사람들에게 장칠은 함께 살아가는 이웃으로 받아들여지고 있었다.

그러나 기실 장칠은 그저 그런 보통 거지가 아니었다. 남무림 칠대거파 중 하나인 개방의 삼결 제자로, 연경 북동쪽을 정탐하는, 제법 대단한 신분을 가진 사람이 장칠이었던 것이다.

그런 장칠이 부리나케 사천방을 빠져나와 성내로 달렸다.

"이놈, 어딜 가는 거냐?"

당연히 성문을 지키는 병졸이 장칠의 앞을 가로막았다. 그런데 다른 때 같으면 헤헤거리며 병졸의 발이라도 핥을 듯 아

양을 떨었을 장칠이 오늘은 전혀 그답지 않게 뻣뻣한 자세로
고개를 돌려 성문 왼쪽에 제대로 된 갑주를 차려입은 장수를
바라봤다. 아마도 성문을 지키는 자들의 우두머리인 듯한 자
였다. 그러자 그 장수의 눈빛이 변하더니 이내 장칠의 앞을 막
은 병졸의 귀에 장수의 명이 들려왔다.

"보내줘라. 급한 일이 있는 모양이니!"

장수의 명을 들은 병졸이 의아한 표정으로 장수를 바라봤으
나 장수는 짐짓 고개를 돌려 병졸의 시선을 피했다. 거지 한
놈 통과시키는 일에 상관의 비위를 거스를 수는 없는 일, 병졸
이 기분 상한 표정으로 장칠의 앞을 막았던 창을 거둬들이며
말했다.

"가거라!"

"고맙수!"

장칠의 입에서 제법 무거운 음성이 흘러나왔다. 그리곤 바
람처럼 성문을 통과해 성 안쪽으로 사라졌다.

"젠장할, 요즘은 거지새끼들까지 무게를 잡으니 세상이 어
찌 돌아가는 건지!"

병졸이 자신의 상관을 흘깃 보며 투덜거렸으나 장칠의 통과
를 명한 장수는 여전히 병졸의 시선을 피한 채 병졸의 말에 대
꾸조차 하지 않았다.

성문을 통과한 장칠은 바람처럼 성내 대로를 달려 성의 남
쪽, 성내에서 나오는 모든 오수들이 모여 성 밖으로 흘러나가

는 곳에 세워진 허름한 빈민가로 들어섰다. 그러자 그의 앞에 불쑥 두 명의 거지가 모습을 드러냈다.

"오셨습니까?"

"음, 그래, 안에 계시느냐?"

"예."

"그럼 들어가자."

장칠의 말에 그의 앞에 모습을 드러냈던 두 명의 거지가 신중한 움직임으로 장칠를 데리고 오수가 흐르는 개울 한쪽 변에 세워진 허름한 오두막으로 장칠을 데려갔다.

"모용굉이 직접?"

백발의 노개가 장칠을 내려다보며 물었다. 허리에는 일곱 개의 매듭이 있는 새끼줄을 차고 있었는데, 그건 곧 그의 신분이 남칠문 개방에서 장로 급에 해당한다는 것을 의미했다.

"그렇습니다."

장칠이 깊이 고개를 숙이며 말했다. 장칠이 노개에게 보이는 예의는 정중하기 이를 데 없었지만 그건 그가 밥을 빌기 위해 허리를 숙이던 것과는 전혀 다른 느낌을 주는 행동이었다.

"보자, 모용굉이 왔다는 건 결국 모용세가가 둘 수 있는 최고의 수를 뒀다는 의미인데……."

"더불어 그를 호위해 서른 명의 모용세가 고수가 왔는데, 일견하기에도 모두 범상치 않은 자들인 듯싶었습니다."

"그래, 한마디로 이 연경에서 물러날 생각이 전혀 없다는 행동이렸다?"

"그런 듯싶습니다. 더해, 지난번 일어난 일에 대한 복수도 생각하겠지요."

"세작들의 정보가 틀린 걸까? 모용세가는 지금 원인을 알 수 없는 일로 큰 타격을 입어 고수의 숫자가 급감하고 천하에 나가 있는 식솔들을 모두 불러들이고 있는 중이라고 하지 않았던가."

노개가 턱을 괴며 중얼거렸다.

"천하의 문파 중 모용세가를 위기에 몰아넣을 세력이 몇이나 있겠습니까? 전 솔직히 그 정보가 미덥지 않습니다만……."

"그건 그래. 모용세가는 동삼문 중 우두머리고, 십여 년 전 북삼룡과의 일전에서도 홀로 그들을 물리쳤단 말씀이야. 그런 그들이 세가의 존립이 문제가 될 만큼 큰 타격을 입었다는 건 역시 의심해 볼 만한 정보야. 더군다나 원인이 밝혀지지 않은 일로 말이야."

"성급했던 걸까요?"

"흠, 그럴지도 모르지."

"그렇다면 어찌 되는 겁니까?"

"뭐, 신나게 한판 싸워야겠지. 하지만 모용굉, 그가 직접 왔다고 해도 이쪽이 밀릴 것은 없어. 이쪽은 본 방과 석가장, 그리고 소림 속가 벽암문이 함께한단 말씀이야. 듣기엔 소림에서 벽암문에 몇 명의 고승을 보내줬다는 말도 있고… 결국 쉽지는 않겠지만 모용세가는 이 연경을 떠나야 할 거야.”

“북삼룡은 어찌 움직일까요?”

“훗, 그들이야 관여할 이유가 없지. 그저 굿이나 보고 떡이
나 얻어 챙기면 그만.”

“하긴 그렇군요.”

“좋아, 그럼 어디 사람들을 모아 모용굉을 보러 가볼까? 그
가 팔이 잘린 이후론 한 번도 보지 못했으니 늦게나마 문병이
라도 해야겠지. 물론 십 년이나 늦은 문병이지만. 흐흠! 그나
저나 밥은 안 얻어왔냐?”

“그, 그것이… 너무 급히 달려오다 보니.”

“너 아직 멀었구나. 거지는 말이다, 모든 것에 앞서 끼니를
챙겨야 하는 법이야. 그게 거지의 본분이란 말이지. 어서 가서
밥을 얻어와라. 요기를 한 후 출발하자꾸나.”

“알겠습니다, 장로 어른!”

장칠이 깊이 고개를 숙여 보인 후 재빨리 낡은 오두막을 벗
어났다.

“만나자고?”

무거운 안색의 모용굉이 모용세가 연경 분타주 모용우문에
게 되물었다. 그러자 모용우문 역시 어두운 안색으로 대답했
다.

“그렇습니다.”

“말로 하자는 말이군. 흠!”

"받아들일 수 없는 일이지요. 죽은 형제가 적지 않습니다. 그런 일을 벌이고……."

"일단 들어보지."

"어르신!"

"이보게, 우문. 본가 사정이 썩 좋지 않아. 가급적 적을 만들지 말아야 할 때야."

"그럼 그들의 요구를 모두 들어주겠다는 말씀이십니까? 저들이 연경에서의 철수를 요구해도……."

"그럴 수야 없지. 하지만 적당한 선이라면 양보할 생각도 있네. 연경에서 물러나는 것만 아니면……."

"만약 저들이 끝까지 연경 철수를 요구하면 어찌하실 생각입니까?"

모용우문의 도발적인 질문에 모용굉이 한기가 느껴지는 눈빛을 흘려내며 말했다.

"그땐 알려줘야겠지, 동방 호랑이의 힘을."

연경에는 천하 각지의 문파에서 크고 작은 분타를 두고 있었다. 천하무림이 동삼문과 북삼룡, 그리고 남칠문과 서역삼대기문으로 나뉘어져 있는 상황에서 크든 작든 연경에 분타를 두고 있지 않은 곳은 동삼문의 금문과 구산선문, 그리고 서역삼대기문의 명교와 황교, 대설문 정도였다. 나머지 문파들은 하다못해 가장 남쪽에 위치한 남궁세가까지도 작은 분타를 두고 있었다. 그건 이 연경이 천하무림의 움직임을 살피는 데 가장 적합한 곳이기 때문이었다.

그렇게 수십 개의 명문대파들이 분타를 두고 있는 연경에서 가장 활발한 활동을 하고 있는 문파를 꼽으라면 네 개의 문파를 들 수 있었다. 그중 하나는 근 몇 년 사이 급격히 그 세를 넓힌 모용세가였고, 나머지 세 곳은 모두 남무림의 패자들인 남칠문에 연원을 둔 문파였다.

하북 태원의 석가장과 천하를 무대로 하는 개방, 그리고 소림의 후광을 받고 있는 소림 속가 벽암문이 바로 그들이었다.

그런데 오늘 그중 세 개 문파의 수뇌들이 모용세가 연경 분타를 방문했다. 삼 파의 고수들이 굳은 표정으로 모용세가 연경 분타의 정문을 통과한 것은 오후 해가 기울어져 갈 무렵이었다.

"무슨 일로 이렇게 본 파를 찾아오신 것이오?"

정문을 통과한 삼 파의 고수들을 맞이한 사람은 모용세가 연경 분타주 모용우문이었다. 그의 목소리는 싸늘하기 이를 데 없었는데, 그도 그럴 것이, 두어 달 전 그의 수하이던 문도 십여 명이 이들 문파의 무인들과 시비가 붙어 목숨을 잃었기 때문이다.

"흠, 강호의 큰어른께서 연경에 납시었다기에 안부를 여쭈려 이렇게 들렀소이다."

대답을 한 사람은 태원 석가장의 십이장로 중 한 사람인 석보명이란 사람으로, 석가장에선 다섯 손가락 안에 꼽히는 고

수이자 이곳 연경에서의 석가장 사업을 총괄하는 인물이었
다.

"흥, 무슨 염치로 감히 어른을 뵙겠다는 것이오?"

모용우문의 입에서 차가운 질타가 흘러나왔다. 그러자 석보
명이 빙그레 미소를 지으며 대답했다.

"이제 보니 지난번 사건으로 모용 분타주께서 여전히 심기
가 불편한 모양이시구려. 하지만 강호에선 종종 오해로 인해
피를 보는 일이 있으니 어찌 과거의 일에 얽매여 있을 수만 있
겠소이까. 오늘 어른을 만나뵙고 그 일에 대한 해명을 드리고
또 앞으로의 일을 상의할까 하니 어른께 뵙기를 청한다고 말
씀 올려주시구려."

석보명의 능구렁이 같은 말에 잠시 그를 노려본 모용우문이
매몰차게 신형을 돌려 장원 안쪽으로 들어갔다.

"그가 만나줄까요?"

모용우문이 장원으로 들어가자 곁에서 두 사람의 대화를 지
켜보고 있던 벽암문의 고수 오종이 물었다.. 벽암문은 소림의
후원을 받는 문파로, 소림 재정의 오 할을 담당한다고 알려진
문파였다. 해서 문파의 기재들을 소림에 보내 소림의 절학을
전수받게 하여 수많은 고수를 배출한 문파로, 소림 속가라는
위치가 아니라면 능히 남칠문에 들 만한 저력을 가지고 있다
고 알려진 문파였다.

그 벽암문에서 벽암문주를 제외하고 최고의 고수라 알려진
네 명의 고수를 벽암사왕이라 부르는데 오종은 바로 그 벽암

사왕 중 한자리를 차지하는 고수였다.

"노개께서는 어찌 보시는지?"

오종의 물음에 석보명이 대답을 하는 대신 장칠이 대동하고 나타난 늙은 거지에게 물었다. 석보명의 질문을 받은 노개는 장칠의 보고를 받던 자로, 이름은 유장, 별호는 붉은 얼굴의 노인이란 의미에서 홍안노라 불리는 개방의 장로였다. 본시 연경 개방은 육결의 고수 우홍이 책임지고 있지만 모용세가와의 일은 워낙 중요한 일이라 장로인 홍안노 유장이 특별히 연경에 나와 있었다.

"글쎄요. 판단하기 어렵구려."

"홍안노께서는 사리판단이 뛰어난 분이시니 분명 그의 반응을 짐작하고 계실 것 같은데……."

석보명이 살짝 홍안노를 높여주며 재차 물었다.

"흠, 그리 물으시니 내 생각을 말하리다. 아마도 그는 우리를 볼 게요."

"그럼 그가 연경을 떠나겠습니까?"

"그건 아닐 것이오. 연경은 모용세가에도 무척 중요한 곳이오. 천하를 향해 발걸음을 내딛는 시작점이며, 연경 자체도 천하에 몇 안 되는 큰 시장이니 어찌 모용세가가 연경을 떠나겠소이까?"

"하면……?"

"적당한 선에서 타협을 하려 할 것이오. 지난번 혈사를 구실로 말이오."

"만약 그가 그리 나오면 어찌해야 합니까?"

석보명의 물음에 홍안노 유장이 빙그레 미소를 지으며 되물었다.

"그 일을 왜 내게 묻는 것이오? 이 일은 석가장에서 발의하여 일어난 일이니 그와의 협상 또한 석가장의 뜻에 의해 결정되어야 하지 않겠소?"

유장의 말에 석보명의 얼굴색이 차갑게 변했다. 모용세가와의 분란은 석가장와 개방, 그리고 벽암문이 합심하여 일으킨 일이었다. 그런데 지금 홍안노 유장은 음흉하게도 오늘의 일을 석가장이 주도하여 일어난 일로 몰아가고 있는 것이었다. 당연히 모용세가와의 싸움에 석가장을 앞세우려는 의도일 터였다.

"하하하, 어찌 이 일이 석가장 혼자의 힘으로 실행된 일이겠습니까? 우리 삼 파가 힘을 모아 도모한 일이니 그 진퇴 역시 삼 파가 합의해서 결정해야겠지요. 그들이 이곳에 남겠다면 양보를 하리까?"

석보명이 질문을 던지며 유장과 오종을 번갈아 바라봤다. 그러자 유장과 오종이 쉽게 답을 하지 못하다 오종이 슬며시 입을 열었다.

"그럴 거였으면 애초에 모용세가의 식솔을 죽이지 말았어야겠지요."

"흠, 맞는 말인 것 같소."

유장이 오종의 말에 동의하자 석보명이 득의한 표정으로 입을 열었다.

"그럼 일은 결정되었군요. 모용세가가 연경에서 물러나든지 아니면 피를 보든지."

그렇게 삼 파가 합의를 끌어내는 동안 안으로 들어갔던 모용우문이 다시 세 사람 앞에 모습을 드러냈다.

"세 분만 안으로 드시구려."

"만나주시겠다는 말씀이구려."

석보명의 말에 모용우문이 고개를 끄덕였다. 그러자 석보명이 짐짓 감격스런 표정으로 말했다.

"하하하, 이것참, 감격적인 일이군요. 요동의 대검호라는 대 모용세가 최고의 고수분을 만나뵙게 되다니. 자, 모두들 들어가십시다."

석보명의 재촉에 홍안노 유장과 벽암문의 오종이 모용우문을 따라 천천히 걸음을 옮기기 시작했다.

휘황한 달빛이 내려 눈 덮인 지붕을 눈부시게 만들었다. 그 지붕 아래 위치한 창을 통해 은은한 불빛이 흘러나왔다. 석보명 등 삼 파의 고수들이 모용굉을 만나기 위해 건물 안으로 들어간 지 두 시진째, 간간이 들려오는 호통 소리가 실내의 분위기가 심상치 않음을 말해주고 있었지만, 그렇다고 큰 분란이 벌어진 것처럼 소란스럽지는 않았다.

그렇게 두 시진이 지나자 밤은 더욱 깊어졌고, 사람이든 짐승이든 집으로 돌아갈 걱정을 해야 할 시간이 되었다. 그즈음 모용굉 처소의 문이 열렸다.

"그럼 모용 노야, 그만 돌아가 보겠습니다. 오 일 뒤에 뵙지요."

모용굉의 처소를 나선 석보명 등이 문 안에서 그들을 바라보고 있는 모용굉을 향해 정중하게 인사를 했다. 모용굉은 아무런 대답 없이 고개를 까딱여 그들을 전송했다.

"그럼!"

모용굉에게 다시 고개를 숙여 보인 삼 파의 고수들이 서둘러 모용세가 연경 분타를 벗어났다. 그들의 얼굴에 흡족한 듯한 미소가 깃들어 있었다.

"어르신, 승산이 있겠습니까?"

삼 파의 고수들이 물러가자 모용우문이 걱정스런 표정으로 모용굉을 돌아보며 물었다. 그러자 모용굉이 한줄기 미소를 머금으며 말했다.

"잘됐어. 그들은 아마 큰 곤욕을 치르게 될 거야."

"하지만 저들은 우릴 이 연경에서 몰아내기로 작정을 하고 일을 꾸민 자들입니다. 당연히 저들 중에는 만만치 않은 고수들이 많을 겁니다."

"물론 그렇겠지. 하지만 그렇다고 해도 최고의 고수들은 몇 되지 않을 거야. 내가 기한을 오 일로 잡은 것은 그들이 자신들의 본가에 연락해 비무에 참가할 고수들을 불러올 시간을 주지 않기 위해서였다."

“하지만 저들 삼 인만 해도 만만한 자들이 아니지요.”

“그렇겠지. 하지만 우리에겐 다른 기회가 없지 않았나. 세력으로 싸우자면 저들을 감당할 상황이 아니야. 더군다나 이 비무는 약간의 운이 필요할 뿐이지, 승산이 아주 없는 건 아니란 말일세.”

모용굉이 여전히 여유있는 얼굴로 미소를 짓고는 문을 닫았다. 그러자 장원에 깊은 어둠이 찾아왔다.

그런데 모용세가 연경 분타에 어둠이 내리자 흰 눈으로 덮여 있던 모용굉의 거처 지붕 위에 소리없이 삼 인의 인영이 모습을 드러냈다.

“좋군, 좋은 먹잇감들이야. 연경에 변고가 생겨 제 파에서 무공이 강한 자들이 몰려들 거라더니, 그게 사실이었군.”

“하지만 사람들의 이목이 모일 겁니다.”

“그게 무슨 상관인가. 목적을 달성한다면 이곳에 열흘 이상 머물지 않을 텐데.”

“과연 이 길밖에 없는 것입니까?”

“힘을 키우자면 이게 최선일세.”

“생혼단의 위력은 전설일 뿐, 확인된 것은 아니지 않습니까?”

“그 부분에 대해선 걱정하지 말게. 날 믿어도 되네.”

“대성사께서 확신하신다면야 걱정하진 않겠습니다만…….”

“그만 가지. 별 볼일 없는 자들이라지만 그래도 개중에 밝은 눈과 귀를 지닌 자들이 있을지도 모르니.”

대화를 끝낸 삼 인의 신형이 흐릿하게 지워지더니 순식간에 장내에서 사라졌다. 그들은 파소 등 천추군이 눈에 불을 켜고 추격하고 있는 대성사 소유거와 이괄, 그리고 백혼이었다.

모용세가의 노고수 모용굉과의 협상에서 제법 괜찮은 성과를 얻어낸 벽암문의 고수, 오종의 발걸음은 가벼웠다. 모용굉과 오랜 입씨름 끝에 얻어낸 결론은 오 일 뒤 벌어질 일곱 번의 비무, 그 비무에서 벽암문과 석가장, 그리고 개방의 고수들이 승리한다면 모용세가는 연경에서 뿌리까지 뽑아 심양으로 돌아가기로 약속한 것이었다.

대신 모용세가가 승리할 경우, 삼 파는 지난 두어 달 전 벌어졌던 참극에 대한 사죄의 의미로 각파가 연경에서 가지고 있는 사업의 절반씩을 모용세가에 내어놓기로 했다.

이 거래는 누가 봐도 삼 파에게 유리한 거래였다. 비록 모용세가 최고의 고수라는 모용굉이 나와 있다고는 하지만, 오래전 한 팔을 잃었을 뿐 아니라 그가 맡을 수 있는 비무는 오직 하나뿐이었다. 반면 삼 파에는 각파에서 다섯 손가락에 꼽히는 고수들이 한두 명씩은 연경에 나와 있었다. 이들이 비무에 나선다면 모용굉은 몰라도 나머지 여섯 개의 비무는 충분히 승산이 있었다.

비무에서 승리하고 모용세가가 연경에서 물러나면 가장 득을 보는 곳은 벽암문이었다. 석가장이야 애초에 태원에 본가가 있으니 연경에 집중할 수 없을 테고, 개방의 거지들이야 암 암리에 운영하는 객잔 몇 곳만 던져 주면 될 터였다. 반면 벽 암문은 연경에 뿌리를 두고 있는 문파였다. 그러니 모용세가 가 남기고 간 유산의 대부분은 벽암문의 차지가 될 것은 분명 했다.

"흐흠, 좋아, 좋아."

오종이 자신도 모르는 사이에 콧소리를 흘려냈다. 그러자 그의 곁에서 함께 걷고 있던 벽암사왕 중 한 명인 달한이 물었 다.

"잘된 것이지요?"

"물론 일이 제법 잘 풀린 것이지. 이 일이 성사되면 우리 벽 암문은 남칠문의 위세에 버금가는 위치에 올라설 걸세."

"하지만 모용세가의 저력이 워낙 깊어서……."

"걱정할 것 없네. 아무리 모용세가라 해도 석가장과 개방, 그리고 우리 벽암문을 홀로 상대할 수는 없네."

"그렇긴 하지요. 그런데 비무엔 누가 나서게 되는 겁니까?"

"그 문제는 내일 삼 파가 다시 만나 논의하기로 했네. 하지 만 일곱 명이 나서야 하니 적어도 우리 쪽에서 두 명은 나서야 겠지."

"하면… 대형께서?"

"아니, 그건 알 수 없네. 이 결정은 문주께서 하실 걸세. 워 낙 중요한 비무이니 어쩌면 문주께서 직접 나서실 수도 있을 걸세."

"아무리 그래도 그건 격이 맞지 않지요. 다른 곳 중에서 문파의 수장이 나서는 곳은 없지 않습니까?"

"음, 그런가? 생각해 보니 그건 모양이 조금 이상하군."

"두 분 선사께 부탁하시면……?"

달한의 물음에 오종이 단호하게 고개를 저었다.

"그건 안 될 말일세. 선사들을 끌어들이는 것은 최악의 경우에나 해야 할 일일세. 사실 소림에선 본 가가 모용세가와 대적하는 것 자체도 탐탁지 않게 생각하고 있다네. 두 분 선사를 보내주는 데도 반대 의견이 많았다고 하더군."

"한 해에 소림에 보내는 금자가 얼마인데……."

"서운해하지 말게. 벽암문의 뿌리가 어딘가? 바로 소림일세. 소림의 존재로 벽암문이 이렇게 성장할 수 있었던 걸세. 더군다나 아직도 문파의 젊은 기재들은 소림에서 무공을 수련하고 있지 않은가? 우리가 보내는 금자보다 몇 배의 소득이 있는 일이라네."

"그렇긴 하지요."

"자자, 머리 아픈 일들일랑은 일단 뒤에 생각하세. 오늘은 무척 좋은 성과를 거뒀으니 말이야. 난 솔직히 모용세가가 비무에 응할 줄은 미처 예상하지 못했네. 난 그들이 일전을 불사할 줄 알았거든. 지난 몇 년간 모용세가의 기세가 얼마나 대단했나?"

"그렇지요. 이곳 연경은 물론이고, 천하 각지에 분타를 세워 나가고 있었으니까요. 그런데 이렇게 위축된 걸 보면 소문대로 모용세가 본가에 무슨 사단이 난 게 분명한 것 같습니다."

"그런 것 같으이."

"그럼 좋은 기회 아닙니까? 이참에 산해관을 넘어가는 것
도……."

"그건 차차 생각해 볼 문젤세. 아직 모용세가의 내부 사정이
정확히 알려지지 않았으니 조심해야 하네. 산해관을 넘는 것
은 그들의 사정을 온전히 파악한 이후에나 도모할 일일세. 지
금은 그저 이번에 있을 비무에만 신경을 쓸 때네."

"알겠습니다. 후후, 아무튼 대단한 성과군요. 연경 모용세
가의 가업이라면 아마도 한 해 수만 냥의 금자를 거둬들일 수
있을 겁니다."

"맞는 말이야. 그리되면 이제 우리 벽암문도 연경에서 좀 더
넓은 곳으로 나갈 기반을 마련하게 되는 것이겠지. 하하하!"

오종의 호탕한 웃음소리가 어두운 밤길을 흔들었다. 벽암문
은 모용세가 연경 분타에서 남쪽으로 십여 리 떨어진 곳에 있
었다. 본가 자체가 연경에 있는 터라 연경에 있는 무림 문파
중에는 가장 큰 장원을 소유한 곳이 벽암문이었다. 벽암문 위
쪽으로는 호룡사라는 작은 크기의 절이 한 곳 있었는데, 그 호
룡사야말로 벽암문을 지켜주는 든든한 배경이었다. 왜냐하면
호룡사는 소림의 말사(末寺)로서 항시 소림승들이 십여 명 정
도 거주하고 있기 때문이었다.

그 호룡사 앞쪽으로 모용세가 연경 분타에서 벽암문의 장원
으로 이어진 산길이 있었다. 호룡사와 벽암문 사이에는 울창

한 숲이 자리 잡아 양쪽을 구분 짓고 있었는데, 그 숲만 없다면 호룡사와 벽암문은 한 장원에 속해 있다고 해도 과언이 아니었다.

오종과 달한이 호룡사를 지나쳐 호룡사와 벽암문 사이의 울창한 숲으로 접어들었다. 두 사람을 수행하는 다섯 명의 벽암문 고수도 앞으로 벽암문이 맞게 될 성세에 자못 흥분한 얼굴로 어두운 숲길을 헤쳐 나가고 있었다. 그런데 그들이 숲의 가장 깊은 곳에 들어섰을 때, 십여 장 앞쪽에 다섯 명의 검은 그림자가 모습을 드러냈다.

"마중을 나왔나?"

달한이 고개를 갸웃하며 눈을 크게 뜨고 다섯 명의 인영을 바라봤다. 그러나 다섯 명의 검은 인영은 오종 등을 마중 나왔다고 하기에는 그 태도가 어울리지 않았다.

마중을 나왔다면 일행을 향해 급히 다가와야 할 것이 분명하지만 검은 인영들은 그 자리에 선 채 일행이 다가오기를 기다리고 있었던 것이다.

"조심들 하게."

오종의 입에서 나직한 경고가 흘러나왔다. 어쩌면 모용세가의 고수들일지도 모른다는 생각이 오종의 뇌리를 스치고 지나갔다. 비무를 승낙해 시간을 번 후 이렇게 한밤중에 암습을 가하는 것도 제법 고전적인 수법이 아니던가.

오종을 선두로 한 벽암문의 고수들이 걷는 속도를 죽여가며 서서히 다섯 명의 검은 인영을 향해 다가갔다. 그러자 어둠에 가려져 있던 다섯 명의 얼굴이 서서히 드러나기 시작했다.

두 명의 노인과 세 명의 중년 사내. 옷차림이 동일하지 않은 것을 보면 한 문파에 속한 인물들 같지는 않았다. 하지만 여유로운 그들의 태도에선 경시할 수 없는 고수의 기운이 흘러나오고 있었다.

'어떤 자들인가?'

오종은 강호에서 제법 유명한 고수였다. 벽암사왕과 그의 이름은 연경을 넘어 남무림에 널리 퍼져 있었다. 그런 오종의 등줄기에 한줄기 서늘한 기운이 퍼져 올랐다. 본능이 위험을 경고하고 있었다.

오종은 본능의 경고에 충실했다. 다섯 괴인의 오 장 앞에서 오종의 걸음이 멈춰졌다. 상대에 대한 경계심에 충분히 거리를 둔 것이었다.

"어디서 오신 고인들이신데 이 야심한 밤에 앞길을 막는 것이오?"

오종이 최대한 정중한 목소리로 물었다. 싸움은 필연처럼 보였지만 피할 수 있다면 피하는 것이 좋을 듯싶은 예감이었다. 그러나 오종의 기대와 달리 다섯 명의 괴인은 오종의 물음에 답을 하지 않았다. 대신 각자 들고 있던 병기를 빼 들었다. 말도 필요 없이 일전을 벌이자는 태도.

"모용세가에서 나온 사람들인가?"

오종의 목소리가 차가워졌다. 그 역시 도를 빼 들고 있었고, 그에 따라 달한과 그를 호위하던 다섯 명의 벽암문 문도 역시 재빨리 도검을 꺼내 들고 싸움을 벌일 준비를 했다.

"뭐, 좋을 대로 생각해라."

처음으로 괴인들 사이에서 누군가의 목소리가 흘러나왔다. 하지만 오종과 벽암문의 고수들에겐 그 목소리는 차라리 듣지 않은 편이 좋았다. 왜냐하면 그 목소리를 듣는 순간 벽암문의 고수들은 거부할 수 없는 강렬한 기세에 일순 온몸이 굳어버렸기 때문이다.

독사 앞의 개구리처럼 단번에 굳어버린 벽암문의 고수들, 그런 벽암문 고수들을 향해 다섯 명의 괴인이 천천히 다가오기 시작했다.

"도대체 어디서 온 놈들이냐?!"

그나마 대항할 담력이 남아 있는 오종이 강하게 소리쳤다. 그의 목소리가 숲을 울렸다. 오종이 이렇게 큰 목소리로 외친 것은 숲의 저편이나 이편에서 벽암문의 고수들이나 호룡사의 소림승들이 자신의 목소리를 듣고 달려와 주길 바라는 마음에서였다.

"죽기를 재촉하는구나. 베게!"

단 한마디 말로 벽암문 고수들의 몸을 얼어붙게 만든 자의 입에서 차가운 음성이 흘러나오는 순간, 다섯 명의 괴인이 일제히 도검을 휘두르며 벽암문 고수들을 향해 달려들었다.

슈우우욱!

"앗!"

미세한 파공음과 함께 벽암문 문도들 사이에서 당황한 듯한 소리가 터져 나왔다. 그도 그럴 것이, 그들을 향해 달려드는 다섯 명의 괴고수의 도검에선 일제히 도기와 검기가 번쩍이고 있었기 때문이다.

강호에서 도기와 검기를 만들 수 있는 고수를 일컬어 절정고수라 부른다. 그런 절정고수는 천하를 제패하고 있는 문파들에도 손에 꼽을 정도의 숫자만이 존재할 뿐이었다. 그런데 지금 그들을 향해 닥쳐드는 자들은 너무도 쉽게 그 도기와 검기를 만들어내는 것이 아닌가? 벽암문 문도들로서는 그야말로 경악할 만한 일이었다.

"도대체가!"

오종 역시 놀라기는 마찬가지였다. 물론 그 역시 검기를 만들 수는 있었다. 또한 그 검기를 실전에서 사용할 만큼 충분히 조련한 오종이었다. 그러나 그는 지금 눈앞에서 닥쳐드는 자들처럼 능숙하고 잘 갈무리된 도기와 검기를 사용하는 자들을 지금껏 단 한 번도 본 적이 없었다.

'이건 상대가 되지 않는 싸움이야.'

오종의 얼굴에 적의 도검이 닿기도 전에 패배의 그늘이 드리워졌다. 그리고 그 순간 그가 할 수 있는 것은 오직 하나뿐이었다.

"적이닷!"

오종이 자신이 낼 수 있는 최대한의 공력을 끌어올려 숲이 떠나갈 듯 강렬한 고함을 질렀다. 자신들이 공격당하고 있다는 것을 재차 호룡사와 벽암문에 알리기 위함이었다. 그러는 찰나, 다섯 명의 괴인이 일곱 명의 벽암문 고수를 번개처럼 스치고 지나갔다.

슥!

서걱!

섬뜩한 절단음이 어둠을 타고 흘러나왔다. 오종의 옆구리에도 뜨거운 도기가 파고들어 왔다.

"음!"

오종의 입에서 나직한 신음성이 흘러나왔다. 그 자신 스스로 강호 천하에 적수를 찾기 어려울 것이란 자부심으로 살아온 오종이었다. 그런 그가 단 일 수에 적의 도에 무너지고 있었다. 오종은 타는 듯한 고통 속에서도 자신의 옆구리에 도를 박아 넣은 자를 올려다봤다. 죽음의 두려움보다도 상대에 대한 호기심이 더 강했다.

"도대체… 누구……?"

오종이 가뭇해지는 시선으로 상대를 바라보며 물었다. 그러자 의식을 잃어가는 그의 귀에 나직한 목소리가 들려왔다.

"이괄이라 하오."

그러나 오종은 검산이목 이괄의 말을 끝까지 듣지 못했다. 그전에 오종의 목숨이 이승을 떠났기 때문이다.

"나오시오!"

한순간에 일곱 명의 벽암문 고수를 벤 검산의 대성사 소유거가 어두운 숲을 보고 소리쳤다. 그러자 숲 속에서 일단의 괴승들이 모습을 드러냈다. 과거 요동 조산에서 여러 마을을 쑥

밭으로 만들었던 바로 그 밀천궁의 요승들이었다.

"옴마니반메훔."

라마 홍첸의 입에서 나직한 진언이 흘러나왔다. 그 모습을 보고 있던 이괄이 살짝 눈살을 찌푸렸다. 지금껏 이 요승들이 죽인 자가 얼마던가? 적어도 수백은 될 터인데 오늘 죽은 일곱을 위해 극락왕생이라도 빌어주는 듯한 태도가 역겨웠던 것이다.

"어서 정혈을 취하시오. 다른 자들이 언제 달려올지 모르니."

소유거의 재촉에 홍첸이 고개를 끄덕였다. 그러자 그를 따라온 목의를 비롯한 라마들이 일제히 품속에서 기이한 문양이 새겨진 작은 관을 뽑아 죽은 자들의 목덜미 아래에 붙였다. 그리고 나직한 목소리로 의미를 알 수 없는 진언을 외기 시작했다. 그러자 죽은 자들의 시신에서 급격하게 혈색이 사라지더니, 마치 목내이가 되어가듯 피부에서 생기가 사라지는 것이었다.

소유거와 이괄 등은 그 모습을 신기해하면서도 편치 않은 시선으로 바라보다가 한순간 고개를 들어 좌우를 살폈다.

"서두르시오. 다른 자들이 오고 있소!"

소유거의 재촉에 밀천궁 요승들의 주문이 점점 더 빨라졌다. 그리고 한순간 주문이 뚝 끊기더니, 요승들이 재빨리 죽은 자들의 목덜미에 붙여놓았던 검은 관을 떼어냈다.

"끝났으면 그만 갑시다."

이미 벽암문과 호룡사 쪽에서 일단의 사람들이 숲길을 따라 진입해 들어오고 있었다.

"가자."

홍첸이 소유거의 재촉에 명을 내리자 검산의 고수들과 밀천궁의 요승들이 일제히 자리에서 자취를 감췄다. 그리고 그들이 사라진 지 채 일각이 지나지 않아 장내에 몇 명의 승려와 벽암문의 고수 이십여 명이 모습을 드러냈다.

은밀한 소문이 연경을 휩쓸었다. 소문의 내용은 흉흉하기 이를 데 없었다. 그러나 그 소문은 연경에서 살아가는 일반 사람들에게는 제대로 알려지지 않았다. 오직 강호에서 칼밥을 먹고사는 사람들만이 그 소문에 동요하고 있었다.

삼 파의 고수들이 모용세가의 연경 분타를 찾아가 모용굉과 담판을 지어 비무를 이끌어낸 지 채 오 일이 지나지 않아 그 삼 파의 고수들 중 삼십여 명이 소리 소문 없이 목숨을 잃었다. 그중에는 모용세가와의 비무에 나설 것으로 예상되었던 고수들조차도 포함되어 있었다.

처음 혈사가 일어났을 때 사람들은 모두 모용세가를 의심했다. 애초에 비무로 승부를 보는 것에 자신이 없던 모용세가가 은밀히 살수들을 움직여 그들이 번 오 일간의 시간 동안 비무 상대인 삼 파의 고수들을 암살했을 거란 추측이 가장 그럴싸했기 때문이다.

그러나 얼마 지나지 않아 사람들은 이 혈사의 주인공이 결코 모용세가가 아니라는 사실을 깨달았다. 이유는 간단했다. 사람들의 이목이 모용세가 연경 분타에 집중된 상황에서도 여전히 혈사는 일어났고, 모용세가 고수들은 그사이 자신들의 장원에서 전혀 움직이지 않았기 때문이다.

결국 원인을 알 수 없는 괴이한 혈사로 인해 단 오 일 만에 연경무림은 완전히 혼란의 도가니로 빠져들었다. 모용세가와 삼 파의 비무가 오히려 사람들의 관심에서 멀어질 정도로 연경의 무인들은 일대 혼란에 빠져 있었다.

그러나 그사이에도 시간은 흘러 어느덧 모용세가와 삼 파의 비무날이 찾아왔다.

이십여 명의 무림인이 천천히 숲길을 이동하고 있었다. 청의에 소매 깃에는 금실로 새겨진 금 자가 선명한 무의를 입은 사내들, 강호에서 이런 옷차림을 하는 곳은 오직 한 곳뿐이었다.

동무림의 패자로 군림하는 모용세가, 바로 그곳의 고수들이 이런 청의와 각 무사의 수준을 나타내는 금은동 삼 급의 급수를 소매에 새겨 넣는다.

"분명 놈들이야."

모용세가 고수들 사이에서 나직한 음성이 흘러나왔다. 낮고 우울한 송거련의 목소리였다.

"정말 그들이란 말이에요?"

우루가 의혹이 담긴 목소리로 물었다.

"맞네. 바로 그들이야. 죽은 자들의 시신을 보면 알 수 있어. 소가주도 조산에서 보지 않았던가?"

"그렇긴 하지만… 그 요승들이 이 연경에서 일을 벌일 정도로 대담할 줄은 몰랐군요."

"나도 의외긴 하네. 하지만 분명 그자들이야. 물론 조산에서와 조금 다른 점도 있지만."

"뭐가 다르다는 겁니까?"

"조산에서 그들은 무인이 아닌 양민들을 학살했네. 그런데 이 연경에서는 철저히 무인들을 제거하고 있어, 그것도 고수들을."

송거련의 말에 우루가 고개를 끄덕였다.

"그렇군요. 그러고 보니 확실히 이상한데요? 양민이라면 이 연경에 훨씬 많을 텐데……."

"도대체 무슨 일을 저지르고 다니는 건지, 요망한 마승들 같으니라구."

송거련이 낮게 욕지거리를 흘려냈다.

"그를 봤다고 했지요?"

"봤지. 홍첸이란 자였는데… 보통 인물이 아니었어."

"후후, 형님을 놀라게 만드는 자도 있나요?"

"무공으로 보자면 절대 내가 감당할 수 없는 자였네. 아마 어르신 정도는 되어야 그자를 꺾을 수 있을 거야."

송거련이 시선을 돌려 일행의 앞쪽에서 느긋한 표정으로 이동하고 있는 모용굉을 바라봤다.

"어르신의 상대라면… 역시 보통 인물은 아니군요."

우루가 굳은 표정으로 말했다.

"어쨌거나 우리에겐 조금 유리해진 것 같군."

"무슨 말씀이십니까?"

"죽은 자들 중 오늘 비무에 나설 자들도 있었다니, 한결 유리해지지 않았나, 이 말일세. 더군다나 그들은 중대한 실수를 한 가지 했거든."

"삼 인이 한 번에 나서도 된다는 조건 말인가요?"

"그렇지. 그들로선 일원만류진에 대해선 전혀 모르고 있을 테니 세 명의 현사가 나서 일원소진을 펼친다면 저들은 아마도 경악하고 말 걸세. 그리곤 깨닫겠지, 모용세가를 건드린 것이 얼마나 큰 잘못인지."

"전 아직 그 일원소진을 직접 보지 못해서 실감이 나지 않는군요."

"나도 예전에 흥안령에 잠시 다니러 갔을 때 본 것이 전부네. 그때만 해도 채 완성되지 않은 상태의 검진이었는데도 그 위력이 정말 놀랍더군."

"휴, 흥안령에서의 일만 없었다면 본 세가가 이런 도전을 받지는 않았을 텐데요."

"죽은 사람들에겐 미안한 말이지만 좋은 점도 있네."

"좋은 점이라뇨? 현사 수십을 잃었는데……."

"그동안 오대외가가 겪은 수난을 잊었는가?"

송거련의 말에 두우루가 금세 낯빛을 굳혔다.

“그렇군요. 만약 흥안령의 혈사가 없었다면 지금쯤 오대외가는 기둥뿌리까지 뽑아서 본가에 합류해야 했겠지요.”

“그것뿐인가? 천하를 향한 야망에 끝없이 싸움터로 내몰렸을 걸세. 그나마 흥안령 혈사로 현사들이 다수 죽고 세가가 위축되는 바람에 내실을 다지는 쪽으로 세가의 정책이 선회한 것 아닌가. 그 덕에 오대외가 또한 그 근거를 유지할 수 있는 것이고.”

“혈사를 일으킨 자들에게 고맙다고 해야 할까요?”

우루가 쓴웃음을 지으며 물었다.

“그들이 강호에서 영원히 사라져 준다면 그래도 되겠지. 하지만 언젠가는 돌아올 걸세. 그때가 되면 아마도 세가는 그 존망을 걱정해야 할 거야.”

“아, 역시 고단한 강호군요.”

“후후, 맞아. 그래서 내가 강호를 떠나고 싶은 거지.”

“뭐, 아무 때나 떠나도 되잖아요?”

우루의 말에 송거련의 표정이 딱딱하게 굳었다.

“아직 놈을 잡지 못했어. 그놈을 잡아야만 난 강호를 떠날 수 있네.”

송거련의 대답에 두우루의 표정도 차갑게 굳어졌다. 송거련이 말하는 자가 누구인가. 바로 자신의 누이를 죽인 자였다.

第八章

월하비무(月下比武)

연경 북쪽 이십여 리 거리에 호곡(虎谷)이라는 깊은 계곡이 존재한다. 본래 연경은 천하 각지에서 사람들이 모여드는 대도라 연경 인근의 산에 호랑이가 출몰하는 경우는 거의 없지만 이 호곡만큼은 사정이 달랐다.

호곡이라는 지명에서 알 수 있듯이 이 깊은 계곡에선 간간이 호랑이의 울음소리가 흘러나왔고, 호곡의 위험을 모르는 외인이 들어섰다가 죽임을 당하는 경우도 종종 있었다.

그래서 연경 인근에 사는 사람들에게 이 호곡은 금지의 땅으로 알려져 있었고, 덕분에 사람의 발길이 닿지 않아 숲은 더욱 무성해져 호곡에 대한 사람들의 두려움은 더더욱 짙어져 갔다.

그런데 그 금지의 영역인 호곡으로 아무런 두려움 없이 발걸음을 옮기는 사람들이 있었다. 가끔 천하에서 이름난 장사와 사냥꾼들이 호곡의 호랑이를 소탕하겠다며 늠름히 걸음을 옮기기는 했지만 오늘 호곡으로 들어서는 사람들의 모습은 그런 장한들과는 조금 달랐다.

각양각색의 옷차림을 하곤 있었지만 모두들 깨끗한 것으로 보아 산에서 살아가는 사냥꾼들이라고 보기엔 어려운 사람들, 더군다나 등이나 허리춤에 도검을 패용하고 있으니 일반 사람들이 경원시하는 무림인들이 분명했다.

"계곡이 깊긴 깊군요. 연경 인근에선 금역이라 하더니만……"

우루가 주위를 돌아보며 말했다. 모용세가 무청 삼각의 각주였지만 우루는 요동을 벗어난 적이 없었다. 그런 우루에게 대도 연경과 그 주변의 풍광은 언제나 관심을 끄는 대상이었다.

"사람들이 만들어낸 허상일 뿐이네."

송거련이 차분한 목소리로 대답했다. 송거련은 모용세가 풍청 삼각의 각주로, 우루에 비하면 강호출행이 무척 잦았고, 이 연경에도 수시로 드나들곤 했다.

"사람들이 만들어낸 허상이라뇨? 그럼 이 호곡에 호랑이가 없다는 말인가요?"

"뭐, 가끔 한두 마리 나타나기는 하지만 다른 곳보다 많다고는 할 수 없지."

　　“그런데 왜 호곡이란 이름이 붙어 사람들의 발걸음을 막고 있는 것이죠?”

　　“이곳은 무인들의 땅이네.”

　　“무인들의 땅이라고요?”

　　우루가 의아한 표정으로 묻자 송거련이 고개를 끄덕였다.

　　“그렇다네. 이 연경은 무림인들도 많지만 그보단 관의 위세가 더 강한 곳이지. 해서 관과 무림이 서로 일정한 선을 지키고 살아가는 곳이라네. 그래서 무림인들도 함부로 도검을 꺼내 들고 휘두를 수는 없는 곳이지. 하지만 무림인에겐 말이 아닌 도검으로 해결해야 할 일이 태산처럼 많은 법 아닌가. 오늘 우리들처럼 말이야. 해서 연경의 무림인들에겐 관과 일반 사람들의 이목을 끌지 않고 도검을 겨룰 장소가 필요했다네.”

　　그쯤 되자 우루도 송거련이 무슨 말을 하는지 알아들었다. 호곡은 무림인들이 자신들만의 대결 장소를 마련하기 위해 인위적으로 만들어놓은 계곡이었던 것이다.

　　“그래서 이곳으로 비무 장소가 정해진 거군요.”

　　“그렇다네. 이곳 말고는 연경에서도 최고의 세력을 자랑하는 사 파가 비무를 펼칠 만한 곳이 없으니까.”

　　“흐흠, 그렇게 된 일이었군요. 그나저나 눈들이 제법 많군요.”

　　우루가 주변을 돌아보며 말했다. 눈에 보이지는 않았지만 숲 곳곳에서 사람들의 은밀한 움직임이 느껴졌다.

　　“그렇겠지. 오늘의 비무에 따라 연경무림의 판세가 바뀔 테니까. 물론 그것 말고도 단순히 무인으로서 천하를 좌우하는 대파 고수들의 비무라는 점도 사람들의 관심을 끌었을 테고 말이야.”

송거련의 말처럼 모용세가와 개방을 비롯한 삼 파의 비무는 지난 며칠간 연경에서 일어난 혈사만큼이나 연경무림인들의 관심을 끄는 일이었다. 이들 사 파의 위력이 천하를 덮고 있는 만큼 이들의 대결이 호사가들의 관심을 끄는 것은 당연한 일이었다. 덕분에 오늘 이 호곡에는 사 파의 고수들 말고도 연경의 주요 고수들이 사 파의 비무를 보기 위해 은밀히 숨어들어와 있었던 것이다.

“다 온 모양이군.”

송거련의 말에 우루가 시선을 돌려보니 백설이 자작하게 내린 넓은 공터에 수십 명의 사람들이 운집해 있는 것이 보였다.

“표정들이 좋지 않군요.”

“당연한 일 아니겠나. 지난 오 일간 저들에게 발생한 일은 그야말로 청천벽력과 같은 일일 테니.”

우루과 송거련의 말처럼 공터에 모여 있는 삼 파 고수들의 표정은 그리 밝지 않았다. 그들은 어두운 안색으로 모용세가 이십여 명의 고수들을 맞이했다.

“어서 오십시오, 모용 노사!”

눈 덮인 공터에 미리 와 기다리고 있던 석가장의 장로 석보명이 가볍게 고개를 숙여 모용굉을 맞이했다. 그러자 모용굉이 가볍게 고개를 끄덕인 후 심각한 표정으로 말했다.

"먼저 와서 기다리고 있었구려. 늙으니 걸음이 늦소이다. 그나저나 지난 며칠간 삼 파에 일어난 일은 참으로 유감이구려."

모용굉의 말투에선 진심이 느껴졌다. 그러나 일을 당한 사람 입장에선 다르게 들릴 수도 있는 모양이었다.

"반면 모용세가는 어떤 손실도 보지 않으셨으니, 축하를 드려야겠습니다."

개방의 칠결 장로 홍안노 유장이었다. 본래부터 개방의 인사들은 성정이 괴팍하기로 유명하지만 홍안노는 오늘 단단히 심사가 틀어진 모양이었다.

"본 세가의 운이 좋은 모양이구려."

홍안노의 비딱한 소리에도 모용굉은 전혀 노한 기색 없이 말을 받았다. 그러나 그런 모용굉의 너그러운 태도에도 불구하고 홍안노 유장의 말은 더욱 비틀어졌다.

"그러게 말입니다. 우리 삼 파는 모두 고수를 잃어 큰 손해를 입었는데 오로지 모용세가만 손해를 보지 않았으니, 흉수들을 피한 무슨 비결이라도 있으신지요?"

말인즉슨, 모용세가가 흉수들과 어떤 연관이 있는 것이 아니냐 하는 의심을 드러낸 말이었다. 그러자 이번엔 모용굉의 표정도 차갑게 변했다.

"난을 피한 것에 무슨 비결이 있겠소. 굳이 비결이라면 우리 모용세가는 요즘 들어 이 연경에서 크게 세가 죽어 외부 활동

을 일체 하지 않고 장원에 틀어박혀 있었던 것이 이유라면 이
유일 것이오. 그에 비해 개방은 그동안 무척 바쁘게 움직이지
않았소이까?"

　모용굉의 말에 홍안노가 움찔한 표정을 지으며 얼굴을 붉혔
다. 모용굉의 말처럼 개방과 나머지 두 파는 이번 비무에서 필
승의 자신이 있었으므로 모용세가가 연경에서 물러날 경우를
대비해 미리부터 자신들의 세를 확장하려 지난 몇 달간 분주
히 움직이고 있었던 것이다.

　모용굉의 추궁에 홍안노가 할 말을 잃고 가뜩이나 붉은 얼
굴이 더 붉게 달아오르자 지난번 모용굉을 만나러 온 사람들
중에 속해 있지 않던 한 명의 노고수가 입을 열었다.

　"자자, 진정들 하시지요. 모용 노사께 인사드리겠소이다.
난 벽암문의 강덕린이라 하오이다. 본래 오늘 비무를 본 파에
서는 벽암사왕이 주관할 예정이었으나 그중 두 사람이 그만
흉수들에게 죽임을 당하는 바람에 내가 직접 나오게 되었소이
다."

　벽암문주 강덕린은 강호 천하에 명성이 자자한 고수였다.
그는 어려서부터 소림에 들어 무공을 수련한 탓에 소림 최고
의 검법이라는 달마삼검에 능통한 인물로 알려져 있었다. 덕
분에 그는 남칠문이나 동삼문의 문주들과 어깨를 나란히 하는
강호의 거인이었다.

　"이제 보니 벽암문주셨구려. 만나뵙게 되어 영광이외다. 알
고 계시겠지만 난 모용굉이라 하오. 동쪽에 처박혀 살다 보니

강호의 대인을 몰라뵈었소이다."

"하하하, 모용 노사께선 비록 강호에 출행이 잦지 않으시지만 이미 천하에 적수가 없는 검사로 이름 높으신 분이니 저와 같은 작은 문파의 우두머리쯤은 당연히 모르실 수 있지요."

"허허, 벽암문이 소림의 다른 이름임을 모르는 사람이 없는데 어찌 작은 문파라 할 수 있겠소이까?"

"그리 생각해 주시면 고맙지요. 그나저나 오늘 이 자리는 연경무림의 판도를 놓고 비무를 펼치는 자리이긴 하지만 그전에 이 강 모가 모용 노사의 고견을 듣고 싶은 것이 있습니다만……."

강덕린의 말에 모용꾕이 고개를 갸웃하며 되물었다.

"물론 물어보시는 것은 상관없으나 아시다시피 이 사람은 강호의 일에 대해 무지한 사람이라 묻는 말에 답을 드릴 수 있을지 모르겠소이다."

모용꾕의 말에 강덕린이 고개를 저었다.

"지금은 강호의 풍문이 아니라 노고수의 조언이 필요한 때이지요. 제가 여쭙고 싶은 것은 지난 며칠간 이 연경에서 벌어진 혈사에 대한 노사의 의견입니다만……."

"내 의견이라면……."

"제가 알고 있기로 최근에 모용세가에서 이와 비슷한 형태의 혈사에 대해 조사를 한 바가 있다고 알고 있습니다만……."

강덕린의 말에 모용꾕과 송거련, 그리고 우루의 표정이 크게 변했다. 지금 강덕린이 말하고 있는 것은 분명 조산에서의 일이 분명했다. 그런데 조산의 일은 모용세가에서도 극비리에 조사했던 일이라 강호엔 알려지지 않은 일이었다. 그런데 그 일을 알고 있다면 벽암문은 오래전부터 모용세가의 무척 깊은 곳까지 파고들어 와 세가를 살피고 있었다는 말이 된다.

"혹, 조산의 일을 말씀하시는 것이오?"

모용굉이 확인하듯 물었다. 그러자 강덕린이 무겁게 고개를 끄덕였다.

"그렇습니다."

"흠, 벽암문의 저력이야 오래전부터 알고 있었지만 조산의 일까지 알고 있을 줄은 미처 생각지 못했소이다."

모용굉이 차가운 시선을 흘려내며 말했다. 그러자 벽암문주 강덕린의 얼굴에 살짝 곤혹스런 표정이 드러났다. 조산의 일을 언급함으로써 자신들이 요동 모용세가 본가의 움직임까지 살피고 있었다는 사실을 드러냈기 때문이다. 그런데 그런 강덕린의 곤란함을 홍안노가 풀어줬다.

"그 일은 저희 개방에서 벽암문주께 전해 드린 정보입니다. 개방의 거지야 천하에 깔렸으니 가끔 생각지 못한 소식을 듣는 법이지요."

그러나 정말 개방에서 조산의 일을 벽암문에 전한 것인지, 아니면 벽암문의 간자들이 모용세가 깊이 파고들어 활동하고 있는 것인지는 확인할 수 없는 일이었다. 그렇다고 지금 이 자리에서 그런 사실들의 시시비비를 가리고 있을 수도 없었다.

"그렇소이까? 하긴 개방의 형제들은 천하에 퍼져 있으니 그럴 수도 있겠구려. 뭐, 그건 그렇고, 지금 벽암문주께서 내게 묻고 싶은 건 조산의 흉수들에 대한 것이겠구려."

"그렇습니다. 더불어 이번에 연경에서 일어난 일이 과연 조산에서 일어난 혈사와 같은 것인지도 확인해 주시면 고맙겠습니다만……."

벽암문주의 말에 모용굉이 잠시 침묵을 지키다가 나직한 실소를 흘려냈다.

"허허, 참 일이 묘하게 되었구려."

"무슨 말씀이신지……?"

"우린 오늘 지난날 세가의 형제들이 죽은 일의 책임을 묻고, 그대들 삼 파와 연경의 패권을 다투기 위해 이 자리에 왔소이다. 그런데 그런 우리에게 그대들에게 일어난 혈사의 원인을 묻다니… 참 묘한 일 아니오?"

"음, 그것이… 물론 그렇습니다만, 강호의 동도로서 이번 일은……."

벽암문주 강덕린으로서도 얼굴을 붉힐 수밖에 없는 일이었다. 지금 이곳에 나와 있는 벽암문 등 삼 파의 고수들이 모용세가 연경 분파 고수들의 피를 뿌린 것이 바로 얼마 전의 일이 아니었던가.

"혈원을 풀고자 나온 사람에게 강호의 동도라……."

모용굉이 말꼬리를 흐리자 갑자기 곁에 있던 홍안노 유장이 차가운 목소리로 말했다.

"문주, 이쯤에서 그만하십시다. 어차피 오늘은 서로 피를 보기로 한 날, 좋은 말이 오갈 상황이 아니지 않소이까?"

유장의 말에 강덕린은 착잡한 표정을, 모용굉은 한줄기 미소를 흘렸다.

"역시 개방의 고수분께선 식견이 높으시구려. 난 우리가 서로의 은원을 해결하기 전에는 이번에 일어난 혈사에 대해 어떤 말도 하고 싶지 않소이다."

모용굉이 단호한 태도로 말했다. 그러자 지금껏 침묵을 지키고 있던 석가장의 석보명이 입을 열었다.

"마지막 한 패를 잡고 계시겠다는 말씀이시군요."

"뭐, 그리 생각해도 좋소이다. 하지만 일단 비무의 결과를 보는 것이 먼저 아니겠소?"

모용굉의 말에 석보명이 고개를 끄덕였다.

"그렇겠지요. 일단 승부를 본 후 그때 서로 또 다른 것을 교환할 것이 있나 알아보는 것이 순서겠지요."

"역시 석 장로께서 일의 선후를 아시는구려. 그럼 시작해 봅시다. 숲에 숨어 구경하는 사람들 생각도 해줘야 하니."

모용굉의 여유있는 태도에 석보명의 표정이 살짝 변했다.

"우리 삼 파가 이번 혈사로 제법 중요한 고수를 잃었다고는 하나 너무 방심하시면 안 될 것입니다. 우리 쪽엔 아직도 고수가 많소이다."

"물론 어찌 비무를 가볍게 생각할 수 있겠소이까? 그런 걱정은 마시구려."

모용꽹이 한줄기 미소를 흘려내 보이고는 신형을 돌려 모용세가의 고수들이 있는 곳으로 다가서더니 송거련을 보며 물었다.

"한번 시험해 보겠느냐?"

"명이시라면……."

"원참, 대답하고는. 어쨌든 싫지 않다면 나가보거라. 그동안 네 검이 또 얼마나 진보했는지 나도 궁금하니."

모용꽹의 말에 송거련이 고개를 숙여 보이고는 훌쩍 신형을 날려 공터의 중앙 쪽으로 나아갔다. 그러자 그 모습을 보고 있던 우루가 모용꽹에게 은근한 어조로 말했다.

"어르신! 거련 형 다음엔 제게도 기회를 주십시오."

"응? 두 각주도 비무에 나서고 싶다고?"

"그렇습니다."

"하지만 저들은 보통 인물들이 아니야. 각파의 장로 급이라네."

"알고 있습니다. 하지만 제가 패한다고 해도 전체 판세엔 큰 영향이 없지 않겠습니까?"

우루의 말에 모용꽹이 잠시 생각에 잠겼다가 고개를 끄덕였다.

"알겠네. 그리하게. 내 북마가의 소가주가 무척 싸움을 즐긴다는 말은 들었지. 오늘 그 실력을 한번 보지."

"실력이야 보잘것없습니다."

"보잘것없는 실력으로 무청 삼각주의 자리에 오를 수는 없지. 그나저나 이제 시작하나 보군."

모용굉의 말에 우루가 시선을 돌리자 과연 삼 파 쪽에서도 한 명의 인물이 송거련을 향해 걸어나오고 있었다.

"개방의 우홍이라 하네."

송거련의 상대로 나온 사내는 오십대 후반의 나이로 보이는 거지였다.

"첫 상대가 만만치 않구나."

우홍이란 개방의 중년인을 보며 모용굉이 나직이 중얼거렸다.

"대단한 자입니까?"

우루가 물었다.

"제법 대단하다고 할 수 있지. 육결의 고수로 개방의 연경 분타주인 사람이니……."

"저 붉은 얼굴의 노인이 개방의 연경 분타주가 아니었나요?"

"음, 지금이야 홍안노가 연경의 개방도들을 이끌고 있지만 그건 우리 모용세가를 상대하기 위해 특별히 개방 총단에서 홍안노를 보냈기 때문이네. 평시에는 우홍, 저자가 연경의 개방도들을 이끌고 있지."

"그렇다면 정말 보통이 아니겠군요."

"하지만 거련, 저 아이도 이미 한 경지를 넘은 아이니 크게 걱정할 건 없을 거네."

모용굉의 말에선 송거련에 대한 믿음이 묻어났다.

"송거련이라고 합니다. 우 대협의 명성은 익히 들어 알고 있습니다. 뵙게 되어 영광입니다."

"날 알고 있다니 고맙군. 그런데 난 자네의 이름을 들어본 적이 없는데?"

타성으로 풍청 삼각의 각주가 된 송거련의 명성은 모용세가 내에선 제법 대단했다. 그러나 본래 모용세가 풍청의 임무가 천하의 움직임을 은밀히 살피는 일이라 모용세가 이외의 인물들에게 송거련은 그리 알려진 사람이 아니었다.

"무명소졸일 뿐입니다. 한 수 배우겠습니다."

"아니지, 아니야. 대모용세가가 비무의 첫 번째 인물로 내세운 사람이 무명소졸일 리 없지. 기대하겠네."

우홍의 말에 송거련이 대답없이 고개를 끄덕이는 것으로 두 사람의 비무가 시작됐다.

"오자마자 싸움 구경이라, 이건 정말 복이 터졌군."

남독마군이 높다란 바위 위에 올라앉아 싱글거리며 고개를 계곡 아래로 숙였다. 무성하게 자란 나무가 시야를 가렸으나 비무가 벌어지는 공터 위에는 나무가 자라지 않아 파소 등이 앉아 있는 곳에서도 한눈에 공터를 내려다볼 수 있었다. 더군다나 사방이 눈으로 덮여 있어 달빛은 더더욱 밝게 공터를 비추고 있었다.

그러나 신이 난 남독마군과 달리 파소의 표정은 그리 밝지 않았다. 그리고 그건 그의 곁에 자리 잡은 석청도 마찬가지였는데, 이유는 지금 비무장에 나선 모용세가의 고수, 송거련 때문이었다.

"우홍이라고 했지요?"

수십 장 위의 절벽이었지만 아래서 들려오는 소리는 또렷하게 들려왔다. 밤에 흘러나오는 소리가 멀리 퍼져 나가는 이유도 있었지만 절벽 위에서 아래를 살피고 있는 파소 등의 청력이 워낙 뛰어난 이유도 있었다.

"그렇다고 했어요. 유명한 사람인가요?"

"기억에 없어요."

"연경 개방 분타를 맡고 있으면 모용세가에도 알려지지 않나요?"

"이봐요, 우리가 모용세가를 떠난 것이 벌써 십 년이 훨씬 넘은 걸 잊은 거예요?"

"아! 그렇군요. 그때는 그리 유명하지 않았을 수도 있겠군요. 하지만 어쨌든 연경 같은 대도의 개방 분타를 맡고 있다는 것은 무시할 수 없는 실력을 지닌 인물이란 말이겠지요."

"시작하나 봐요."

석청이 손을 들어 아래를 가리키며 말했다. 파소가 시선을 돌리자 과연 호곡의 깊은 계곡 안 공터에서 드디어 송거련의 비무가 시작되고 있었다.

슈숙!

개방의 육결 고수 우홍의 보법은 현란하기 그지없었다. 그는 보는 사람의 눈이 어지러울 정도로 빠르게 송거련의 주위를 맴돌았다. 본래 개방도들은 병기를 잘 사용하지 않는다. 거지가 도검을 들고 다니면 그건 거지가 아니라 강도일 것이니 도검은 개방에 어울리지 않았다. 그 때문에 개방도들은 대부분 적수공권의 무공을 익히고 있었고 병기를 사용하는 무공은 오로지 봉술을 익힐 뿐인데, 타구봉법이라 알려진 개방의 봉법을 대성한 개방 고수는 그리 많지 않은 것으로 알려져 있었다.

대신 개방의 권각법은 강호일절로 이름 높았다. 신묘한 보법을 바탕으로 하는 개방의 권각술은 강력한 장력에 이르러서는 도검의 날카로움을 능가하는 힘을 발휘했다.

그 개방의 명성 그대로 육결 고수 우홍이 보여주는 보법은 신묘하기 이를 데 없었다. 우홍은 한순간 모습이 사라졌다가 전혀 예상치 못하는 방향에서 나타나 송거련을 위협했다. 그러나 송거련의 반응 역시 우홍의 보법 못지않게 장내의 고수들을 감탄시켰다.

송거련은 천년거목처럼 우뚝 서서 조금씩 발을 이동해 시선의 방향을 바꾸는 것으로 현란한 우홍의 보법을 무력화시키고 있었다.

"과연 모용세가! 이름없는 고수까지 이 정도니 도대체 모용세가엔 얼마나 많은 고수들이 있는지 모르겠구나."

우홍의 입에서 비웃음인지 아니면 진심 어린 감탄인지 구분

하기 어려운 목소리가 흘러나왔다. 그리고 바로 그 순간, 우홍의 신형이 송거련의 좌측 어깨 위에 나타나더니 강력한 장력을 떨쳐 냈다.

파앙!

우홍의 두 손바닥이 만들어내는 장력이 송거련의 몸을 번갈아 때려갔다. 송거련은 우홍의 장력에 맞서 대여섯 걸음 뒤로 물러나며 번개처럼 간결한 검초를 뻗어냈다.

"웃!"

순간 우홍의 입에서 한마디 다급성이 터져 나왔다. 송거련의 검에서 검기와 같은 대단한 기운이 솟아난 것은 아니었지만 송거련의 검로는 무서운 힘으로 장력을 때려대는 우홍의 두 팔을 교묘하게 잘라왔던 것이다.

자칫 잘못하다가는 두 팔을 고스란히 송거련의 검에 내줄 뻔한 우홍이 송거련과 마찬가지로 급히 서너 걸음 뒤로 물러나 움직임을 멈췄다.

"젊은 나이에 대단하구나. 모용 노사가 널 비무의 선봉으로 내보낸 이유가 있었어."

우홍의 입에서 경계심이 가득 담긴 목소리가 흘러나왔다. 그러나 송거련은 우홍의 말에 아무런 대답도 하지 않았다. 대신 검을 들어 가볍게 우홍을 향해 겨누었다. 순간 송거련의 검에 아지랑이 같은 기운이 일렁이더니 이내 투명한 기운이 검을 휘감았다. 그리고 다음 순간 검끝에서 한 자 길이의 맑은 검기가 생겨났다.

"검기까지!"

우홍의 입에서 잔뜩 놀란 음성이 흘러나왔다. 공터를 가득 메운 사 파의 고수들 사이에서도 웅성거리는 소리가 적지 않게 흘러나왔다. 당금 강호에서 검기와 도기를 발출할 수 있는 고수는 그리 흔치 않았다. 강호의 무인으로 살아가는 사람들에게 검기를 시전하는 고수를 본다는 건 그야말로 행운이라고 할 수 있었다.

장내에 모인 사 파의 고수들 역시 마찬가지였다. 물론 사 파의 경우, 그 수뇌부들은 도기와 검기를 만들 수 있는 경지에 오른 고수들일 테지만 그들이 문도들 앞에서 자신의 무공을 선보이는 경우는 극히 드물었다. 그러니 사 파의 고수들 역시 검기를 만들어내는 고수의 무공을 실제로 보는 것은 무척 특별한 경험이었다.

"잘못하다간 오늘 이 우홍이 망신을 당하겠구나."

우홍이 경계의 눈빛으로 송거련을 바라보며 두 팔을 기이한 각도로 들어 올려 송거련을 맞을 자세를 취했다.

"그럼!"

송거련이 짧게 말을 뱉어낸 후 번개처럼 우홍을 향해 달려들었다.

쉬이익!

한 올 흐트러짐이 없는 매끄러운 검기가 우홍을 잘라갔다. 모용굉으로부터 이어진 송거련의 검은 어디 하나 나무랄 데 없을 만큼 간결할 뿐 아니라 검기까지 일으키는 힘을 지니고

있었으므로 강호에 젊은 절정검객이 탄생하였음을 알리기에
충분했다.

“오오!”

사람들의 입에서 탄성이 흘러나오기 시작했다. 잘 들어보면
숲에 모습을 감춘 채 비무를 구경하던 자들조차도 은근한 탄
성을 흘려내고 있었다.

“제길, 언제 저렇게 강해진 거지?”

비무를 지켜보고 있던 우루가 투덜대듯 말했다. 물론 송거
련은 북마가에 있을 때부터 뛰어난 재질을 지닌 검사였다. 그
러나 당시 송거련의 무공은 우루의 위가 아니었다. 그런데 모
용굉에게서 모용세가의 검을 사사한 이후 송거련의 검은 우루
보다 한 단계 위에 있는 것이 분명했다. 단적으로 우루는 검에
진기를 주입할 수는 있으나 송거련처럼 검기를 만들어내 그
검기로 상대를 공격할 수 있는 수준이 아니었다.

“특별한 재능을 타고난 아이다.”

모용굉이 우루의 말을 받았다.

“하지만 역시 어르신의 가르침 덕이겠지요.”

한편으로는 질투가 섞여 있는 말투, 그러자 모용굉이 빙그
레 미소를 지으며 말했다.

“물론 내가 저 아이에게 전한 검법이 제법 괜찮은 검법이기
는 하다. 그러나 본가의 젊은 고수들 여럿이 전수받은 검법이
지.. 하지만 그중 저 아이만큼의 성취를 얻어낸 사람은 없다.
이유가 뭔지 아느냐?”

　　모용굉이 묻자 우루가 잠시 침묵을 지켰다가 우울한 말투로
대답했다.

　　"초산 누이 때문이겠죠."

　　"그래, 바로 그 아이 때문이다. 나도 저 아이와 죽은 네 누이
와의 관계는 소문으로 들어 알고 있다. 나는 저 아이에게 직접
그 이야기를 들은 적도, 물어본 적도 없다. 하지만 저 아이의
무공이 네 누이의 죽음에 대한 복수심에서부터 시작되었다는
것은 확실하다. 저 아이의 검에는 한이 서려 있어. 그 한을 바
탕으로 저 아이는 오늘의 경지에 이른 것이다."

　　모용굉이 잠시 말을 끊었다. 어느새 송거련은 거의 일방적
으로 우홍을 몰아치고 있었다. 우홍 역시 강력한 장력과 권기
를 흘려내고 있었으나 송거련의 매서운 검기를 막아내기에는
역부족으로 보였다. 싸움의 양상을 잠시 살핀 모용굉이 다시
입을 열었다.

　　"정말 대단하구나. 못 본 사이 또 한 단계 진보했어. 세상일
이란 것이 모두 양면을 가지고 있지만 저 아이에겐 젊은 시절
의 아픔이 무공의 증진에 큰 도움이 된 듯하구나."

　　"결국 그런 건가요?"

　　"후후, 물론 모든 사람에게 해당되는 말은 아니지. 진정한
아픔을 가진 사람, 그리고 그 아픔을 이겨낼 의지가 있는 사람
에게만 해당되는 말일 게다."

　　모용굉의 말에 우루는 문득 묻고 싶어졌다. 어르신도 지난
날 묵철가에서 겪었던 아픔을 이겨냈냐고. 그러나 그 질문은

감히 입 밖으로 낼 수 없는 질문이었다.

'비무가 끝까지 이어진다면 그때 알 수 있겠지.'

비무가 일곱 번째까지 간다면 모용굉의 검을 볼 수 있을 것이다, 과거 묵철가 백벽에서 한쪽 팔을 잃은 모용굉의 검을.

파파팡!

거친 파열음이 장내를 떨쳐 울렸다. 그 소리에 맞춰 공터를 덮고 있던 눈들이 허공으로 비산했다. 송거련은 교묘한 움직임으로 우홍의 장력을 피해내며 조금씩 우홍과의 거리를 좁혔다. 비록 한 자 길이의 검기를 만들어내기는 했으나 여전히 거리에 있어서는 장력을 쏟아내는 우홍이 유리했다. 물론 지금 우홍이 때려대는 장력은 싸움에 이기기 위해서라기보단 송거련의 공세를 막기 위해서였지만.

슈욱!

어지럽게 비산하는 우홍의 장력이 장내에 일대 혼란을 일으키고 있을 때 갑자기 송거련의 움직임이 빨라졌다. 그의 신형이 지나간 자리에서 미세한 파공음이 일어났다. 그리고 다음 순간 송거련의 신형이 번개처럼 우홍의 왼쪽 옆을 스치고 지나갔다.

삭!

순간 우홍의 옆구리에서 뭔가 베어지는 듯한 소음이 일어났다.

"음……!"

우홍의 입에서 나직한 신음성이 흘러나왔다. 옆구리는 길게 베어져 있었고, 베어진 옷자락 속에서 붉은 선혈이 내비쳤다.

"계속하시겠습니까?"

어느새 신형을 돌려 다시 우홍을 향해 검을 겨누고 있던 송거련이 차가운 목소리로 물었다. 솔직히 이번 비무는 생사결이나 마찬가지였다. 지난번 개방 등 삼 파에 의해 모용세가 고수들이 죽임을 당했으므로 오늘 비무에서 상대의 목숨을 끊어낸다고 해서 송거련이 비난받을 이유는 없었다.

하지만 송거련은 우홍에게 한 번의 기회를 주고 있었다. 지금 패배를 인정하고 뒤로 물러난다면 우홍은 두세 달 요양하는 것으로 다시 건강한 몸을 회복할 수 있을 터였다. 하지만 고집을 피워 계속 송거련을 상대하려 한다면 필시 목숨을 잃을 것이다.

우홍의 얼굴이 벌겋게 달아올랐다. 목숨의 소중함이야 다시 말할 필요가 없다. 그러나 개방의 육결 고수로서의 명예도 소중했다. 스스로 패배를 인정하고 목숨을 구하는 순간 그의 명예는 땅에 떨어질 터였다.

"그만! 물러나게."

중이 자기 머리를 깎기는 어려운 법, 홍안노 유장이 재빨리 달려나와 우홍의 앞을 가로막았다.

"장로님!"

"됐네. 자넨 최선을 다했어. 그거면 됐네. 목숨을 중히 여기게."

유장의 말에 우홍이 입술을 깨물며 뒤로 물러났다. 그러자 홍안노가 송거련을 보며 물었다.

"송거련이라고 했나?"

"그렇습니다."

송거련이 담담한 목소리로 대답했다.

"정말 놀라운 검공이었네. 그 정도 실력이라면 강호에 소문이 날 만도 한데……."

송거련의 이름이 강호에 알려지지 않은 것이 의문스런 홍안노였다. 그러자 홍안노의 질문에 대한 답을 모용굉이 앞으로 나서며 대신했다.

"그 아이의 이름은 듣지 못했겠지만 그 아이가 모용세가에서 맡고 있는 일을 알게 된다면 그 아이의 실력이 이해가 가실 게요. 그 아이는 본 세가 풍청 삼각의 각주요."

"아!"

모용굉의 말에 여기저기서 탄성이 흘러나왔다. 강호에서 모용세가 삼청의 명성은 대단했다. 모용세가를 떠받치는 세 개의 기둥, 금청, 무청, 풍청, 이 삼청에 속한 고수들은 금급무사라 불리는 모용세가 최고의 기재들이라고 할 수 있었다. 그중 풍청은 강호를 은밀히 밀행하며 어두운 곳에서 활동하는 모용세가 최고의 정보 조직으로 유명했다.

송거련이 그 풍청의 한 각을 책임지고 있는 인물이라면 그가 오늘 보인 무위도 어느 정도 이해가 갔다. 물론 그럼에도 불구하고 그의 나이가 너무 젊고 그의 성씨가 모용 씨가 아닌 것에는 여전히 의문이 들지만.

"아, 역시 그는 풍청의 각주였군요. 그렇다면 그의 무공을 이해할 수 있습니다. 그런데… 본래 모용세가 풍청은 모용세가의 혈족만이 각주로 임명되는 것으로 알고 있습니다만……"

"가끔 예외도 있는 법 아니겠소이까?"

모용굉의 말에 홍안노가 고개를 끄덕였다.

"음, 그렇기도 하지요. 하긴 그의 무공 정도라면 충분히 예외를 인정할 만하다 할 수 있을 겁니다. 자, 첫 번째 비무는 우리 쪽이 패한 것을 인정하지요. 두 번째 비무에는 어떤 고수분을 내실지 궁금하군요."

홍안노 유장이 모용굉을 보며 묻자 모용굉이 잠시 생각에 잠겼다가 미소를 지으며 대답했다.

"본래 이런 비무란 그 당사자에게 큰 경험이 되지요. 해서 이번에도 우린 젊은 사람을 내세울까 하외다. 어차피 앞서 한 판을 이겼으니 조금 여유를 부려도 좋을 듯해서 말이오."

"젊은 사람이라면……?"

"하겠느냐?"

모용굉이 고개를 돌려 우루를 바라봤다. 우루로서야 벌써부터 기대하고 있던 소리였다.

"기회를 주셔서 감사합니다."

우루가 모용굉에게 고개를 숙여 보였다. 그러자 모용굉이 미소를 지어 보이고는 홍안노를 돌아보며 말했다.

"모용세가는 다섯 개의 가문에 의해 유지되오."

"모용세가 오대외가의 명성은 누구나 알고 있지요."

"음, 저 아이는 그중 북마가의 소가주이며 본 세가 무청의 삼각주를 맡고 있는 아이오. 난 저 아이에게 좋은 경험을 시켜 주고 싶구려."

모용굉의 말에 홍안노의 볼이 잠시 씰룩였다.

"이 비무는 연경의 패권을 놓고 겨루는 중차대한 비무인데 그런 여유를 보이실 수 있다니 부럽습니다."

"하하하, 아직 비무가 많이 남아 있어 부릴 수 있는 여유가 아니겠소이까?"

모용굉의 말에 홍안노가 잠시 우루를 바라본 후 고개를 돌려 다른 두 파의 수뇌들을 보며 물었다.

"누가 저 젊은 친구를 상대하면 좋겠소이까?"

홍안노의 물음에 석가장의 석보명도, 벽암문의 강덕린도 쉽게 답을 하지 못했다. 물론 세 문파에는 우루를 상대로 승리를 취할 고수가 적지 않았다. 하지만 상대의 나이가 있으니 삼 파에서 노고수를 내어 상대하는 것은 모양새가 좋지 않았다. 그렇다고 얼추 나이가 비슷한 사람을 내었다가 패하기라도 하면 오늘 비무가 크게 어려워질 수 있었다.

삼 파 수뇌들의 고민이 길어지자 불쑥 석가장의 고수들 중 한 명이 앞으로 나서며 석보명에게 말했다.

"장로님, 제가 나서보지요."

"응? 삼군장이?"

“그나마 제가 오늘 이곳에 온 삼 파의 사람들 중 나이가 어린 축에 속하니……”

사내의 말에 석보명이 잠시 고민하는 기색을 보이다가 고개를 끄덕였다.

“좋네, 그럼 그렇게 하시게. 하지만 조심하게. 상대가 어리다 얕보면 안 되네.”

“걱정 마십시오. 이미 앞서의 비무를 보았으니 충분히 조심하겠습니다.”

사내의 말에 석보명이 고개를 끄덕인 후 홍안노 유장과 강덕린을 보며 말했다.

“이번 비무는 본 장의 사위천군 중 삼군을 맡고 있는 이 사람에게 맡기는 것이 어떻겠습니까?”

석보명의 말에 유장과 강덕린의 얼굴에 희색이 돌았다.

“석가장 사위천군의 삼군장인 이 대협이라면 믿을 만하지요.”

유장이 고개를 끄덕였다.

“어려운 비무를 맡아주시니 고마울 따름이외다.”

강덕린 역시 흡족한 미소를 지으며 말했다. 두 사람의 동의를 얻자 석보명이 삼군장이라는 사내를 보며 말했다.

“두 어른께서 허락하셨으니 비무에 나서게. 중요한 비무이니 신중을 기해야 하네. 상대가 비록 젊지만 비무에서 방심은 곧 패배로 이어짐을 잊지 말게.”

석보명의 단단한 경고에 사내가 굳은 표정으로 말했다.

"믿고 맡겨주시니 반드시 좋은 결과를 얻어내겠습니다."

"좋아, 그럼 나가보게."

석보명의 말에 중년 사내가 훌쩍 신형을 날려 이미 공터의 중앙에 서 있는 우루 앞에 내려섰다.

"난 석가장 사위천군의 삼군을 맡고 있는 이품언이라 하네. 북마가의 젊은 소가주가 뛰어난 도법을 지니고 있다는 소문은 익히 들어 알고 있네. 만나서 반갑네."

이품언이라 자신의 이름을 밝힌 사내가 우루를 보며 말하자 우루가 굳은 얼굴로 살짝 고개를 숙여 보이며 말했다.

"모용세가 북마가의 두우루라고 합니다. 저 역시 태원 석가장의 사위천군에 대한 명성은 익히 들어 알고 있습니다. 당연히 이 대협에 대한 소문 역시 오래전부터 들어왔습니다. 부디 오늘 한 수 가르침을 바랍니다."

"하하하, 모용세가 무청 삼각의 각주에게 어찌 가르침을 줄 수 있겠나. 서로 최선을 다하세."

"그리 말씀해 주시니 감사합니다. 그럼 시작하지요."

우루가 무겁게 검을 검집에서 끄집어냈다. 그러자 이품언 역시 대도를 허리춤에서 꺼내 들었다.

두 사람은 각자의 병기를 꺼내 든 후 잠시 서로를 노려보다 한순간 폭풍처럼 서로를 향해 달려들었다.

차차창!

강렬한 격돌음이 삽시간에 장내를 가득 메웠다. 폭풍이 일듯 눈발이 날리고 달빛이 도검의 눈부신 광채에 부서져 나갔다.

"오오!"

사방에서 두 사람의 비무에 흥분한 사람들의 탄성이 흘러나왔다.

그러나 자세히 보면 두 사람의 비무는 앞서 벌어진 송거련과 우홍의 비무에 비해 그 수준이 한 단계 떨어진다고 할 수 있었다. 도기와 검기의 발출도 없었고, 강력한 공력을 바탕으로 한 미려한 보법도 찾아보기 힘들었다. 대신 두 사람은 강력한 본신의 힘을 바탕으로 거칠고 광포한 도법과 검법으로 서로에게 맞서고 있었다.

하지만 본래 사람들이란 이런 광포한 격돌에 흥분하는 법이다. 미세한 차이를 만들어내는 팽팽한 겨룸보다는 이렇게 상대를 향해 온몸으로 부딪쳐 가는 비무가 사람들의 피를 끓게 만드는 데는 더 효과적이었다.

"앗!"

"위험해!"

비무의 중간 중간 사 파 고수들의 입에서 탄성과 탄식이 동시에 흘러나왔다. 흉험한 도검은 우루와 이품언의 목과 심장을 아슬아슬하게 흘려 나가고 있었고, 두 사람은 끝없이 공력을 끌어내며 한 치의 물러섬도 없이 비무를 펼치고 있었다.

"여전하군요."

계곡 아래에서 벌어지고 있는 비무를 내려다보고 있던 석청이 고개를 흔들며 말했다.

"본래 북마가의 북풍검은 거칠지요."

"북풍검이 거친 것이야 누구나 아는 사실이지만 두 소가주의 저 괄괄한 성정은 정말 나이를 먹어도 변하지 않는군요."

"그게 저 친구의 매력이지요."

"하지만 위험하기도 하잖아요. 자신의 몸을 통 돌보지 않으니……."

석청이 혀를 차자 곁에 있던 남독마군이 불쑥 두 사람 대화에 끼어들었다.

"두 사람이 잘 아는 친구인 모양이군."

"저보다는 이 사람과 가까운 사람이지요. 아마 세상에서 가장 가까운 사람일걸요? 저 빼고요."

석청의 말에 남독마군이 놀란 얼굴로 파소를 바라봤다.

"정말 소천과 그렇게 가까운 사람인가?"

"어린 시절 좋은 인연을 맺은 친구지요."

"허, 그러면 큰일인걸!"

남독마군이 갑자기 걱정스런 표정을 지었다.

"뭐가요?"

석청이 묻자 남독마군이 심각한 얼굴로 대답했다.

"저 비무 말일세. 내가 보기엔 결국 나이 든 쪽이 이길 것 같은데… 저렇게 무식하게 붙어서야 결국 공력이 강한 쪽이 유리하지 않겠는가? 공력이라면 당연히 오랜 세월 적공한 사람이 나을 것이고… 보시게, 소천의 친구라는 저 젊은이의 검법이 서서히 흔들리고 있지 않은가?"

남독마군의 지적은 정확했다. 우루와 이품언의 비무가 이백여 초를 넘어가자 싸움의 유불리가 서서히 가려지고 있었다. 우루의 검은 여전히 광포하게 상대를 노리고 있었지만 그 광포함 속에 숨어 있던 날카로움은 많이 무뎌진 상태였다.

반면 이품언은 어느 순간부터 제법 여유를 갖고 우루를 상대하고 있었다. 이젠 우루의 공세를 차분히 받아내며 그 빈틈을 노리는 방식으로 비무에 임하고 있는 이품언이었다.

그래서 겉으로는 언뜻 우루가 승기를 잡은 듯 보이지만 고수들이라면 누구나 이품언이 안정세에 들어서고 있는 반면 우루가 조급해하고 있음을 알아챌 수 있었다.

"애초부터 두 사람의 무공은 차이가 있었지요."

파소가 담담하게 말했다.

"소천, 친구가 위기에 몰릴 텐데 걱정도 되지 않는 건가?"

남독마군이 의아한 얼굴로 물었다. 그러자 파소가 미소까지 지으며 말했다.

"애초에 승리를 위해 나온 비무가 아니었을 겁니다. 지금 모용세가를 상대하는 삼 파는 강호에서도 내로라하는 명문들이지요. 모두 남칠문에 뿌리를 두고 있으니까요. 또한 이 자리엔 그 삼 파의 노고수들이 여럿 나와 있습니다. 이런 상황에서 우루가 비무에 나왔다는 건 승리보다는 경험을 쌓게 해주려는 모용 노사의 배려 때문일 겁니다."

"허, 그렇다면 모용세가 쪽에선 오늘의 비무를 승리로 이끌 자신이 있다는 말이군, 하나의 비무를 아예 포기할 정도면."

"그렇다는 말이겠지요."

깡!

파소의 말이 끝나는 순간, 절벽 아래에서 강렬한 격돌음이
일어났다.

"이크, 비무가 끝났군."

남독마군이 얼른 시선을 계곡 아래로 돌렸다. 그러자 과연
장내의 비무는 어느새 끝이 나 있었다. 우루는 이품언으로부
터 십여 장이나 멀어진 채 무릎을 꿇고 이품언을 노려보고 있
었고, 이품언은 승자의 여유를 드러낸 채 도를 내려뜨리고 우
루의 눈빛을 받아내고 있었다.

"잘 배웠습니다."

문득 무릎을 꿇은 채 이품언을 노려보던 우루가 힘겹게 몸
을 일으켜 이품언을 향해 포권을 했다.

"나도 오늘 좋은 배움을 얻었네. 훌륭했네."

이품언 역시 만족스런 표정으로 포권을 했다. 둘은 짧은 순
간 서로를 향해 날카로운 시선을 교환하더니 이내 신형을 돌
려 각자의 동료들이 있는 쪽으로 움직였다.

第九章

일월만류진의 힘

　"역시 합격진을 수련한 고수들이 있었군요. 애초에 조건을 내놓으실 때 예상은 하고 있었습니다만."

　석보명이 우루 다음으로 모용세가에서 내놓은 비무자들을 보며 고개를 끄덕였다. 모용세가 쪽에서 삼 인의 중년 고수가 공터의 중앙으로 나섰기 때문이다.

　"본 세가의 합격진은 제법 쓸 만하다오. 좋은 구경이 될 것이오."

　"그런가요? 그렇다면 우리 쪽도 세 명의 고수를 내어야겠군요. 우리 쪽에서 홀로 모용세가 세 분의 고수를 상대할 인재는 없으니 말입니다."

　"좋을 대로."

모용굉이 고개를 끄덕였다. 그러자 석보명이 홍안노 유장과 벽암문주 강덕린을 보며 말했다.

"어떻소이까, 우리 삼 파는 비록 서로 다른 무공을 수련한 사람들이지만 이번 연경의 일을 함께 도모하였으니 각파에서 한 사람씩 고수를 내어 모용세가의 합격진을 상대해 보는 것이?"

석보명의 이 제안은 무척 위험한 제안일 수도 있었다. 본시 합격진이란 같은 형태의 무공을 익힌 사람들이 수년간의 수련을 거쳐 완성하는 무공이었다. 그 합격진의 위력은 한 사람이 무공을 펼칠 때와는 차원이 달라서 쉽게 상대하기 힘든 면이 있었다.

그런 모용세가의 합격진을 상대하는 데 서로 다른 문파의 고수 삼 인이 나선다면 서로의 손발이 맞지 않아 곤욕을 치를 수도 있었다. 홍안노와 강덕린 역시 이런 이치를 모두 잘 알고 있었으므로 쉽게 석보명의 제안에 답을 하지 못했다. 그러자 석보명이 다시 입을 열었다.

"물론 모용세가의 고수분들은 오랜 시간 합격진을 연성하였겠으나 우리 삼 파도 강호에서 내로라하는 고수들을 가지고 있소이다. 고수란 서로 눈빛만 봐도 상대의 마음을 알아보는 것, 뛰어난 고수라면 비록 오늘 처음 보는 사이일지라도 서로 손발을 맞추는 것이 그리 어렵지 않을 것이외다."

석보명은 뛰어난 고수란 소리에 힘을 주어 말했다. 석보명의 말을 들은 홍안노와 강덕린의 눈빛이 번뜩였다. 석보명이 말한 의미를 그제야 깨달았기 때문이다.

본시 합격진은 여러 사람이 진의 힘을 빌어 고수를 상대하기 위해 만들어지는 경우가 대부분이었으므로 대체로 합격진을 익히는 사람은 각파의 절기를 완성할 만한 기재들은 아닌 것이 보통이었다. 다시 말해 합격진의 수련이 필요하다는 말은 곧 그 합격진을 익힌 사람들의 무공이 홀로 강호 고수를 상대하기 어렵다는 의미, 그렇다면 석가장 등 삼 파에서 뛰어난 고수들을 하나씩 내보낸다면 개개인의 무공에서 우위에 있는 삼 파가 어쩌면 쉽게 이 비무에서 승리할 수도 있었다. 다시 말해 석보명의 말인즉, 각파에서 최고의 고수를 이번 비무에 내자는 말이었다.

어차피 정해진 비무는 일곱 판. 그중 한 판씩의 비무에서 서로 승리를 했으니 이제 남은 다섯 판 중 세 판을 이기는 쪽이 이 비무의 승자가 된다. 그리고 이번 비무엔 삼 인의 비무자가 나섰으니 이번 비무의 승리를 가져가는 쪽이 연경무림을 차지하게 되는 것이다. 결국 이번 비무는 고수를 아낄 이유가 없는 비무인 것이다.

"좋소이다, 그리합시다."

"나도 찬성이오."

강덕린과 홍안노가 나란히 고개를 끄덕였다.

"그럼 본 장이 먼저 사람을 내지요. 본 장에선 저와 함께 장로 직을 맡고 있는 제 아우가 비무에 나설 것이외다."

석보명이 말을 하며 뒤를 돌아보자 석가장의 고수들 사이에서 초로의 한 인물이 천천히 공터로 걸어나왔다. 그리곤 좌중의 고수들을 돌아보며 포권을 해보인 후 천천히 자신을 소개했다.

"석가장의 석관해라 하오. 여러 동도들을 뵙게 되어 반갑소이다."

석관해가 자신을 소개하자 장내에 작은 소란이 일었다. 석관해라면 석가장 십이장로 중 한 명으로, 무공에 있어서는 석보명에 뒤지지 않는 고수로 알려진 인물이었다.

석관해가 나서자 이번엔 강덕린이 고개를 돌려 자신의 문도들 중 한 명에게 눈짓을 했다. 그러자 벽암문의 고수들 중 한 명이 가볍게 도약해 삼 장여를 날아 석관해의 곁에 내려서며 좌중을 향해 포권을 했다.

"벽암문의 강황이라 하외다."

그러자 이번엔 석관해가 비무에 나섰을 때보다 더 큰 소란이 일었다. 강황이 누구인가. 벽암문주 강덕린의 사촌 아우로, 벽암문의 부문주 자리에 있는 사람이었을 뿐 아니라 소림의 달마검에 있어서 벽암문주와 쌍벽을 이루는 고수로 알려진 자였다.

"허허허, 이거 벽암문과 석가장에서 귀한 분들을 내주셨는데 막상 우리 개방에선 그에 걸맞은 인재가 없구려. 어쩔 수 없이 이 늙은 거지가 직접 나설 수밖에 없겠소이다."

홍안노의 말이 떨어지는 순간 장내가 시장판처럼 술렁이기 시작했다. 홍안노가 누군가. 천하 각지에 지파를 가지고 있는 개방의 칠결 장로였다. 개방에서 칠결 장로는 언제든 개방의 방주 자리에 오를 수 있는 신분이다. 개방의 방주는 오 년마다 개방 장로들의 회합에서 결정되므로 홍안노 역시 개방 방주 자리에 오르지 못하리란 법이 없는 사람인 것이다. 그런 그가 비무에 나서겠다고 했으니 장내에 이는 소란은 당연한 것이었다.

"자, 그럼 서로 상대가 정해졌으니 시작해 보십시다."

홍안노가 공터의 중심으로 걸어나가며 비무를 주도하기 시작했다. 그리고 그런 홍안노의 태도에 누구도 이의를 달지 않았다. 홍안노는 그럴 만한 자격이 있는 인물이기 때문이었다.

"홍안노께서 직접 나설 줄은 몰랐구려."

모용굉도 조금 놀란 얼굴로 홍안노 유장을 보며 말했다. 그러나 그의 얼굴에는 비무에 대한 걱정 같은 것은 드러나 있지 않았다.

"뭐, 사람이 없으니 별수 없지요. 그럼 시작해 볼까요?"

홍안노 유장은 얼른 이 비무를 끝내고 싶다는 기색이 역력했다. 어쩌면 개방 장로인 자신이 나선 이상 비무의 승패는 이미 정해졌다고 생각하고 있는지도 몰랐다. 홍안노의 말에 모용굉이 실낱 같은 미소를 머금더니 비무를 위해 공터에 나선 세 명의 모용세가 고수를 향해 말했다.

"세 현사는 최선을 다해 삼 파의 고수분들을 상대해 드려라. 패배는 두려워하지 말라. 상대가 강호 최고의 고수분들이니 패배가 부끄럽지는 않을 것이다. 하지만 최선을 다하라. 본 세가의 연경 사업이 달려 있는 일이다.”

모용굉의 말에 세 명의 모용세가 고수가 신형을 돌려 모용굉에게 일제히 포권을 해 보였다.

“명심하겠습니다, 어르신!”

“좋아, 믿겠다.”

모용굉이 고개를 끄덕이자 세 명의 모용세가 고수가 굳은 표정으로 홍안노 등을 향해 돌아서더니 삼각형의 대형을 이루며 합격진의 준비를 시작했다.

“상대가 너무 강한 것 같아요.”

석청이 걱정스런 표정으로 말했다. 석청은 파소를 따라 모용세가를 떠나기 전 제법 강호에 출입한 경험이 많았으므로 지금 모용세가 고수들이 상대해야 하는 자들이 어떤 인물들인지 잘 알고 있었다. 그들은 강호에서도 일류고수라 손꼽히는 자들이었다.

“재밌는 대결이 될 거예요.”

석청이 걱정스런 표정인 대신에 파소의 얼굴은 평온했다. 어쩌면 모용세가에 대한 정이 석청만큼 크지 않기 때문인지도 몰랐다.

“상대가 될까요?”

석청이 다시 물었다. 그러자 파소가 석청을 돌아보며 안심시키듯 말했다.

“아마 오늘 강호에는 한 가지 소문이 나게 될 거예요.”

"그게 무슨 말이에요?"

"모용세가의 저력이 지금까지 알려진 것 이상이라는 소문이 날 거란 말이지요."

"설마, 당신은 모용세가의 저 세 고수가 삼 파의 고수들을 이길 거라고 보시는 거예요? 전 모용세가의 사람이었지만 세가를 대표해 나선 저 삼 인의 이름도 모른다구요. 제가 모르는 자들이라면 세가에서도 그리 중요한 인물들이 아니에요. 그들이 어찌 삼 파의 노련한 고수들을 상대로 승리를 이끌어낼 수 있겠어요. 아마 최선의 경우가 진에 의지해 비무를 무승부로 끝내는 걸 거예요."

석청의 말에 이번엔 단보가 나직하게 입을 열었다.

"그건 석 부인이 일원만류진의 위력을 보지 못했기 때문에 하는 말이네. 그리고 본시 어느 문파든 일정한 수의 고수는 어둠 속에 숨겨놓기 마련이거든."

"설마 어르신도 이 사람과 같은 의견이신 건가요?"

"흠, 나도 굳이 내기를 걸라면 모용세가의 세 고수에게 돈을 걸겠네."

"도대체 진의 위력이 어느 정도이기에……?"

"두고 보면 알 걸세. 검산 고수들도 막아낸 절진이네. 실망하지 않을 걸세."

단보의 말이 끝나는 순간 공터에선 드디어 삼 대 삼의 비무가 시작되고 있었다.

"뭐야?"

"저, 저런!"

장내가 온통 당혹스런 탄성으로 가득 찼다. 모용세가의 세 명 고수와 개방의 홍안노 등 삼 파 고수 간의 비무가 시작된 지 채 십 초가 지나지 않아 일어난 현상이었다.

우우웅!

거친 진기의 떨림 소리와 함께 눈발이 폭풍처럼 소용돌이쳤다. 그 눈발의 소용돌이는 삼각의 대형을 유지하고 있는 모용세가 고수들을 휘감고 있었는데, 홍안노 등 삼 파 고수의 공격이 있을 때마다 그 눈의 소용돌이는 마치 두터운 솜처럼 삼 파 고수들의 공세를 빨아들였다가 튕겨냈다.

해서 삼 파 고수들의 공격은 매번 무위로 돌아가고 있었다. 그러니 삼 파 고수들의 능력을 알고 있는 장내의 고수들로서는 놀라지 않을 수 없는 일이었다.

"저게, 바로 그 진의 위력인가요?"

절벽 위에서 비무를 지켜보고 있던 석청이 파소를 돌아보며 물었다.

"그래요. 바로 일원만류진의 위력이지요. 지난번 홍안령에서 일원만류진을 익힌 사람들, 모용세가에선 그들을 현사라 부르는 것 같더군요. 그들 중 일부는 살아남아 있으니 그들이 살아 있는 동안에는 모용세가가 검산 이외의 문파로부터 위협을 받을 일은 없을 거예요."

"그나마 다행이군요. 그들 일부라도 살아 있으니……"

석청이 안도의 한숨을 내쉬며 말했다. 그런데 그때 남독마군이 불쑥 입을 열었다.

"그런데 저래 가지고는 승부가 나지 않을 것 같은데……?"

"무슨 말이세요?"

석청이 묻자 남독마군이 손을 들어 비무가 벌어지는 공터를 가리키며 말했다.

"지금 모용세가의 고수들은 오직 상대의 공격만을 막아내고 있지 않은가? 그러니 저 비무의 승부를 어찌 낼 수 있겠나?"

"정말 그렇네요. 저 진은 방어에만 치중되는 건가요?"

석청이 다시 파소에게 묻자 파소가 미소를 지으며 대답했다.

"그렇진 않을 거예요. 저 진으로 모용세가는 과거 천하를 지배하는 왕조를 세웠어요. 그러니 당연히 때가 되면 공격을 하게 되겠죠. 아마 지금은 삼 파 고수들의 공력을 소진시키기 위해 일부러 공세를 취하지 않고 있을 거예요."

"흠, 그럼 이 비무는 조금 길어지겠군요."

석청의 말대로 비무는 길어졌다. 눈발이 모두 일어나 언 땅이 드러날 때까지도, 양측의 고수가 이백여 초를 넘을 때까지도 비무의 승부는 한쪽으로 기울어지지 않았다. 그리고 그렇게 긴 비무가 지속되자 서서히 삼 파 고수들의 움직임이 둔해지기 시작했다.

아무리 강호의 일류고수라 할지라도 이백 초가 넘는 공수의 교환에서 공력의 소모가 없을 수는 없었던 것이다. 그리고 삼파 고수들의 움직임이 둔해지자 드디어 모용세가 삼 인의 현사가 펼친 일원만류진의 소진이 변화를 일으켰다.

"환(換)!"

갑자기 진 속에서 한마디 날카로운 외침이 터져 나오자 진의 형태가 미세하게 변했다. 지금까지의 진은 삼각의 형태를 유지하고 있었지만 그 경계가 두루뭉술해서 마치 원형진과 같은 모습이었지만, 날카로운 외침이 터져 나오는 순간 진은 완전한 삼각의 형태를 이룬 채 세 꼭짓점 부근에서 날카로운 검이 모습을 드러냈던 것이다.

"웃!"

그동안 수비는 도외시하고 오직 진을 깨뜨리기 위해 공격을 해대고 있던 삼 파의 고수들 입에서 한순간 다급성이 토해졌다. 갑작스런 모용세가 고수들의 반격은 빠르고 치열해서 순식간에 삼 파의 고수들을 위기에 빠뜨렸다.

더군다나 홍안노 등 삼 파의 고수들은 그동안 상대의 반격이 없어 상대의 진에 대해선 감탄하고 있었으나 상대의 무공에 대해선 은연중에 무시하는 마음을 가지고 있던 터였다. 그런 상태에서 이루어진 모용세가 고수들의 빠르고 강한 반격은 삼 파의 고수들을 위기에 빠뜨리기에 충분했다.

슈우욱!

삼면으로 삐져나온 검 중 하나가 벽암문의 부문주 강황의 옷깃을 베었다. 반면 홍안노와 석관해는 당황 속에서도 큰 위기에 빠지지 않고 모용세가 고수들의 반격을 흘려보냈다. 이 한 번의 움직임에서 벽암문의 강황이 홍안노나 석관해에 비해 무공이 떨어진다는 사실이 증명되었다.

그런데 그 사실이 드러나는 순간, 마치 그물이 날아오르는 새를 덮치듯 모용세가 고수들이 만든 삼각형의 진이 한쪽으로 물러나는 강황을 덮쳐 갔다.

"엇!"

강황의 입에서 자신도 모르는 사이에 당황스런 음성이 흘러나왔다. 가장 약한 쪽을 먼저 치는 것이 병법의 정도, 모용세가의 세 현사는 그 법칙을 잊지 않고 약세를 보이는 강황을 먼저 제압하려 하는 것이었다.

"어딜!"

모용세가 고수들이 만든 진이 강황을 덮쳐 가자 반격에 밀려 잠시 뒤로 물러났던 홍안노와 석관해가 대경하며 강황을 덮쳐 가는 세 명의 모용세가 현사를 향해 날아들었다.

우웅!

그런데 그 순간 다시 기이한 일이 벌어졌다. 모용세가 고수들의 후미를 공격하던 석관해의 도가 한순간 진 안쪽으로 파고들어 가나 싶더니 들어가는 속도보다 빠르게 밖으로 튕겨 나왔던 것이다.

퍼펑!

그리고 연이어 이어진 홍안노의 장력 역시 마찬가지였다. 강력한 진기를 머금은 홍안노의 장력이 벼락같은 충돌음을 만

들어내고는 이내 모용세가 고수들의 진에 의해 튕겨져 나왔
다.

그리고 그사이 어느새 삼 인의 모용세가 고수는 한순간에
강황을 자신들이 만든 진 안쪽으로 몰아넣고 있었다.

카캉!

날카로운 굉음이 모용세가 고수들이 만든 진 안에서 터져
나왔다. 그리곤 다음 순간 먹은 음식을 토해내듯 진 안에서 강
황의 신형이 튕겨져 나왔다.

"으음……!"

진에서 튕겨져 나온 강황의 입에서 깊은 신음성이 흘러나왔
다. 그의 몸에는 여러 줄기의 혈선이 그어져 있었는데, 한눈에
보아도 목숨이 위중한 부상을 입은 것이 분명해 보였다.

"뒤로 물러나시오!"

홍안노가 진으로부터 튕겨 나와 비틀거리는 강황의 앞을 막
으며 소리쳤다. 어느새 강황을 따라온 모용세가 고수들의 검
이 강황의 심장을 노리고 있었기 때문이다.

콰쾅!

다시금 장내에 강력한 격돌음이 일어났다.

"으음!"

그리고 이번엔 홍안노가 주르륵 뒤로 밀려 오 장여를 이동
한 후 겨우 신형을 바로 세웠다. 강황을 구하기 위해 무리하게
모용세가 고수들의 진을 막아섰다가 강력한 검기에 적지 않는
내상을 입고 뒤로 물러난 것이었다.

하지만 그것이 끝이 아니었다. 일단 홍안노를 진에서 멀리 밀어낸 모용세가 고수들이 한순간에 방향을 틀어 장내에서 벌어지는 일을 놀란 눈으로 바라보고 있는 석관해를 덮쳐 갔던 것이다.

"아아!"

누군가의 입에서 탄성이 흘러나왔다. 석관해를 향해 덮쳐 가는 모용세가 고수들의 눈에서 시퍼런 살기가 일렁였고, 그들의 검은 거칠 것 없이 석관해의 몸을 관통할 것처럼 보였다. 그렇게 석관해가 모용세가 고수들의 검세에 휘감기려는 찰나, 장내를 떨쳐 울리는 한마디 음성이 터져 나왔다.

"그만!"

갑작스레 터져 나온 목소리가 얼마나 컸던지 단숨에 석관해를 베어버릴 듯하던 삼 인의 모용세가 현사의 움직임까지 얼은 듯 멈춰 버렸다. 그리고 당연하게도 사람들의 시선이 목소리의 주인공에게로 향했다.

"정말… 대단한 합격진이로구나."

비무를 멈추게 한 사자후의 주인공은 석보명이었다.

"형님!"

석관해가 석보명을 보며 불만스런 표정을 짓자 석보명이 고개를 저었다.

"아우, 그만하게. 이미 이 비무는 승리할 수 없는 비무야. 아니 그렇소이까?"

석보명이 멀찍이 물러나 있는 홍안노 유장에게 묻자 유장이 비통한 표정으로 고개를 끄덕였다.

"석 노사의 말씀이 옳소이다. 이 비무는… 아, 참으로 놀라운 진입니다."

홍안노가 탄식과 같은 감탄사를 흘려냈다. 그러고는 고개를 저으며 개방도들이 모여 있는 곳으로 이동했다.

"왜 지난 몇 년간 모용세가가 그토록 활발하게 강호로 진출했는지 이제야 이해가 가는군요."

홍안노가 물러나자 석보명이 모용굉을 보며 말했다. 그러자 모용굉이 빙그레 미소를 지으며 말했다.

"이번엔 본 가의 운이 좋았던 모양이외다."

"운으로 보기엔 너무 신묘한 진이더군요. 이 진은 어디서 연원한 진입니까?"

석보명의 물음에 모용굉이 미소를 지으며 말했다.

"아주 오래전부터 내려온 세가의 비전이었는데, 최근 들어서야 그 진수를 알게 되었소이다."

"음, 역시 모용세가의 저력은 무섭군요."

석보명이 여전히 염탐하는 듯한 시선으로 모용굉을 보며 말하자 모용굉이 슬쩍 석보명의 시선을 피하며 입을 열었다.

"자, 이렇게 되면 비무는 끝이 난 것이구려."

모용굉의 말에 석보명과 삼 파 수뇌들의 표정이 변했다. 하지만 이미 드러난 결과를 다시 물릴 수는 없었다. 또한 애초의 약속을 어길 수도 없었다. 오늘 이곳에서 벌인 모용세가와 나머지 삼 파와의 비무는 제법 은밀히 진행되었다지만 아마도 한 달이 채 지나지 않아 강호 전역으로 전해질 터였다. 비무에 걸린 약속을 어긴다는 건 곧 삼 파가 강호 전체에 신뢰를 잃게 되는 것이나 마찬가지였다.

"음, 비무의 패배를 인정하지요."

석보명이 가볍게 고개를 숙여 보였다.

"그럼 애초의 약조대로 일이 진행될 거라 생각하겠소."

"휴, 강호 동도들 모두가 증인인 약속이니 어찌 지키지 않을 수 있겠습니까? 이제 이 연경의 패자는 모용세가입니다. 우리 삼 파에선 모용세가에 양보할 사업들을 정리해 놓겠습니다."

"흠, 역시 명가의 고수분들이라 일 처리가 깨끗하구려. 이렇게 시원하게 일 처리를 해준 보답으로 내 한마디 충고를 해드리리다."

모용굉의 말에 석보명과 홍안노, 그리고 강덕린의 눈빛이 번뜩였다. 현재 모용굉이 줄 수 있는 충고란 분명 최근 일어난 연경 혈사에 관한 일일 것이기 때문이었다.

"노사의 충고, 경청하겠습니다."

"음, 알고 계시듯 최근 이 연경에서 일어난 혈사는 몇 달 전 본 세가의 권역인 조산 인근 마을에서 일어났던 혈사들과 흡사한 면이 있소이다. 물론 다른 점도 있고 말이오."

"어떤 점이 같고, 어떤 점이 다른지요?"

"같은 것은 죽은 자들의 시신에 나타나는 반응이오. 모두들 목내이처럼 정혈이 마른 모습을 보이는 점이 조산에서 일어난 혈사와 동일하외다. 반면 다른 점이라면 조산 인근에서 벌어진 혈사는 무림인이 아닌 양민을 대상으로 일어난 일인 반면, 이곳에서 일어난 혈사는 철저히 무림인이 그 대상이 되었다는 것이 다르오."

"그렇군요. 그런데 모용세가에선 그 조산의 혈사를 꽤 오랫동안 조사한 것으로 알고 있습니다만… 혹, 흉수에 대한 단서는……."

석보명의 물음에 모용굉이 심각한 표정으로 대답했다.

"조산의 일을 오랫동안 조사한 결과, 그 일은 밀천궁의 요승들이 벌인 일이란 걸 알아냈소이다."

"밀천궁!"

석보명의 입에서 탄성이 흘러나오고 장내의 고수들이 웅성거리기 시작했다. 밀천궁에 대한 소문은 이미 강호에 널리 퍼져 있었다. 강호에서 활동하는 여협들을 요상한 법술로 유인하여 해괴한 짓거리를 하는 문파라는 소문에 강호의 각 문파들은 여고수들을 강호에 내보낼 때 항상 밀천궁의 요승들에 대해 주의를 주는 것이 보통이었다.

오래전 서장 라마교를 주관했던 홍교의 무리들이 황교에 의해 서장에서 쫓겨난 후 만든 이 밀천궁은 강호의 대표적인 사파로 이름 높았다.

"밀천궁이라면… 이건 조금 이상하구려."

일원만류진에 밀려 비무에 패해 의기소침해 있던 개방의 홍안노가 문득 의문을 드러냈다.

"무엇이 말이외까?"

석보명이 되묻자 홍안노가 정색을 한 표정으로 말했다.

"밀천궁의 악행은 오래전부터 강호의 문젯거리였으므로 본 방에서도 그들의 행적을 주시하고 있었지요. 해서 그들에 대한 정보를 본 방에서도 어느 정도 가지고 있소이다. 그런데 그 정보에 비춰보면 이번 연경 혈사는 그동안 그들이 보여왔던 행태와는 사뭇 다른 점이 있소이다."

"어떤 점이 말이오?"

"먼저 그들이 혈사를 벌이는 곳이 다릅니다. 그동안 그들은 연경 같은 큰 성에서는 결코 혈사를 일으키지 않았소이다. 그들은 항상 사람들이 없는 한적한 곳에서 혈사를 일으켜 왔소이다. 그리고 두 번째는… 이것이 가장 중요한 것 같소이다만, 비록 그들이 강호의 이름난 악인들이라 할지라도 그들의 실력으로 과연 남칠문이나 동삼문, 혹은 북삼룡의 고수들을 이렇게 쉽게 살해할 수 있느냐는 것이외다."

홍안노의 말에 장내 고수들의 얼굴에 의혹의 빛이 드러났다.

"음, 확실히 일리가 있는 말씀이외다. 그들의 무공이 제법 대단하다 해도 감히 이 연경에서 남칠문을 대상으로 혈겁을 일으킬 만한 실력은 아니라고 생각되오만……."

강덕린 역시 홍안노의 의견에 동조하는 모습이었다. 그러자 지금껏 침묵을 지키고 있던 모용굉이 다시 입을 열었다.

"내 한 가지 이야기를 더 해드리리다."

모용굉의 말에 장내 고수들의 시선이 일제히 모용굉에게로 향했다. 모용굉의 표정으로 보건대, 어쩌면 지금 홍안노나 강덕린이 제기한 의문의 답을 모용굉이 풀어줄 수도 있을 것 같았기 때문이다.

"조산에서의 혈사가 밀천궁 요승들의 행사라는 것이 알려진 것은 여기 있는 본 세가의 풍청 삼각주에 의해서요."

모용굉의 말에 사람들의 시선이 일제히 송거련에게로 향했다. 모용세가와 삼 파와의 비무 첫 번째 판을 승리로 이끈 송거련이었으므로 사람들이 그를 보는 시선은 이미 많이 변해 있었다.

"밀천궁의 행사는 은밀하기 그지없는데 그들의 행적을 밝혀냈다니, 무공만 뛰어난 것이 결코 아니었구려. 역시 모용세가 풍청의 명성이 그냥 얻어진 것이 아닌 모양입니다."

석보명이 칭찬을 늘어놓았으나 모용굉은 그 칭찬에 별반 관심을 보이지 않고 말을 이었다.

"그런데 문제는 이 친구가 밀천궁 고수들을 발견했을 때, 그들 중에는 밀천궁의 사람들이 아닌 자들이 끼여 있었다는 것이오."

"설마 밀천궁과 손잡은 문파가 있단 말입니까?"

"아마도 그런 듯하외다. 그리고 더욱 놀라운 것은 당시 밀천궁 요승들과 함께 있던 자들은 삼 인이었는데, 그들 한 명 한 명의 기세가 밀천궁 요승들의 우두머리인 라마 홍첸을 능가해 보였다는 점이오."

"아니, 그게 정말 사실이란 말입니까? 홍첸보다 강한 자들이 그들과 손을 잡았다니… 믿을 수 없군요."

홍안노가 믿을 수 없다는 표정으로 되물었다. 강호에서 밀천궁이 이름 높은 것은 그들의 악행도 악행이지만, 그 우두머리 라마 홍첸의 무공이 동서남북 각 무림의 패자들에 버금간다고 알려졌기 때문이다. 그런데 그런 홍첸보다 강한 자들이 밀천궁과 함께 움직이고 있다면 놀라운 일이 아닐 수 없었다.

"믿고 안 믿고는 각자의 문제지만 난 본 풍청 삼각주의 눈을 믿소이다. 그리고 그 사실이 아마도 오늘날 연경에서 벌어진 혈사를 어느 정도 설명해 줄 수 있을 듯하외다. 내 판단으로는 밀천궁 단독으로는 결코 개방이나 벽암문, 그리고 석가장을 건드리지는 못했을 것이오. 그것도 이 연경에서 말이오. 이는 필시 제삼자가 개입되어 있는 것임이 분명하오."

"음, 도대체 어떤 내력을 가진 자들이기에……."

홍안노 유장도 더 이상 모용굉의 말을 반박할 수는 없었다. 일이 벌어진 경황이 모용굉의 짐작이 사실임을 증명하고 있었다.

"그들의 정체는 지금으로선 알 수 없는 일이오. 어쨌든 그들의 행보가 무엇을 목적으로 하는지는 알 수 없으나 일단 지금 이 연경이 무척 위험하다는 것은 분명한 사실이오. 지금까지 죽은 사람들의 면면을 보면 더더욱 위험하달 수 있을 것이오. 그러니… 오늘의 비무로 모용세가와 그대들 삼 파의 분쟁은 일단락 짓고 각자 흉수를 추적하고 자파의 고수를 지키는 데 힘을 써야 할 것이오."

　모용굉은 삼 파가 오늘 비무의 승패를 인정하지 않고 다른
도발을 해올 것을 경계하고 있었다. 그도 그럴 것이, 오늘 비무
에 걸린 삼 파의 가업들은 그야말로 대단한 것이어서 삼 파로
서도 쉽게 내어놓기가 쉽지 않은 것들이었던 것이다.
　"음, 모용 노사의 조언에 감사드립니다. 역시 지금은 서로
세력을 다툴 때가 아닌 것 같군요. 약속드린 사업은 즉시 양도
해 드리겠습니다. 그리고 일단 흉수들을 찾아야겠지요."
　석보명의 말에 모용굉이 고개를 끄덕였다.
　"현명한 결정이시오. 자, 그럼 오늘의 일은 모두 끝났으니
우리 모용세가는 그만 돌아가 보겠소이다."
　"그러시지요. 그럼 다음 기회에 다시 뵙지요."
　석보명이 모용굉에게 가볍게 고개를 숙여 보였다.
　"그럽시다. 그리고 그때는 서로 도검을 들고 보지 않았으면
좋겠소이다."
　모용굉이 경고를 하듯 말하자 석보명이 쓴웃음을 지으며 대
답했다.
　"오늘 우리 삼 파가 힘을 합치고도 비무에서 승리하지 못했
으니 앞으로 어느 문파가 감히 모용세가에게 도발을 하겠습니
까?"
　"하하하! 오늘의 일이야 운이 좋았을 뿐이고… 그럼 다음에
봅시다. 모두 돌아가자!"
　모용굉이 호탕한 웃음을 터뜨리고는 모용세가의 고수들을
이끌고 공터를 벗어나기 시작했다. 석가장 등 삼 파의 고수들

은 그런 모용세가 고수들을 물끄러미 바라보고 있었다. 그리고 얼마 후 모용세가 고수들이 모두 공터에서 사라지자 홍안노가 불편한 얼굴로 입을 열었다.

"정말 약속한 사업을 모두 모용세가에 넘길 생각이시오?"

"약속한 일이니 일단은 그리해야지요."

석보명이 고개를 끄덕였다.

"하지만 그리되면 연경은 완전히 모용세가의 손에 들어가게 될 것이오."

홍안노가 불만스런 표정으로 말하자 이번엔 벽암문주 강덕린이 입을 열었다.

"일단은 석 장로님의 말대로 하는 것이 좋겠소이다. 지금 이 상황에서 모용세가와 흑수들, 양쪽을 상대하는 것은 무리지요. 그리고… 모용세가에 넘긴 사업은 시간이 지나면 저절로 다시 각파의 손에 들어올지도 모르겠소이다."

"그게 무슨 말이오이까? 시간이 지나면 저절로 되돌아온다니?"

"아시다시피 지난 몇 년간 모용세가는 강호를 향해 크게 세력을 펼쳤지요. 하지만 최근에 들어서는 강호에 펼쳐 놓았던 사업들을 정리하고 강호에 퍼져 있던 고수들을 심양으로 불러들이고 있던 중이었소이다. 우리가 이번에 일을 벌인 것도 그 이유 때문이 아니오?"

"그렇지요."

"그렇다면 오늘 비록 우리 삼 파가 모용세가와의 비무에서

패했다고는 하나 여전히 모용세가의 본가 쪽 사정이 그리 좋다고는 볼 수 없을 것이오. 그러니 우리가 모용세가에 연경의 일부 사업을 넘긴다 해도 과연 모용세가에서 그 사업들을 관리할 여력이 있을지는 의문이라는 것이외다.”

“오, 듣고 보니 그렇구려. 강호에 나와 있던 고수들을 불러들이는 와중에 늘어난 사업을 관리하는 것은 쉬운 일이 아닐 것이오.”

“그러니 모용세가 본가 쪽에 무슨 사정이 있는지 정확히 모르겠으나 일단 기다려 보는 것도 한 방법일 것이란 말이외다.”

“아하, 강 문주의 혜안이 정말 놀랍소이다. 이거, 잘하면 오늘 비무에서의 패배는 큰 손해가 되지 않을 것 같구려.”

홍안노가 기대 서린 표정으로 말했다.

“자, 모용세가와의 일은 그렇게 정리해 두고, 문제는 지금 연경에서 벌어지고 있는 혈사외다. 정말 모용 노사의 말처럼 밀천궁과 제삼의 세력이 손을 잡고 벌이는 일이라면 그들을 제압하는 일이 결코 쉽지는 않을 것이오.”

석보명이 굳은 표정으로 말했다.

“그렇군요. 벌써 각파의 손실이 제법 있으니… 이 일을 또 어찌해야 할지.”

강덕린이 난감한 표정으로 말하자 석보명이 굳은 표정으로 대답했다.

“일단은 각파의 문도들을 단속해 더 이상의 혈사가 벌어지지 않게 한 다음 각자 본가에 사람을 보내 고수들을 더 충원해야 할 듯하외다. 이미 손실을 본 상황에서 이 인원으로 흉수들을 추격하는 것은 위험한 일인 듯하오.”

“내 생각도 같소이다. 일단은 고수들을 좀 더 모아봅시다.”

홍안노가 석보명의 의견에 찬성하자 강덕린도 고개를 끄덕였다.

“두 분 의견이 그렇다면 그렇게 하지요. 아, 다시 소림에 손을 벌려야 하는 것인가!”

강덕린이 탄식을 흘려냈다. 그러자 석보명이 위로하듯 말했다.

“밀천궁의 요승들은 오래전부터 강호의 골칫거리였으니 그들을 상대하는 일이라면 소림의 선승들께서도 선뜻 소림의 고수들을 내어주실 겁니다.”

“그렇기야 하겠지만… 번번이 손을 벌려 심려를 끼쳐 드리니…….”

강덕린이 불편한 표정을 드러내며 말했다.

삼 파의 고수들은 그 후로도 얼마간 앞으로의 일을 상의하다 호곡을 벗어났다. 무림인들이 물러가자 한밤중에 연경무림을 놓고 일대 비무가 벌어졌던 호곡은 다시 금역의 땅으로 화해 침묵에 빠져들었다.

*　　　*　　　*

“이런 경솔한!”

일행이 정한 연경 외곽의 허름한 숙소로 돌아온 단보의 입에서 낭패한 음성이 터져 나왔다. 호곡에서의 비무를 보기 위해 천추군의 고수들이 객잔을 비운 사이 숙소에 머물기로 했던 설신녀 미유가 네 명의 호위무사와 함께 숙소를 벗어났던 것이다.

"도대체 어딜 간다고 했는가?"

설신녀 등과 함께 남아 있던 천추군 고수 진양에게 애꿎은 호통이 떨어졌다.

"그저 주변을 한번 돌아본다고……."

"하하, 정말 팔자 좋은 소리 하고 있군. 지금 연경엔 검산 고수들과 밀천궁 고수들이 고수 사냥에 열을 올리고 있는 와중인데 주변 구경을 나갔다고? 허, 이런!"

단보가 혀를 찼다.

"아마도 강호 첫 출행이라 호기심을 참기 어려웠나 보군요."

을향이 한숨을 쉬며 말했다.

"제가 나가보지요."

파소의 말에 석청이 얼른 파소의 곁에 섰다.

"함께 가요."

"흐흠, 그럼 나도 가세. 난 남쪽에서만 살아서 연경 구경은 제대로 못했거든."

남독마군도 슬쩍 파소의 곁에 다가섰다. 그러자 이번엔 을향이 사뿐히 걸음을 옮기며 말했다.

“저도 함께 갈게요. 저 또한 이런 대도읍은 처음이라서 한번 둘러보고 싶군요.”

을향까지 나서자 단보가 고개를 저으며 말했다.

“어쩔 수 없군. 사람을 데리고 왔으면 무사히 돌려보내야 하니 찾아볼밖에. 더군다나 이제 대설문은 향에 대해 제법 많은 것을 알고 있으니 나 몰라라 할 수도 없는 처지지. 하지만 모두 조심들 해야 하네. 비록 일패도지했다고는 하지만 검산엔 아직 고수가 많아. 그리고 밀천궁의 요승들과 함께 움직인다면 아마도 대성사 소유거가 함께 있을 가능성이 많네.”

“조심하지요.”

파소가 고개를 끄덕이고는 얼른 객잔을 벗어났다.

“당분간 삼 파를 경계할 필요는 없겠군요.”

모용세가 풍청 삼각의 고수 이광혼이 눈빛을 빛내며 말했다. 그의 시선에는 호곡을 벗어나는 개방 등 삼 파의 고수들이 담겨 있었다.

“일단은 자신들의 안위를 먼저 걱정해야 할 테니. 하지만 일단 연경의 혈사가 마무리되면 다시 이빨을 드러낼 게 분명하겠지.”

송거련이 담담한 목소리로 말했다. 마치 연경의 모용세가 가업은 자신과는 관계가 없다는 듯. 그러나 이광혼은 달랐다. 이광혼은 앞으로의 연경 판세에 무척 관심이 많은 듯 보였다. 그도 그럴 것이, 송거련이야 모용세가에 속해 있다고는 해도

세가의 일에 별반 관심이 없는 사람이었지만 이광혼은 모용세가 오대외가 중 가장 중심에 서 있는 중주가의 고수였다. 당연히 세가의 내외사에 관심이 많을 수밖에 없었다.

"어떻게든 이번에 얻은 사업을 지켜내야 할 텐데요."

"글쎄, 세가주께 무슨 생각이 있으시겠지."

송거련이 심드렁한 표정으로 말했다. 그러자 이광혼이 맥이 풀리는지 화제를 돌렸다.

"이젠 돌아가는 겁니까?"

"어르신께서 혹시라도 삼 파가 다른 음모를 꾸밀지 몰라 그들을 살피라 우릴 남기신 것이었으니 일은 끝났네. 돌아가세."

송거련의 말에 풍청 삼각의 고수 사 인이 천천히 호곡을 벗어나기 시작했다.

송거련과 풍청 삼각의 고수들은 호곡을 벗어나자 서둘러 모용세가의 연경 분타로 향했다. 호곡에서부터 모용세가의 연경 분타로는 연경을 둘러싼 거대한 산속으로 난 산길을 따라 이동하게 되어 있었다. 길 중간 중간에는 연경 주변의 마을을 통과하기도 하고 이름난 절경지를 통과하게도 되어 있었는데, 그중 청석호라는 작은 호수를 둘러 가는 길도 있었다.

청석호는 북쪽으로 청색 빛이 나는 높다란 석벽이 세워져 있어 달빛이 내리는 밤풍경이 아름답기로 유명한 호수였다. 물론 지금은 겨울이라 호수가 얼어 있어 얼음이 풀려있을 때보단 그 아름다움이 덜했지만 그래도 청석호의 아름다움은 사람들의 관심을 끌기에 충분한 곳이었다. 단지 문제가 있다면 한겨울에 이 청석호를 구경나오려면 강한 추위 때문에 보통 결심으론 안 된다는 것이었다.

호곡을 떠난 송거련과 그 일행은 청석호의 북쪽 길을 타고 이동하고 있었다. 그런데 한순간 송거련이 문득 걸음을 멈췄다. 그러자 자연히 그 뒤를 따르고 있던 모용세가의 고수들 역시 걸음을 멈출 수밖에 없었다.

"무슨 일입니까?"

이광혼이 의아한 표정으로 송거련에게 물었다. 그러자 송거련이 나직한 목소리로 말했다.

"병장기 소리네."

"네?"

송거련의 말에 이광혼이 놀라며 고개를 좌우로 돌려 주변의 숲을 살폈다. 그러자 과연 제법 멀리서 은은하게 병장기 부딪치는 소리가 들려왔다.

"어떤 자들일까요?"

"가보면 알겠지."

송거련이 짧은 대답과 함께 신형을 날렸다.

깨끗하게 밀은 민머리로 달빛을 반사하는 네 명의 괴이한 승려가 초로의 두 고수를 상대로 격전을 벌이고 있었다. 괴승려들은 귀에 큰 귀고리를 달고 있었으며 피처럼 붉은 장삼을 입고 있었다. 강호에서 이런 모습을 한 승려들이라면 오직 한 부류만이 존재했다. 바로 서장의 라마들, 그리고 지금 이 연경에 있을 서장 라마들이라면 밀천궁의 요승들밖에 없었다.

반면 그들을 상대하는 초로의 두 고수 또한 그 복장이 평범치 않았다. 겉에는 수수한 잿빛 장삼을 걸치고 있었지만 장삼 안쪽으로는 순백처럼 흰 무복을 입은 두 고수는 눈 위를 땅처럼 움직이며 네 명의 밀천궁 요승을 상대하고 있었다.

이렇게 눈밭에 익숙하고 순백의 무복을 입는 고수들 또한 강호엔 흔치 않았다. 강호의 정세에 밝은 자들이라면 이 복장의 고수들이 북삼룡 중 한 곳인 대설문의 고수들임을 어렵지 않게 짐작할 수 있을 것이다.

"밀천궁과 대설문의 고수들이군."

송거련이 나직한 목소리로 말했다. 그러자 이광혼이 고개를 갸웃했다.

"이상하군요. 대설문의 고수가 연경에 나타났다는 말은 들은 적이 없는데……."

"아마도 최근에 연경에 들어온 듯하군."

"대설문의 고수들은 좀체 강호행을 하지 않는다고 알려졌는데 연경엔 무슨 일일까요?"

"그야 모르지. 그나저나 오자마자 밀천궁의 요승들에게 걸려들었으니 운이 없군."

송거련의 말처럼 대설문의 설신녀 미유는 운이 없었다. 파소 등이 모용세가와 삼 파의 비무 소식을 듣고 그들의 비무를 살피기 위해 객잔을 떠나며 신신당부한 말, 그들이 돌아올 때까지 객잔을 떠나지 말라는 당부를 어긴 대가는 컸다.

호기심에 객잔과 가까이 있는 청석호를 구경하러 나온 순간 밀천궁의 요승들의 눈에 띄어 그들과 생사를 다투는 일전이 벌어졌기 때문이다.

여섯 명이 뒤엉켜 있는 싸움의 양상은 얼추 균형이 맞아 있었다. 그러니 언뜻 보기에 설신녀 미유가 위험한 지경에 처한 것이라곤 말할 수 없었다. 그녀 곁에는 언제나처럼 호위신녀 빙화와 설초가 그녀를 지키고 있었으니 어찌 보면 여유가 있다고도 할 수 있었다.

그러나 문제는 밀천궁의 요승들에게도 일행이 있다는 사실이었다. 이 인의 고수, 흰 눈을 이고 있는 나무 그늘에 가려 달빛에도 얼굴이 잘 드러나지 않는 이 인의 노고수가 밀천궁 요승들과 대설문 고수들의 싸움을 주시하고 있었다.

숫자로 보자면 설신녀를 호위하는 두 명의 호위신녀가 있으니 두 노고수의 존재가 문제가 될 것은 없었으나 문제는 그 노고수들의 기세였다.

"만만치가 않아."

송거련이 나직하게 중얼거렸다.

"그렇지요? 양쪽의 무공이 거의 비슷한 듯 보입니다."

이광혼이 송거련의 말을 받았다.

"싸움을 벌이는 자들을 말하는 것이 아닐세."

"그럼 저 여인들을 말씀하시는 겁니까? 물론 경국지색의 미모를 지니기는 했지만 무공은……."

“그들이 아니라 저 요승들의 동료로 보이는 두 노고수 말일
세.”

송거련의 말에 이광혼이 그제야 나무 그늘 아래 서 있는 두
노고수에게로 시선을 돌렸다. 애초부터 격렬한 싸움과 경국지
색의 미모를 지닌 여인에게 관심을 두느라 잠시 소홀했던 두
노인을 보는 순간 이광혼의 입에서 다급성이 새어 나왔다.

“흡!”

이광혼도 고수였다. 모용세가 풍청의 고수가 되려면 모용세
가에서도 금급의 지위에 올라 그중에서도 내로라하는 무공을
보유해야 했다. 그러니 그가 나무 그늘 아래 서 있는 두 노고
수의 기운을 느끼지 못할 리 없었다. 오직 절정의 고수에게서
만 느낄 수 있는 차가우면서도 강렬한 기운, 굳이 진기를 끌어
올리지 않아도 자연스레 흘러나오는 그 기운에 이광혼이 놀라
는 것은 당연한 일이었다.

“설마 밀천궁이 저런 자들을 끌어들였을 줄은 몰랐군요.”

“그러게 말일세. 확실히 연경에서 대담하게 일을 벌일 만한
조력자를 얻은 모양이군. 조산에서완 또 다른 수준의 고수들
인 듯하군.”

이미 조산에서 밀천궁을 돕는 일단의 인물들을 만났던 송거
련이었다.

“도대체 어떤 자들일까요?”

이광혼이 두 노고수의 정체가 궁금한 듯 그들을 자세히 바
라봤다. 송거련 역시 안력을 높여 나무 그늘에 가려진 두 노고

수의 얼굴을 자세히 살폈다. 그런데 그때, 우연인지 그중 한 명
의 얼굴이 슬쩍 나무 그늘을 벗어나 푸른 달빛 아래로 나왔다.
그 순간 송거련은 심장이 멎는 듯한 충격에 빠졌다.
　달빛 아래 모습을 드러낸 노고수, 그 얼굴은 그가 평생을 두
고 찾아왔던 바로 그자의 얼굴이었기 때문이다.

第十章
그를 만나다

"놈!"

송거련의 입에서 씹어 뱉는 듯한 욕설이 흘러나왔다. 그동안 텅 빈 동공으로 살아왔던 그의 눈에선 푸른 살기가 줄기줄기 흘러나왔다.

"각주님!"

갑작스런 송거련의 변화에 이광혼이 놀란 얼굴로 송거련을 불렀다. 그러나 송거련의 시선은 오로지 나무 그늘 아래서 살짝 얼굴을 드러냈다가 다시 나무 그늘 속으로 물러난 밀천궁 요승들의 동행자에게 향해 있었다. 그의 귀에는 이광혼의 말조차 들리지 않는 모양이었다.

그뿐인가? 어느새 송거련은 검을 빼 들고 장내로 뛰어들려

하고 있었다.

"각주!"

이광혼의 입에서 다급한 목소리가 나직하게 터져 나왔다. 동시에 그의 손이 송거련의 어깨를 꽉 움켜잡았다. 지금 장내에 뛰어들어 좋을 일이 없었다. 아니, 그보다도 송거련이 이렇게 흥분하는 이유라도 알고 이 싸움에 뛰어들어도 들어야 했다.

이광혼의 거친 손길에 송거련이 그제야 자신의 모습을 깨닫고 한 걸음 뒤로 물러났다. 그러나 그러면서도 그는 여전히 나무 아래 서 있는 두 노고수 중 한 명을 지켜보고 있었다.

"도대체 누굽니까?"

이광혼도 평소 지나칠 정도로 무심하던 송거련이 이렇게 흥분하는 이유가 나무 그늘 아래 노고수 때문이란 것은 알고 있었다. 하지만 그가 아무리 살펴보아도 정체를 알 수 없는 노인이었다.

"바로 그다."

송거련의 입에서 짧은 대답이 흘러나왔다. 여전히 살기가 가득 찬 목소리였다.

"그라뇨? 누굴 말하시는 겁니까?"

"그 옛날 모용세가를 농락하고, 북삼룡과의 전쟁을 일으켰으며, 풍청 사각의 형제들을 도륙했던 바로 그자다!"

나직하면서도 서릿발 같은 송거련의 설명에 이광혼뿐 아니라 송거련을 호위해 온 나머지 삼 인의 풍청 삼각의 고수들이 몸을 부르르 떨었다.

"정말… 정말 그자입니까?"

이광혼이 믿을 수 없다는 표정으로 물었다.

"내가 어찌 저자의 얼굴을 잊을 수 있겠는가? 저자의 살수에 쫓겨 수천 리를 도주한 나다."

이광혼 역시 송거련이 한 팔이 잘린 모용굉을 이끌고 묵철가로부터 수천 리를 탈출해 온 일을 잘 알고 있었다. 그러니 송거련이 자신들을 추격했던 자의 얼굴을 잊을 리 없었다. 그런데 일단 나무 그늘 아래 인물의 정체가 확인되자 이광혼은 물론 풍청 삼각의 고수들은 송거련과 달리 두려움에 몸을 떨기 시작했다.

과거 모용세가 최고의 고수들이라는 모용굉과 구대가신 넷이 나서고도 이기지 못한 인물이 아니던가. 그런 자를 앞에 두고 어찌 두려워하지 않을 수 있을까. 비록 그가 세가의 철천지 원수라 할지라도.

"각주, 일단 돌아가시지요."

"무슨 말을! 원수를 앞에 두고 어찌 돌아간단 말이냐?"

"하지만 지금 우리의 힘만으로 상대할 수 있는 자가 아닙니다."

"죽더라도 놈을 그냥 보낼 수는 없다. 난 이곳에 있을 테니 너희들은 어서 돌아가 어르신께 저자가 모습을 드러냈음을 전하라. 혹, 주위에 저자들의 동료들이 더 있을 수도 있으니 모두 가라. 대신 서로 다른 방향으로 달려 누구라도 분타로 돌아가 이곳의 소식을 전하라. 오늘 반드시 이곳에서 과거의 원한을 풀 것이다. 내 어떻게든 어르신이 올 때까지 저자를 이곳에 잡아놓을 테니 어서 가거라!"

"각주 혼자의 힘으론 무립니다."

이광혼이 강하게 반발했다. 그러자 송거련이 서릿발 같은 눈으로 이광혼을 보며 말했다.

"내가 그 죽음의 고비에서 살아남아 오늘까지 살을 깎아가며 검을 익힌 이유가 뭔지 아느냐? 바로 저자, 저자를 만나기 위해서였다. 놈을 죽일 수만 있다면, 아니, 죽이지 못하더라도 놈의 몸에 내 칼을 한 번이라도 박아 넣을 수만 있다면 내 목숨 따위는 전혀 아깝지 않다. 그러니 어서 가서 어르신과 세가의 고수들을 모셔와라. 현사들과 절진이 있으니 오늘 저자를 사냥하기엔 절호의 기회일 것이다. 어서!"

송거련의 눈빛을 대한 이광혼은 이 특이한 각주의 명을 감히 거역할 수 없다는 것을 깨달았다.

"알겠습니다. 다녀오지요. 그때까지… 반드시 살아 계십시오. 가자!"

이광혼이 굳은 표정으로 고개를 숙여 보이고는 서둘러 장내를 벗어났다. 모용세가의 고수들이 떠나자 송거련은 격전이 벌어지고 있는 공터의 오른쪽으로 은밀하게 이동했다. 그곳이 나무 그늘 아래 서 있는 백혼과 다른 한 명의 노고수가 보다 더 잘 보였기 때문이다.

차창창!

　장내의 격전은 더욱 치열해져 갔다. 대설문의 두 고수 상리와 부위노의 실력은 대단해서 네 명의 밀천궁 요승을 상대하면서도 전혀 밀리는 기색을 보이지 않았다. 오히려 가끔 요승들을 향해 치명적인 살수를 전개하곤 하여 요승들을 황급히 뒤로 물러나게 하는 것이었다.

　"쯔쯔, 이러다간 정말 연경의 모든 무림인이 몰려와도 싸움이 끝나지 않겠군."

　나무 그늘 아래에서 장내의 격전을 지켜보고 있던 백혼이 입을 열었다. 그러자 그의 곁에 서 있던 노인이 맞장구를 쳤다.

　"그러게 말입니다. 형님, 제가 나설까요?"

　"묵혼, 자네가 나선다면야 일이 수월하게 끝나겠지. 하지만 저자들의 자존심도 있을 테니 잠시 더 두고 보세. 앞으로 오십 초 안에 승부가 나지 않으면 그땐 어쩔 수 없이 이 싸움에 관여해야겠지."

　"알겠습니다, 형님!"

　백혼과 함께 서 있는 노고수는 사색사혼이라 불리는 백혼의 무리 중 묵혼이었다. 둘 모두 무천향에서도 인정하는 고수들이었으니 두 사람이 싸움에 끼어든다면 이 싸움의 승패는 결정된 것이나 다름없었다.

　그렇게 묵혼과 백혼이 싸움에 끼어들 기회를 노리고 있는 와중에 갑자기 설문칠선 상리의 입에서 한마디 기합성이 터져 나왔다.

"핫!"

순간 검을 들지 않은 그의 왼손에서 강력한 장력이 발출되더니 상대의 검에만 신경을 집중하고 있던 밀천궁 요승 중 한 명의 옆구리를 강타했다.

퍽!

"윽!"

밀천궁 요승의 입에서 나직한 신음성이 터져 나왔다. 그런데 그 순간 기이한 일이 벌어졌다. 설문칠선 상리의 장력에 격중된 밀천궁 요승의 옆구리가 하얗게 얼어가기 시작했던 것이다. 동시에 요승의 움직임이 눈에 띄게 둔해졌다.

"조심하라! 설문 빙장(氷掌)이다!"

요승 중 한 명이 놀란 표정으로 외쳤다. 그러나 이미 때는 늦어 상리의 빙장을 맞고 움직임이 둔화된 밀천궁 요승의 어깨에 다른 설문칠선 부위노의 검이 떨어져 내렸다.

서걱!

소름 끼치는 파공음과 함께 요승의 어깨에서 피분수가 솟아나며 요승이 차가운 대지 위에 쓰러졌다.

"요옷!"

순간 밀천궁 요승들의 입에서 요기가 느껴지는 기합성이 터져 나오더니 괴이하게 구부러진 병기를 휘두르며 상리 등 두 명의 대설문 고수를 향해 일제히 덮쳐 갔다. 그러나 네 사람이 상대할 때도 승기를 잡지 못한 그들이 한 사람이 없는 상태에서 대설문의 두 고수를 제압할 수는 없었다.

"요승들! 오늘 모두 목을 베겠다."

상리의 입에서 차가운 외침이 흘러나오더니 그의 신형이 풀
풀 한기를 날리며 세 명의 밀천궁 요승 사이로 뛰어들었다. 상
리의 무공과 기세는 자못 놀라워서 밀천궁 요승들은 홀로 자
신들을 향해 뛰어든 상리를 쉽게 제압하지 못하고 우왕좌왕했
다. 그 순간을 이용해 부위노가 밀천궁 요승들의 왼쪽으로 회
전하며 서릿발이 스며 있는 검을 뻗어냈다.

슈욱!

한 자가량의 차가운 검기가 부위노의 검에서 뻗어 나왔다.
그리고 여지없이 밀천궁 요승 중 또 한 명의 옆구리를 베어냈
다.

"악!"

밀천궁 요승의 입에서 비명 소리가 터져 나오며 옆구리에
부위노의 검을 허용한 요승이 삼 장 정도 뒤로 날아가 떨어졌
다.

두 명의 밀천궁 요승이 그렇게 비명에 쓰러지자 장내의 상
황은 완전히 대설문 고수들 쪽으로 기울어졌다. 상리와 부위
노 두 설문칠선의 무공은 살아남은 두 명의 밀천궁 요승들을
완전히 압도하고 있었다.

그리하여 상리와 부위노, 두 사람의 차가운 빙검이 남은 두
밀천궁 요승의 목을 베려는 바로 그 순간, 갑자기 장내에 뿌연
두 개의 그림자가 생겨나더니 한순간에 밀천궁 요승들의 목을

향해 닥쳐들던 대설문 두 고수의 검을 튕겨냈다.

　창, 차창!

　강력한 두 개의 마찰음이 일어나는 순간 상리와 부위노는 대경하며 십여 장 뒤로 재빨리 물러났다. 두 사람이 겨우 신형을 세워 놀란 눈으로 장내를 바라보자 그들이 치열한 격전을 벌이던 공터의 중앙에는 어느새 요승들 대신 나무 그늘 아래서 싸움을 지켜보고 있던 두 명의 노고수가 우뚝 서 있었다.

　"웬 자들이냐?"

　상리의 입에서 차가운 질문이 흘러나왔다. 그러면서도 그의 목소리는 은은하게 떨리고 있었는데, 자신들의 검을 밀어낸 상대의 강력한 힘이 아직도 충격으로 남아 있는 모양이었다.

　"역시 대설문을 잃은 것은 안타까운 일이었어. 그대들과 같은 고수를 수하로 두었다면 무림을 제패하는 일이 훨씬 수월했을 것인데……."

　백혼의 입에서 나직한 말이 흘러나왔다. 순간 상리와 부위노, 그리고 그 뒤에 서 있던 설신녀와 두 호위신녀의 얼굴이 파랗게 질렸다. 지금 백혼이 한 말을 다시 새겨들으면 이들은 바로 지난날 대설문을 장악했던 그 절대고수들이 분명했다.

　"설마, 검산의 무리들이냐?"

　상리가 이미 마음속으론 상대의 정체를 짐작하고도 확인하듯 물었다.

　"맞아, 우린 검산 사람들이야. 이렇게 만나게 되니 반갑나? 한동안 대설문과 검산은 한 식구였으니 반가울 수도 있겠군.

어떤가, 과거의 정을 생각해 우리의 청을 들어주었으면 좋겠
는데…….”

　백혼의 말에 상리의 표정이 변했다. 무공으로는 절대 이자
들의 상대가 되지 않는다는 것을 상리는 알고 있었다. 그러니
이들이 조건을 내세워 살길을 열어준다면 마다할 필요는 없었
다.

　“무엇을 원하는 것이냐?”

　상리가 되묻자 백혼의 입가에 한줄기 서늘한 미소가 지어졌
다.

　“우리의 청은 간단해. 그대들의 깨끗한 시신을 우리에게 넘
겨주는 것! 그래야 밀천궁의 고승들께서 작업을 하기 편하시
거든!”

　“놈!”

　순간 상리의 눈에서 분노의 빛이 폭사했다. 백혼의 요구는
결국 자신들의 목숨이었다.

　“흥분하지 마라. 반항해 봐야 거친 죽음을 당할 뿐이야. 우
리에 대해 잘 알고 있지 않은가?”

　백혼이 서늘한 표정으로 말했다.

　“쉽게 네놈들 뜻대로 되지는 않을 것이다!”

　상리의 입에서 차가운 노성이 터져 나왔다. 그러자 설신녀
를 호위하고 있던 빙화와 설초까지 검을 빼 들고 상리와 부위
노에게 합세했다.

　“호? 계집들까지… 보아하니 제법 그럴듯한 무공을 익힌 듯

하군. 그런데… 거기 있는 경국지색의 미녀는 누구신가?"

백혼이 설신녀 미유를 보며 넌지시 물었다.

"그건 네가 알 것 없다."

상리가 백혼의 말에 차갑게 대꾸했다. 그러자 백혼이 희미
한 미소를 지으며 말했다.

"뭐, 저 아이의 정체를 아는 것은 그리 급한 일이 아니지. 이
제 곧 알게 될 테니. 넌 아마 너의 미모로 생명을 건질 수 있을
것이다. 너 정도의 미모라면 대성사께서 다른 쓸모를 찾아낼
지도 모르시니."

백혼의 눈에서 설신녀 미유에 대한 색탐이 느껴지는 것은
아니었다. 그 대신 정말 백혼은 설신녀 미유의 미모를 대성사
소유거가 어떤 식으로든 자신들의 무기로 쓸 수 있을 거라 생
각하는 모양이었다.

"감히 신녀께 그런 무엄한 말을 하다니!"

백혼의 말에 빙화가 분기로 몸을 떨며 노기를 드러냈다. 그
런데 바로 그 순간, 백혼의 표정이 일변했다.

"신녀? 설마 대설문의 설신녀? 핫하하, 이거… 이런 행운이
있나?"

백혼의 입에서 그답지 않은 시원한 웃음이 터져 나왔다. 순
간 대설문의 고수들 사이에 아차 하는 표정이 깃들었다. 비록
대설문에서 물러났다고는 하나 검산의 고수들이 노렸던 것은
혈화. 그렇다면 여전히 검산의 잔당들에게 설신녀는 큰 가치
가 있는 여인이었다.

"아름다울 뿐 아니라 그 가치 또한 대단한 여인이로구나. 대설문에 들어서도 찾지 못했던 설신녀를 이 연경에서 만나게 될 줄이야. 좋아, 오늘 이 백혼의 운이 트였으니 너희들에게도 한 가지 행운을 주겠다. 모두 순순히 나와 함께 가겠다면 너희들 모두의 목숨을 보장하겠다. 이건 정말 너희들에게 대단한 행운이다. 본래 모두 피가 말라 죽어야 할 목숨이었으니까."

백혼이 선심 쓰듯 말했다. 그러자 설문칠선 상리가 노한 표정으로 소리쳤다.

"놈! 물론 너희들의 무공이 대단하다는 것은 인정하마. 그렇다고 네 말 한마디에 순순히 설신녀님을 내어드릴 것이라고 생각했느냐?"

"후후후, 물론 애초에 제안은 했어도 나 역시 너희들이 순순히 내 말을 따를 거라고 생각지는 않았다. 해서 말인데, 역시 피가 필요하겠지. 적어도 고분고분 말을 듣게 하려면!"

"우리 모두가 죽어도 결코 네 말을 따르지는 않을 것이다.

빙화가 차갑게 말했다. 그러자 백혼의 표정이 딱딱하게 굳어졌다.

"그래? 그렇다면 그것도 좋겠지. 모두 죽여야 한다면 죽이겠다. 내가 필요한 것은 오직 설신녀 하나뿐이니까."

순간 백혼의 눈에서 서늘한 한기가 흘러나왔다. 그 한기가 너무도 차갑고 살기가 강해 대설문의 고수들은 물론 숨어서 장내의 상황을 지켜보고 있던 송거련마저도 숨이 멎을 정도였다.

‘과연 상대할 수 있을까?’

송거련이 대설문 고수들을 압박하는 백혼을 보며 내심 생각했다. 십 년이 넘는 세월 동안 오직 그 하나를 목표로 수련해 왔지만 다시 만난 백혼은 여전히 넘을 수 없는 벽으로 존재하는 자였다.

‘그렇다면 대설문 고수들이 저자를 상대할 때 기습을 노리는 것이 제일 좋은 방법이다.’

평소의 송거련으로서는 내리기 어려운 결정, 그러나 강호의 정도 따위에 관심을 두고 상대할 상대가 아니었다. 지금은 오직 죽느냐 사느냐의 그 한 가지 사실만이 중요했다. 송거련이 은밀히 검을 빼 들었다. 그리곤 자세를 최대한 낮춰 공터 가까이로 다가갔다.

“시작해 볼까?”

백혼이 여유롭게 검을 빼 들었다. 그러자 묵혼 역시 검을 빼 들며 고개를 끄덕였다.

“시간을 끌 이유가 없지요.”

그런데 그렇게 팽팽한 긴장이 양측 사이에 형성될 때, 갑자기 설신녀 미유가 불쑥 걸음을 옮겨 대설문 고수들 사이로 끼어들었다.

“신녀님!”

빙화가 놀란 얼굴로 설신녀를 돌아봤다.

“나도 싸우지요.”

“신녀님, 위험한 자들입니다. 싸움은 저희들에게 맡겨주십시오."

설문칠선 상리가 설신녀를 뒤로 밀어내려는 듯한 자세로 말했다. 그러자 설신녀가 고개를 저었다.

"물론 전 도검을 익히지 않았으니 정상적이라면 여러분에게 도움이 되기보다는 짐이 되겠지요. 하지만 저들이 원하는 것이 살아 있는 저라면 전 여러분의 싸움에 큰 도움이 될 수 있을 거예요. 저들이 날 베지 않고 여러분을 베는 것은 그리 쉬운 일이 아닐 테니까요."

설신녀가 오히려 한 걸음 앞으로 나서 대설문 고수들 중 가장 앞으로 나와 말했다. 그러자 백혼과 묵혼의 얼굴에 난처한 기운이 감돌았다.

"허허, 정말 당돌한 아이로군. 그리고 대담해. 역시 대설문의 설신녀가 될 만한 배짱이야. 하지만 설신녀, 그대가 아무리 이 싸움에 관여한다 해도 싸움의 결과가 변하지는 않는다. 그러니 이 싸움에 관여하는 대신 순순히 우릴 따라가는 것이 좋을 것이다. 저들의 목숨을 지키는 것은 오직 그 길이 유일하다."

"아뇨. 대설문을 침탈했던 자들의 협박에 순순히 굴복할 수는 없지요. 죽는 한이 있어도 그대들과 함께 가지는 않을 거예요. 궁금하군요, 제 목숨이 그대들에게 얼마만큼의 가치를 갖는지."

설신녀 미유의 얼굴에 한줄기 미소까지 감돌았다.

"음, 고집을 피운다면 어쩔 수 없지. 하지만 그렇다면 그대

의 목숨까지는 몰라도 몸이 상할 수 있음은 각오해야 할 것이
다.”

“제 목숨을 취하세요.”

미유가 차갑게 대꾸하며 장식용으로 지니고 있었던 듯한 팔
길이 정도의 짧은 검을 꺼내 들었다.

“조금 귀찮긴 하겠지만 결과가 바뀌지는 않는다.”

우웅!

백혼의 말이 끝나는 순간, 백혼의 검에서 한 줄기 매끄러운
검기가 생겨났다. 그러자 그 곁에 있던 묵혼 역시 거무스름한
도기를 만들어냈다.

검기와 도기를 만들어내는 백혼과 묵혼의 모습은 마치 도갑
이나 검집에서 도검을 빼내듯 자연스러웠다.

반면 대설문의 네 고수는 진중한 모습으로 진기를 끌어올려
반 장 정도의 검기를 만들어냈다. 도기와 검기를 만들어내는
모습에서 양측의 무공 차이가 그대로 드러났다.

“그럼 받아보라!”

백혼의 입에서 차가운 일갈이 터져 나오는 순간, 백혼의 검
기가 하늘로 치솟았다. 대설문의 고수들은 설신녀를 중심으로
황급히 뒤로 물러났으나 그 뒤쪽에서부터 어느새 이동한 묵혼
의 도기가 강렬한 기세로 대설문 고수들의 허리를 잘라왔다.

순간 미유가 무모하리 만치 대담한 움직임으로 뒤에서 달려
드는 묵혼의 도기를 막아섰다.

‘위험하다!’

송거련이 자신도 모르는 순간 속으로 소리쳤다. 그러나 송
거련의 걱정과 달리 단숨에 설신녀를 베어버릴 것 같던 묵혼
의 도기는 설신녀가 맨몸으로 막다시피 앞을 가로막자 설신녀
를 피해 대설문 고수들 좌측으로 흘러나갔다.

창!

일단 방향을 바꾼 묵혼의 도기를 상리의 검기가 어렵지 않
게 좀 더 밖으로 밀어냈다.

"제법이다. 하지만 그 정도로는 안 되지."

묵혼의 도기가 밀려나는 순간 어느새 다가온 백혼이 검을
뻗어냈다. 뒤쪽으로 이동했던 설신녀는 미처 앞으로 나와 백
혼의 검기를 막아설 여유가 없었다. 그러자 빙화와 설초 두 여
고수가 동시에 검을 내밀어 백혼의 검기를 막아갔다.

쩌정!

"앗!"

격렬한 격돌음 뒤에 빙화와 설초, 두 여인의 비명 소리가 들
려왔다. 두 사람은 대설문에서 열 손가락 안에 드는 무공을 지
니고 있는 고수였지만 백혼의 검기를 상대하는 순간 대설문
일행에서 벗어나 오 장 뒤로 날려가는 것이었다. 그리곤 겨우
신형을 세운 두 호위신녀는 마치 벼락을 맞은 듯 비틀거렸다.

그사이 두 호위신녀를 떼어낸 백혼의 검이 이번엔 두 명의
설문칠선을 노렸다. 묵혼은 재빨리 설신녀와 호위신녀 사이
를 가로막아 호위신녀들이 설신녀 쪽으로 이동하는 것을 막아
섰다.

쉬이이!

기이한 파공음이 백혼의 검에서 일어났다. 백혼의 검이 살아 있는 뱀처럼 설문칠선 두 사람을 향해 닥쳐들었다. 그러자 설신녀 미유가 처음처럼 재빨리 이동해 백혼의 검기를 막아갔다.

"몸이 성치 않을 수 있다고 말했단 걸 잊지 마시게."

백혼의 입에서 싸늘한 목소리가 흘러나오더니 설문칠선 두 사람을 노리던 그의 검기가 거침없이 설신녀의 다리를 스치고 지나갔다.

"음······!"

설신녀가 미처 백혼의 검기를 막아내지 못하고 허벅지에 긴 검상을 입은 채 신음성을 흘려냈다. 백혼이 설신녀의 다리를 공격한 것은 그녀의 움직임을 둔화시켜 그녀로 하여금 다른 대설문 고수들을 공격하는 것을 방해하지 못하게 하기 위함이었다.

그리고 백혼의 의도는 정확하게 들어맞았다. 설신녀의 허벅지를 베어내는 순간, 백혼의 신형이 훌쩍 허공을 뛰어올라 설신녀와 두 설문칠선을 날아넘었다. 그렇게 순식간에 세 사람을 타고 넘은 백혼은 땅에 착지하자마자 번개처럼 신형을 돌리며 두 설문칠선을 공격했다.

"흡!"

설신녀가 미처 백혼을 막지 못하는 사이, 두 설문칠선은 고스란히 백혼의 공세 앞에 노출됐다. 백혼의 검은 너무도 살기

가 강해 아무리 대설문 최고의 고수들인 설문칠선이라 해도
그 공격을 막아내는 것은 불가능해 보였다. 당연히 설문칠선
두 사람의 입에서 다급성이 토해졌다. 그런데 그 순간 설신녀
가 마치 망망대해로 뛰어들 듯 아무런 방비도 없이 온 힘을 다
해 백혼의 검기를 향해 신형을 날렸다. 그녀의 허벅지는 이미
붉게 물들어 있었다.

"이런 독한!"

백혼의 입에서 다급한 목소리가 흘러나왔다. 동시에 그가
힘껏 검을 틀었다. 이대로라면 자신의 검기는 설신녀를 벨 것
이 분명하고, 그리되면 반드시 설신녀는 죽을 것이다. 설신녀
가 죽는다면 대성사 소유거의 추궁을 어찌 견딜 것인가!

백혼이 무리하게 진기를 끌어올리며 검기를 비틀자 설문칠
선을 향해 뻗어나가던 검기가 강렬한 굉음과 함께 허공에서
곡선을 그리며 비틀어져 나갔다.

삭!

다시금 미세한 파열음이 일어나며 이번엔 설신녀의 왼쪽 어
깨가 베어져 나갔다.

"음!"

설신녀의 입에서 나직한 신음성이 흘러나왔다. 이미 허벅지
에 부상을 입은 상태에서 다시 어깨를 검기에 상했으니 설신
녀의 상세는 결코 가볍지 않았다.

그런데 설신녀의 이런 무모한 행동은 한편으로 그녀와 대설
문의 고수들에게 예기치 않는 행운을 가져다주었다.

"이런 망할 계집!"

백혼의 입에서 육두문자가 흘러나왔다. 살기로 번들거리는 백혼은 설신녀를 노려보고 있었다. 그런데 그런 그의 입가에 한 줄기 선혈이 흘러내리고 있었다.

백혼은 마지막 순간 설신녀를 베지 않기 위해 무리하게 검기의 방향을 트느라 그 스스로의 공력에 의해 내상을 입었던 것이다. 설신녀로선 비록 어깨에 검상을 입기는 했으나 이 절대고수의 내상을 만들어냈으니 남아도 크게 남는 장사라 할 수 있었다. 그러나 그렇다고 문제가 모두 사라진 것은 아니었다. 문제는 장내에 백혼과 같은 고수가 또 한 사람 있다는 사실이었다.

"형님, 제가 맡지요. 내상을 다스리십시오."

백혼이 설신녀와 두 설문칠선을 상대하는 사이 마치 가지고 놀 듯이 빙화와 설초를 상대하던 묵혼이 재빨리 백혼의 곁으로 이동하며 말했다.

"필요없네. 이까짓 내상 입었다고 요런 조무래기들을 상대하지 못할 내가 아니네."

"물론 알고 있습니다. 하지만 지금은 최대한 몸을 온전히 보존해야 할 때 아닙니까. 놈들이 추격하고 있으니……."

묵혼의 말에 백혼의 표정이 변했다.

"음, 노제의 말이 맞군. 그럼 노제가 맡아주시게."

백혼이 고개를 끄덕인 후 밀천궁 요승들 쪽으로 이동했다. 그러자 묵혼이 검은 도기를 드러낸 채 대설문 고수들을 보며 말했다.

"노형님께선 그래도 제법 손속에 사정을 두셨지만 난 좀 다르다. 난 뒷일을 생각하지 않는 편이지. 다시 말해 한 번 발출한 도를 거둬들이지 않는 사람이란 말이다. 그러니 잘 생각해야 할 게다, 계집!"

묵혼의 말에 설신녀가 입술을 깨물며 말했다.

"날 살려서 데려가지는 못할 거예요."

"오냐, 두고 보자!"

묵혼이 낯빛을 굳히며 말하고는 한순간에 신형을 날려 왼쪽으로 이동했다. 그런데 그가 이동한 곳에는 설신녀와 두 명의 설문칠선이 아니라 이미 심한 부상을 입고 있던 빙화와 설초가 서 있었다.

"먼저 하던 일을 정리하고!"

기잉!

묵혼의 도신에서 만들어진 검은색 도기가 순식간에 오 장여로 늘어나더니 지친 몸을 겨우 세우고 있던 빙화와 설초, 두 여인을 쓸어갔다.

"안 돼!"

설신녀의 입에서 다급성이 토해졌다. 그리고 그녀가 피를 흘리며 빙화와 설초, 두 호위신녀를 향해 날아갔다. 당연히 설문칠선 상리와 부위노가 그 뒤를 따랐다. 그러나 세 사람의 움직임이 묵혼을 따를 수는 없었다.

설신녀 등이 채 일 장을 움직이기도 전에 묵혼의 도기는 이미 두 호위신녀를 동시에 베고 있었다.

'지금은 아니야!'

송거련은 땀이 축축이 밴 손으로 검을 꽉 움켜잡았다. 이마에도 땀이 송골송골 맺혔다. 그의 시선은 여전히 백혼의 얼굴에 박혀 있었다. 장내에선 묵혼이 대설문의 두 여인을 베어가고 있었지만 송거련에게 그들의 싸움은 알 바 아니었다. 송거련에겐 오직 백혼만이 유일한 적이었다.

비록 강호 명문으로 이름 높은 모용세가의 풍청 삼각주였지만 인의니 협의 따위는 단지 허울에 지나지 않음을 누구보다 잘 알고 있는 송거련이었다.

'기다려야 한다. 세가의 고수들이 올 때까지!'

송거련이 입술을 깨물었다. 그런데 그때 송거련이 전혀 예상치 못한 일이 벌어졌다. 한순간 은밀하게 숨어 있던 그의 머리 위, 높게 솟아 있는 거칠고 무성한 나무숲으로 몇 개의 인영이 지나가더니 그중 하나의 인영에게서 초승달 모양의 빛무리가 무서운 속도로 튕겨져 나가는 것이었다.

그리고 그 초승달 모양의 빛무리는 정확하게 대설문의 두 호위신녀를 단번에 베어내려던 묵혼의 검은 도기를 튕겨냈다.

꽈릉!

강력한 파열음과 함께 묵혼의 도기가 허공에서 와해됐다.

"흡!"

순간 당혹한 표정이 역력한 묵혼이 훌쩍 뒤로 물러나 백혼의 곁에 내려섰다. 갑작스런 상황에 놀라긴 백혼도 마찬가지였다. 가볍지 않은 내상을 다스리던 백혼이 딱딱한 표정으로 장내에 내려서는 사 인에게 시선을 주었다.

"넌……?"

백혼이 모호한 표정으로 파소를 바라봤다. 반면 파소는 차갑게 굳어진 얼굴로 백혼을 노려보고 있었다.

"오랜만이구려."

파소가 차가운 목소리로 말했다. 그러자 백혼이 고개를 끄덕였다.

"역시 넌… 사막에서 만났던 바로 그…….".

"맞소. 당시 향의 세 죄인을 구하기 위해 왔던 당신을 막았던 사람이 바로 나요."

"우린… 제법 인연이 있는 모양이군."

백혼이 담담한 목소리로 말했다.

"그런 것 같소이다. 당신은 모르겠지만 우리의 인연은 아주 오래전부터 시작되었으니까."

파소의 말에 백혼이 의아한 표정을 지었다. 과거 전대 무천향의 소천 을몽검이 송림에서 혈사를 겪었을 때 잡혀들어 온 을산인 등 삼 인을 구하기 위해 무천향 외곽에서 벌였던 싸움에서 말고 언제 이 젊은 얼굴을 보았는지 기억이 나지 않았던 것이다.

백혼이 의아한 표정을 짓고 있자 파소가 그의 기억을 일깨

워 주었다.

"그대의 동료 중 회혼이라는 자가 있었던 것으로 알고 있소만."

순간 백혼과 묵혼의 눈이 화등잔 만하게 커졌다. 회혼은 사색사혼이라 불리던 자신들의 네 의형제 중 한 명이었다. 오래전 북삼룡과 모용세가의 싸움이 있던 그해, 백혼이 자신을 암격하기 위해 묵철가의 백벽까지 찾아온 모용세가 풍청 사각을 도륙하던 와중 의문의 행방불명이 되었던 회혼이었다. 그 회혼의 복귀가 늦어져 당시 모용꾕을 더 이상 추적하지 않은 백혼이었다.

"설마, 네가 그를 베었느냐?"

백혼의 눈에서 살기가 묻어났다. 과거에 있었던 한 번의 대결을 통해 이 젊은 고수가 충분히 회혼을 베었을 수도 있을 것이라 생각하는 백혼이었다.

"내가 벤 것은 아니오."

"그럼 누가 벤 것인지는 알고 있단 말이군."

"알고 있소."

"누구냐, 회혼을 벤 자가?"

그러자 파소가 피식 웃음을 흘려내며 말했다.

"그것보단 오늘 그대의 목숨을 더 걱정해야 할 때가 아니오?"

파소의 말에 백혼과 묵혼이 그제야 자신들의 상태를 깨닫고는 딱딱하게 낯빛을 굳혔다.

“오늘 그대들이 이곳에서 살아나가기는 힘들 것이오.”

파소가 차갑게 말했다. 그러자 백혼이 한줄기 미소를 지으며 대답했다.

“물론 네 무공이 대단하다는 것은 안다. 하지만 승부라면 모를까, 이곳을 떠나자고 하면 네게 발목을 잡힐 우리가 아니다.”

“하지만 그대는 심각한 내상을 입었지.”

파소가 일침을 가하듯 말하자 백혼의 표정이 금세 어두워졌다. 이미 파소의 정체를 확인한 이상 지금 파소와 함께 있는 사람들의 정체 또한 모르지 않는 백혼이었다. 천추군! 검산을 제외한 무천향 최고의 고수들을 뽑아 만든 천추군이 분명한 이 네 명의 고수를 피해 부상 입은 몸을 뺄 수 있을지는 백혼 자신도 의문이었다.

“형님, 가십시오. 이곳은 제가 맡지요.”

묵혼이 무겁게 한 걸음 앞으로 나서며 말했다.

“아닐세. 가면 함께 가야지, 나 혼자 갈 수는 없네.”

“형님, 가시라니까요.”

묵혼은 평소 지극한 공경으로 백혼을 대하는 것과는 달리 단호한 표정으로 백혼을 재촉했다.

“노제……..”

“형님을 따라 강호를 살아온 세월… 나쁘지 않았습니다. 그리고 오늘 노형님을 위해 죽을 수 있다면 그 또한 나쁘지 않습니다. 하지만 노형님을 잃고 살아야 한다면 그건 좋지 않습니다. 왜냐하면 우리 삼 인이 노형님을 따른 이후 노형님은 줄 곧 우리 삼 인의 인도자셨기 때문이지요. 그러니 가서서 혈혼 과 대업을 이루십시오. 저승에서라도 기쁘게 보고 있겠습니 다."

묵혼의 말은 담담했지만 또한 비장했다.

"이 사람……."

"기억하실 겁니다. 향에서 쫓겨나며 했던 맹세. 반드시 향 으로 돌아가겠다는, 가서 향을 우리의 것으로 만들겠다는! 그 래서 왜 우리가 무천향에서 쫓겨나야 했는지 그 이유를 물어 보겠다는 그 맹세, 지켜주십시오. 그러자면 형님이 사셔야지 요."

'그런 맹세들을 했던 건가? 저들은 자신들이 무천향에서 추 방된 이유를 납득하지 못하고 있었단 말이군. 과연 저들은 무 슨 이유로 무천향에서 쫓겨난 것일까. 아니, 저토록 그 사실을 억울하게 생각한다면 정말 저들은 무천향에서 쫓겨날 만한 죄 를 저지른 것일까?

파소의 머릿속에 복잡한 상념이 엉켜들었다. 그런데 그 순 간, 백혼의 입에서 토하는 듯한 목소리가 터져 나왔다.

"오냐, 가겠다. 노제, 반드시 살아서 향에 돌아가리라! 돌아 가서 을도산에게 묻겠다. 우리의 죄가 무엇이었냐고!"

말이 끝나는 순간 이미 백혼의 신형은 흐릿해지고 있었 다.

"어딜!"

어느새 남독마군과 을향이 파소를 지나쳐 백혼을 추격하기 시작했다. 그러자 묵혼이 재빨리 두 사람 앞을 막아섰다.

"날 죽이지 않고는 형님을 쫓을 수 없다."

"젠장, 그럼 죽여주지, 뭐!"

남독마군의 입에서 투박한 음성이 흘러나왔다. 동시에 그의 검이 신묘하게 휘어지더니 순식간에 검기를 일으키며 묵혼을 잘라갔다.

기잉!

휘어져 들어오는 남독마군의 검기를 어느새 묵혼의 도기가 막아서며 마찰을 일으켰다. 그리고 그 순간 을향이 묵혼과 남독마군의 옆을 스치고 지나가려 했다.

"가지 못한다!"

묵혼의 입에서 거친 음성이 흘러나오며 남독마군의 검기를 막고 있던 도를 거둬 을향의 허리를 잘라갔다.

우웅!

강력한 도기를 머금은 묵혼의 공격에 을향이 앞으로 전진하지 못하고 재빨리 뒤로 물러났다. 하지만 을향의 길을 막은 대가는 컸다.

서걱!

"음!"

한차례 파열음이 일어나더니 묵혼의 입에서 신음성이 흘러나왔다. 을향을 막기 위해 도를 거둬들인 덕에 남독마군의 검기를 옆구리에 허용하고 말았던 것이다.

"제가 쫓지요. 두 분은 이곳을 맡아주십시오. 당신은 설신 녀님을 데리고 객잔으로 돌아가요."

석청이 파소의 말에 뭔가 대답을 하려는 순간, 파소의 신형은 이미 장내에서 멀어지고 있었다.

"칫, 뭐든 제멋대로야. 이봐요, 조심해요!"

석청의 목소리가 파소의 귓가에 아련하게 들려왔다.

파소는 멀리 보이는 백혼을 천천히 뒤따랐다. 서두를 필요는 없었다. 오히려 백혼이 도주에 성공해 검산의 다른 고수들이 있는 곳까지 도달하면 더할 나위 없는 결과라고 할 수 있었다. 대설문에서부터 시작된 추격으로 검산의 일반 고수들과 식솔들은 대부분 제압되어 무천향으로 돌려보내졌지만 아직 종적이 묘연한 고수의 숫자가 삼십여 명은 되었다. 물론 그 중심에는 대성사 소유거가 있었다.

파소 일행이 연경으로 들어온 것도 죽림 출신 추적의 달인 고승이 검산의 도주자들 흔적이 연경으로 이어진 것을 발견했기 때문이다. 그러니 백혼이 자신을 그 검산 고수들이 모여 있는 곳으로 인도한다면 그처럼 좋은 일도 없을 터였다.

그런데 백혼을 추격하기 시작한 지 얼마 되지 않아 파소는 기이한 기운을 느끼기 시작했다. 그건 백혼과 자신 말고도 이 추격전에 또 다른 사람이 끼어들었음을 알려주는 기운이었다.

'무공이 제법 뛰어난 인물이다. 그렇다고 무천향의 사람은 아닐 테고… 설마 검산의 고수 중 암중에 숨어 있던 자가 있었던가?

파소의 신경이 분산되는 사이, 백혼과의 거리가 조금 벌어졌다.

'이크!'

어느새 이 추격전에 끼어든 미지의 인물은 파소에 앞서 백혼을 따라붙고 있었다.

"이런, 잘못하면 저자 때문에 일을 그르칠 수도 있겠는데!"

파소의 입에서 나직한 탄식이 흘러나왔다. 지금 상태로라면 백혼은 정체불명의 추격자에게 따라잡힐 가능성이 컸다. 평상시라면 절대 따라잡힐 백혼이 아니었으나 백혼은 파소 등이 장내에 도착하기 전에 이미 스스로의 진기에 내상을 입은 후였기에 평소의 공력을 온전히 드러낼 수 없었다.

그렇게 얼마의 추격이 이어졌을까. 백혼의 신형이 어둡고 깊은 계곡, 한겨울의 눈조차 파고들지 못해 온통 묵빛 일색인 괴이한 숲에서 뚝 하고 걸음을 멈췄다.

그리곤 천천히 신형을 돌려 자신을 따라오고 있는 두 명의 추격자를 기다렸다. 아마도 파소의 의도, 즉 그를 추격해 검산의 도주자들이 모여 있는 곳을 알아내려는 의도를 알아차렸든지, 아니면 이대로의 도주는 승산이 없다는 것을 깨달았기 때문일 터였다.

백혼이 멈춰 서자 그를 추격하던 정체불명의 추격자 역시 천천히 속도를 줄였다. 그러자 괴추격자와 파소의 거리가 순식간에 가까워졌다. 그리하여 파소가 백혼이 기다리고 있는 묵빛 숲의 골짜기에 도착했을 때는 어느새 정체불명의 추격자와 어깨를 나란히 하는 상태가 되어 있었다.

"어서들 오라. 결국 한판의 싸움으로 해결할 일, 괜한 짓을 했어. 이 나이에 도주라니… 완전히 체면을 구겼구만. 깨끗이 승부를 보는 것이 좋았을 텐데. 묵혼 아우와도 헤어지지 않고 말이야."

"도주를 포기한 것이오?"

파소가 냉랭한 표정으로 물었다. 그러자 백혼이 한줄기 희미한 미소를 지으며 말했다.

"뭐, 그렇다고 해두지. 하지만 자네가 여유를 두고 추격해 준 덕에 난 제법 내 내상을 치유했단 말이지. 사람은 조금의 여유가 생기면 욕심이 나는 법이라네. 해서 이쯤의 공력이면 자네와 일 합을 겨뤄도 되지 않을까 싶더군. 자넬 검산 형제들이 있는 곳으로 데려가는 것보다는 나은 선택인 것 같아서 말이야."

역시 백혼은 파소의 속내를 읽고 있었다. 하긴 백혼 정도의 노고수가 그 정도 수를 읽지 못할 리 없었다.

"그래도 동료들에 대한 의리는 있구려."

"풋, 그 정도 도리도 지키지 않는 사람인 줄 알았나?"

"당신이 행한 그 악행들을 돌이켜 보면 그렇소."

"악행이라… 넌 나에 대해 무엇을 알고 있는가?"

"향의 죄인으로 추방된 자, 이후 향의 배덕자들과 손을 잡고

향을 어지럽힌 자, 그리고 자신의 이익을 위해 자신과 아무런
원한도 없는 사람들을 죽인 자… 뭐, 그 정도면 충분하지 않
소?"

"후후후, 넌 나에 대해 무척 많은 것을 알고 있는 듯 보이지
만 가장 중요한 것은 모르고 있구나."

"내가 모르고 있는 것이 뭔지 궁금하구려."

파소가 깊은 시선으로 되묻자 백혼이 흘깃 나무 그늘 속에
서 있는 제삼의 추격자를 바라보곤 입을 열었다.

"내 생각에 말이야, 먼저 듣는 귀를 줄이는 것이 좋을 것 같
은데… 아무리 내가 향을 떠난 사람이라 해도 대무천향의 속
사정을 타인이 있는 곳에서 입에 올릴 수야 없는 일 아닌가.
어때, 내가 먼저 저자를 처리하는 것은?"

백혼의 눈에서 한줄기 살기가 흘러나왔다. 파소가 백혼의
의견에 동조하는 것은 아니었지만 그늘 속에 있는 괴추격자의
정체가 궁금하긴 했다. 특히나 왠지 모르게 익숙한 이 기운이
한편으론 파소의 심장을 뛰게 만들고 있었다.

"일단 그가 누군지 확인하는 게 먼저 아니겠소."

"후후, 그렇군. 맞는 말이야. 적인지 아군인지 모르고 손을
쓸 수는 없지. 어떠신가, 이제 그만 얼굴을 드러내는 것이!"

백혼의 요구에 그늘 속의 사내가 잠시 침묵을 지키더니 천
천히 나무 그늘 아래서 걸어나와 달빛 아래 얼굴을 드러냈
다. 그리곤 파소를 향해 깊은 떨림이 느껴지는 목소리로 말
했다.

"정말 오랜만이구나. 살아 있을 거라 믿고 있었다, 아우!"
순간 파소의 심장이 가위에 눌린 듯 멎었다. 달빛 아래 공허
한 얼굴로 송거련이 서 있었던 것이다.

『무천향』9권 끝

共同傳人

공동전인

설경구 新무협 판타지 소설

마교를 재건하라.

혈미옥에 갇히며 마교 장로들의 공동전인이 된 사무진에게 주어진 과제.
역사상 가장 착한 마교의 교주.
하지만 역사상 가장 강한 마교의 교주가 되고 싶다.

고정관념을 버려요.

마교도라고 해서 꼭 나쁜 놈일 필요는 없잖아요.

지금까지와는 다른 마교.

이제 사무진이 만들어가는 새로운 마교가 모습을 드러낸다.

설봉 新무협 판타지 소설

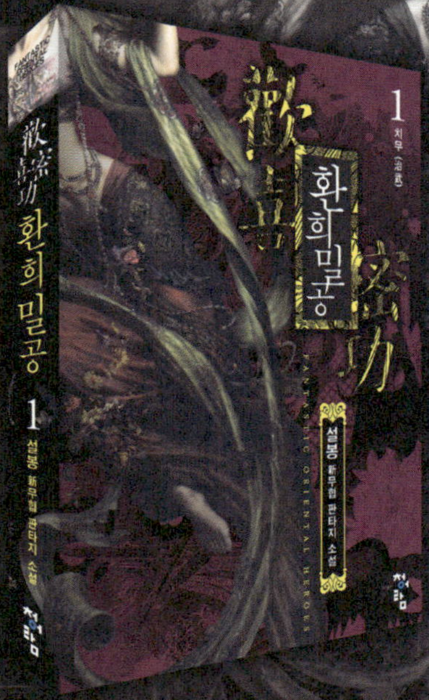

환희밀공

歡喜密功

1
치우 (금룡)

무유칠덕(武有七德), 금폭(禁暴), 집병(戢兵), 보대(保大),
정공(定功), 안민(安民), 화중(和衆), 풍재(豊財), 자야(者也).
〈좌전(左傳), 선공 십이년(宣公 十二年)〉

무에는 일곱 가지 덕이 있다.
첫째, 난폭을 금지한다. 둘째, 무기를 거두어들인다. 셋째, 큰 나라를 보전한다.
넷째, 공적을 정한다. 다섯째, 백성을 편안하게 한다. 여섯째, 대중을 화합하게 한다.
일곱째, 물자를 풍부하게 한다.

섬서성(陝西省) 육반산(六盤山)에 신력(神力)을 바탕으로
패공(覇功)을 구사하는 가문(家門), 육반루가(六盤婁家).
세상에게 외면받고 멸시당하는 환희교(歡喜敎).
육반루가의 후손과 환희교 교주의 운명적인 만남.

"넌 환희교를 지키는 수문장(守門將)이 될 거야.
강하게, 아주 강하게 키워주마."
'아버지처럼 죽지 않을 거야. 아무도 날 죽일 수 없어.
세상에서 최고로 강한 사람이 될 거야.'

태룡전

김강현
新무협 판타지 소설

『마신』, 『뇌신』에 이은
작가 김강현의 또 하나의 대작!!
『태룡전』

내가 이곳 미고현에 위치한 천망칠십오대에
온 지도 벌써 두 달이 넘었거든.
그런데 아직도 이해하지 못한 일이 하나 있어.
그게 뭐냐고? 우리 대주 말이야.
우리 대주님이 가장 좋아하는 게 뭔지 아나?
바로 침상에서 좌우로 데굴데굴 굴러다니는 거야.
그다음으로 좋아하는 게 그렇게 뒹굴다 잠드는 거고…….
나려타곤(懶驢打滾)!
더도 덜도 아닌 딱 우리 대주님을 지칭하는 말일세.

천망칠십오대 대주 단유강!!
격동의 무림은 그에게 휴식을 허락하지 않는다.
단유강, 그의 일보가 천하를 떨쳐 울린다!

유행이 아닌 자유추구 -
WWW.chungeoram.com
Book Publishing CHUNGEORAM